호랑이
눈
썹

호랑이 눈썹

초판 1쇄 2020년 5월 1일

글쓴이 | 손석춘
펴낸곳 | 도서출판 단비
펴낸이 | 김준연
편   집 | 최유정
등   록 | 2003년 3월 24일(제2012-000149호)
주   소 | 경기도 고양시 일산서구 일중로 30, 505동 404호(일산동, 산들마을)
전   화 | 02-322-0268
팩   스 | 02-322-0271
전자우편 | rainwelcome@hanmail.net

ISBN 979-11-6350-024-7   03810
값 13,000원

이 도서의 국립중앙도서관 출판예정도서목록(CIP)은 서지정보유통지원시스템 홈페이지
(http://seoji.nl.go.kr)와 국가자료종합목록시스템(http://www.nl.go.kr/kolisnet)에서
이용하실 수 있습니다.(CIP제어번호 : CIP2020016093)

호랑이 눈썹

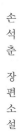

손석춘 장편소설

단비
danbi

그 도시로 가는 표를 구한 시각은 자정이었다. 겨울비가 추적
추적 내렸다. 굵은 이맛살 아래 큼직한 눈·코·입과 작은 귀, 짙은
그림자 드리운 얼굴에 검은 정장을 입은 일흔두 살의 강연호는
한산한 대합실에서 검은 우산 손잡이에 턱을 괴고 앉아 철민에게
가만히 물었다.

"우리가 정말 개돼지란 말인가?"

스스로 그 물음이 사무쳐서일까. 부리부리한 눈을 부드럽게 가
린 속눈썹엔 이슬마저 맺혔다. 가슴에서 들끓는 감정을 나쎄에
어울리지 않게 감추지도 못하고 목에는 힘줄마저 울근불근 돋아
났다.

연호는 자긍심 강한 한국인으로 살아왔다. 그에게 대한민국은
신성했다. 그 거룩한 국호에 감히 '지옥'을 갖다 붙이며 '헬 조선'
이라 무람없이 무시하는 무리가 곰비임비 나타날 때 연호는 몹시
듣그러웠다.

평생 그를 설레게 한 말이 '대한민국'이다. 어린 시절부터 태극
기를 보면 늘 가슴이 두근댔다. 왜 그랬는지 자신도 정확히 몰랐
지만 얼굴에 곰팡이처럼 검버섯 필 때까지 그는 태극기를 우러르

며 살아왔노라고 자부했다.

주관적 착각이 아니었다. 그가 조국에 헌신한 증거는 수두룩하다. 주변에서도 그의 애국심을 두루 인정했고, 무엇보다 대한민국 정부가 '국가 유공자'임을 확증해 주었다.

그래서였다. 조국을 시들방귀로 여기는 치들에게 울뚝밸이 치밀었다. 연호가 살펴보건대 조국을 위해 단 한 번도 목숨 걸지 않은 감바리들이 '헬 조선' 따위의 말 방귀를 꿔어댔다.

무엇보다 젊은 세대의 망발이 못마땅했다. 특히 대학생들이 철딱서니 없었다. 학생들을 잘 가르쳐야 할 어느 교수의 입에서도 대한민국을 우스개 삼아 '자살공화국'이라 폄훼하거나 애국주의는 낡은 사고라는 말이 튀어나올 때는 배알이 곤두섰다.

그런데 늘그막에 위기가 찾아왔다. 폭풍 몰아치는 벼룻길에 홀로 선 듯했다. 60대 후반에 잇따라 연호를 강타한 충격은 칠순을 넘기며 숙지근해지기는커녕 무장 커져갔다.

어느 순간, 연호는 자살을 숙고했다. 자살공화국이란 말에 격분했던 그였다. 여울 거센 강가까지 가서 결행하기 직전에 가까스로 막아선 철민이 권유한 대로 그 도시를 찾아 집을 나섰다.

동행한 철민은 오랜 친구다. 종종 마주하기 불편한 불알동무이기도 하다. 강가에서 개구리 잡던 개구쟁이 시절부터 익히 알던 사이라서 자신을 미주알고주알 들여다보고 있기도 하거니와 소설가의 길을 표 나지 않게 걸어온지라 때로는 이물스럽기도 했다.

연호는 여행을 자주 다니지 못했다. 솔직히 먹고사느라 바쁜 인생이었다. 철민과 그 도시로 가는 버스에 올랐을 때, 아내와 함께 고속버스로 신혼여행에 오른 정경이 떠오르며 그날의 풋풋한 정희가 아련했다.

사실상 성불구로 지냈던 악몽의 시절도 스쳐갔다. 아내가 구원해 준 셈이다. 정희의 싱그러운 몸에서 생명의 본능을 되찾았던 나날에 향수를 느끼며 내내 고생해 온 아내에게 새삼 미안했다.

정각 1시에 마침내 심야고속버스가 움직였다. 출발하자마자 차내 전등이 모두 꺼졌다. 조금 전까지 철민에게 위통을 호소하던 연호는 차 안이 어둑어둑해지자 색 바랜 검은 외투 안주머니에서 슬그니 팩소주를 꺼냈다.

철민의 성격도 연호와 어금버금했다. 조용하고 나대지 않았다. 연호가 죽음을 각오하며 무인의 길을 걸었다면 철민은 문학청년의 사춘기 꿈을 잊지 않고 갈무리해 왔기에 누누이 만날 수는 없었지만 마음 깊숙이 담아온 친구로 가끔씩 쓴 술잔을 나눠왔다.

최근 들어선 부쩍 술을 들이켰다. 고속버스 창밖은 컴컴했다. 점점 김이 서리는 차창을 어둠 속에서 누군가 날아와 비명을 지르듯이 거세게 두들겼다.

연호는 아우성치는 창을 응시했다. 철민이 뭔가 말해주기를 기다렸다. 김 서린 창 너머로 겨울비에 어둔 들녘이 잠기듯 내려앉은 풍경과 함께 그의 인생에 드리워진 깊은 밤으로 빠르게 빠져들었다.

차례

1부

———

태극기 아래

1

어둠살은 연호에게 일찌감치 다가왔다. 어린 시절에 깃든 침울증은 늘그막까지 따라다녔다. 나이가 들어가며 차가운 비애감은 가슴 깊숙이 앙금처럼 가라앉아 똬리 틀었다.

더구나 일흔을 앞두곤 어둠이 절정에 달했다. 참혹한 비극에 분노가 부글부글 끓었다. 그럴 때마다 종교의식이라도 치르듯이 열쇠서랍에 갈무리한 권총과 손전등을 꺼내 들었다.

손전등을 켜 권총을 살피는 연호의 가선진 눈은 갈쌍갈쌍했다. 안경닦이를 꺼내 보물 다루듯 살살 문질렀다. 울뚝불뚝 치솟던 부아를 가라앉히며 권총과 손전등을 다시 서랍 깊숙이 넣기 전에 들여다볼 때는 사뭇 경건함마저 자아냈다.

때로는 죄다 속절없어 보였다. 예순은 이순이라는 삶의 문법에 비춰도 그렇다. 인생의 비루한 나날을 지나 고희를 맞으면 어지간한 노여움 따위는 삭이며 삿된 욕망들을 하나둘 접어갈 나쎄 아닌가 말이다.

가령 100살을 맞은 어느 '철학 교수'는 장담했다. 인생의 황금기는 예순에서 일흔다섯 사이란다. 그 나이가 되면 자녀는 모두 출가했고, 돈 들어 갈 곳도 없기에 하고 싶은 일을 마음껏 즐기면서 살 수 있는 인생의 황금기가 온다나.

하지만 연호는 코웃음 쳤다. 교수 연금 두둑한 이의 허언으로 여겼다. 수영으로 건강 관리를 한다는 100세의 철학교수가 마치 독창적인 진리라도 발견한 듯이 내놓은 말은 경제적 어려움으로 대학에 입학도 못 해본 연호에겐 인생을 전혀 모르는 방안풍수의 한낱 우쭐대기로 들려왔다.

어린 시절부터 연호는 노상 궁했다. 학창시절 황금을 돌같이 보라는 최영 장군의 훈계도 일찍이 들었다. 하지만 고희 나쎄에 이르러서야 그것도 뜻하지 않게 경제적 안정을 얻은 연호는 '돈의 노예'를 함부로 들먹이며 '현대인'을 꾸짖는 철학자나 지식인 따위의 알량한 도덕에 헛웃음을 넘어 혐오감을 느꼈다.

특히 '진보'를 떠벌이는 교수 나부랭이가 싫었다. 그들이 '민중의 고통'을 들먹일 때는 솔깃했다. 그런데 정작 그 교수들이 장관이 되었을 때 저마다 서울 강남의 수십 억 아파트에 살고 은행저축도 그만큼이라는 기사를 읽고는 자신도 모르게 "죄다 도둑놈"이란 욕설이 흘러나왔다.

연호는 신문에서 그들을 일컫는 말을 배웠다. '강남 좌파'란다. 그 '가짜'들이 텔레비전 시사프로그램에 출연해서는 나라의 운명을 걱정해 태극기를 들고 거리에 나선 애국자들을 일당 받고 거리로 나온 '돈에 눈먼 사람'으로 몰아세우는 꼴을 볼 때면 저도 모르게 두 주먹을 꼭 쥐었다.

그때마다 오랜 불신이 되살아났다. 부잣집 대학생들이 강남 좌파가 되어 우리를 깔보는 게 아닐까. 연호는 평생 돈을 벌어야 했고 돈에서 자유롭지 못했지만 그렇다고 자신을 돈의 노예로 여긴 적은 정녕 없었으며 스무 살부터 일흔 살까지 반세기 내내 그를 지배한 것은 '자랑스런 태극기'였다.

연호는 청장년을 기꺼이 조국에 바쳤다. 투박하되 성실한 애국자였다. "나는 자랑스런 태극기 앞에 조국과 민족의 무궁한 영광을 위하여 몸과 마음을 바쳐 충성을 다할 것을 굳게 다짐합니다"라고 국기에 대한 맹세를 되뇔 때면 어느새 가슴이 벅차올라 눈시울이 붉게 물들곤 했다.

쉰 살을 맞을 무렵이다. 정부가 맹세문을 손질했다. '자랑스런'이라는 문구는 문법에 맞지 않는다는 이유로 '자랑스러운'으로 바꿨지만 그에겐 여전히 '자랑스런 태극기'였다.

'조국과 민족'이라는 문구도 바꿨다. '자유롭고 정의로운 대한민국'이 되었다. 문구 변경에 거창한 명분을 내세웠으나 젊은 날 연호의 가슴을 가득 채웠던 맹세의 열정이 바뀐 말에선 힘 있게 솟아나지 않았다.

맹세문에 '몸과 마음을 바쳐'라는 문구는 아예 삭제했다. 도무지 납득할 수 없는 행패였다. 국가에 몸과 마음을 바쳐 충성할 뜻이 아예 없고 그렇게 할 수도 없는 기회주의자들이 감언이설로 국민을 현혹해 국가 권력을 틀어쥐고 앉아서는 국기에 대한 신성한 맹세를 더럽혔다고 개탄했다.

정말이지 연호는 조국을 사랑했다. 평생을 태극기 아래서 보냈다. 60대가 넘어서도 살기 위해 돈을 벌어야 했지만 틈틈이 '대한민국 바로 세우기'에 나서 휴일이면 태극기를 들고 멀리 서울 도심까지 진출하는 수고를 아끼지 않았다.

신문과 방송은 도심 시위대를 '태극기부대'로 불렀다. 연호는 '부대'라는 말에 친숙감을 느꼈다. 같잖게 비아냥대는 조롱이 그 말에 듬뿍 담겨있다는 사실을 뒤늦게 알고는 어이가 없었다.

태극기는 곧 연호의 일생이었다. 그 깃발 아래 20대와 30대에 목숨 걸고 싸웠다. 인생의 황혼을 맞아서도 태극기부대에서 늙은 몸을 부대껴 온 자신의 삶을 찬찬히 돌아보자니 겨울비처럼 차가운 눈물비가 가슴에 내렸다.

2

그 강은 소년의 메마른 가슴을 퐁당퐁당 적셔주었다. 어쩌면 정반대로 강을 좋아해서 소년이 우울했을 수도 있다. 강변 '사랑마을'의 도린곁에서 태어나 잔뼈가 굵은 연호에게 바로 앞 깨끗한 모래밭과 국사봉에서 뻗어온 절벽 아래로 흐르는 강물은 삶의 일부이자 밑절미였다.

소년은 날마다 강으로 나갔다. 조약돌을 던지며 물수제비를 즐겼다. 강가를 거닐 때 청개구리나 뱀을 발견하면 바짝 쫓아다니며 주의 깊게 관찰했다.

때로는 집에서 채를 들고 나섰다. 물살이 허벅지에 찰랑이는 곳까지 들어갔다. 은빛으로 반짝이는 붕어를 잡아 집으로 가져와서는 낡은 냄비에 담아 정성껏 키웠다.

붕어가 비실댈라치면 어김없이 들고 집을 나섰다. 강으로 달려가 물살에 떠나보냈다. 강물로 파닥이며 스며드는 붕어만큼이나 소년의 마음은 은빛으로 반짝였고 부디 큰 물고기에 먹히지 않고 잘 커가기를 기도할 만큼 여렸다.

고등학생이 되면서 맑은 날보다 비 오는 날을 좋아했다. 흠씬 비를 맞으며 강변을 거닐었다. 후줄근히 비에 젖은 몸으로 하얀 물결을 일으키며 빠르게 흘러가는 강물을 오래 바라보노라면 머리 어딘가에 덕지덕지 낀 먼지가 씻겨 내리듯 맑아졌다.

무릇 인생에는 누구에게나 잊을 수 없는 날이 있다. 그날은 사람마다 다를 수 있다. 다만 누구에게나 해마다 돌아오는 자신의 생일을 모르고 넘기는 사람은 거의 없다.

연호는 생일을 축하해 줄 가족이 없었다. 할머니는 언제나 갈퀴손으로 밭일에 골몰했다. 다행이랄까 연호의 생일은 비 올 때가 많아 그나마 덜 외로웠는데 비거스렁이엔 어김없이 강변을 거닐었다.

그럴 때마다 철민을 만났다. 곰보바위에 앉으면 불어난 강물의 아우성이 들렸다. 언제부터인가 그것은 억울하게 죽은 엄마와 아빠가 슬피 우는 소리처럼 들렸다.

연호는 부모의 얼굴을 몰랐다. 할머니로부터 빨갱이들에게 죽었다는 말만 들었다. '빨갱이'가 무엇인지 몰랐지만 아빠도 엄마도 그 악당들에 목숨을 잃었고 엄청난 논밭까지 다 빼앗겼다는 한탄을 들을 때마다 적개심이 차곡차곡 쌓이며 어린 가슴은 복수심으로 불타올랐다.

연호가 처음 살인을 한 날은 공교롭게도 그의 생일이었다. 그래서도 더욱 잊을 수 없다. 1969년 8월 15일 그가 처음으로 살인한 여자의 마지막 눈빛은 반세기가 흐르도록 연호의 눈앞에 선연하다.

불에 달군 쇠도장처럼 살인은 스물한 살의 심장에 찍혔다. 지푸라기라도 잡는 심정이었을까. 눈을 맞추고 똑바로 바라보던 또래 여자의 애처롭게 봉긋한 가슴에 연호는 망설임을 털어내듯 칼끝을 들이밀었다.

삽시간이었다. 하지만 100분의 1초 단위로 느낌이 생생했다. 칼을 쥔 손바닥으로 뭉클거림이 전해지며 곧이어 풍선이 터지는 듯했고 여자의 가슴에서 새붉은 피가 분수처럼 솟구치며 눈앞으로 덮쳐왔다.

본디 그는 감성적인 소년이었다. 할머니는 어릴 때부터 손주의 앞날을 근심했다. 노상 "사내 녀석이 그리 여려 어찌 이 험한 세상 살아갈까"라고 지청구를 늘어놓았지만 소년은 달라지지 않았다.

친구들이 개구리에게 돌을 던질라치면 막아섰다. 길을 걷다가도 발아래 개미를 발견하면 옆으로 비켜섰다. 초등학교 친구들은 소년을 겁쟁이라며 마구 놀려댔고 중고등학교를 거치면서는 '스님'이라는 별명을 붙여주었다.

바로 그가 생일에 칼을 여자의 가슴에 꽂았다. 농고 졸업한 지 3년도 지나지 않아 '스님'이라는 별명이 귓전에 쟁쟁함에도 그랬다. 몇 달 전이었다면 쑥스러워 눈도 잘 마주치지 못했을 여자의 심장에 칼을 들이민 청년―청소년이라 해도 좋은 스물한 살―은 사뭇 비장했다.

막상 찌른 뒤엔 스스로 경악했다. 그녀의 동그랗게 커진 눈에서 일순 시퍼런 불꽃이 일었다. 입술 사이로 귀신이 우는 듯 신음이 흘러나오자 무서움에 질린 연호는 다시 더 빠르게 쑤시고 날쌔게 뺀 칼을 재차 더 깊숙이 박아댔다.

그날 그의 인생은 바뀌었다. 살인 직후에 젊은 여성을 볼 때마다 피 분수 가슴이 덮쳐왔다. 하지만 참담한 죄의식은 시나브로 잊혀졌고 달포가 지날 무렵에는 거짓말처럼 말끔히 사라졌다.

죄의식을 덮은 비밀은 단순했다. 더 큰 죄였다. 살인의 길로 들어선 연호는 얼마 가지 않아 징글맞도록 많은 사람을 대수롭지 않게 죽일 수 있었으며 나중에는 차마 입에 담기도 바끄러울 만큼 파렴치한 범죄마저 저질렀다.

심지어 연호는 그것을 핏줄 탓으로 돌렸다. 중학생일 때 들은 아버지의 과거가 설핏 스쳤기 때문이다. 어리고 여린 시절에 빨갱이들에게 부모가 살해당한 이야기만 듣고 커온 연호는 "네 아비가 사람들을 죽였다"는 이웃 노인의 술주정에 크게 놀랐다.

분명 단수가 아니라 복수였다. 손주의 얼굴색이 백짓장처럼 변해서였을까. 할머니는 연호의 눈을 가만히 들여다보더니 그건 나쁜 사람들에게 벌을 준 것이라고 토닥여주었다.

연호의 아버지는 강유연. 그 이름의 이면엔 할머니의 끔찍한 태몽이 있었다. 주둥이에 피가 잔뜩 묻은 늑대가 배 속으로 뛰어드는 꿈의 충격이 워낙 컸고 임신 내내 뒤숭숭했기에 출산한 아들이 늘 유연하기를 바라는 마음에서 남편과 궁리 끝에 그리 이름 붙였다.

유연은 자기 이름에 불만이 많았다. 아들을 얻자 대뜸 호랑이 '호'자를 넣었다. 자신의 이름이 너무 나약하다고 투덜대 온 강유연은 아들이 강한 남자로 커가기를 바라며 고향 연천의 호랑이라는 뜻을 담아 '연호'라 지었다.

유연은 아들을 끔찍이 위했다. 하지만 귀염둥이 연호가 아비 얼굴을 기억하기도 전에 죽음을 맞았다. 밭일을 하다가도 한숨을 토해내기 일쑤였던 할머니는 연호가 다니던 초등학교 터와 주변 일대가 본디 아버지의 땅이었다는 말을 들려줄 때마다 눈물이 그렁그렁했다.

할아버지 죽음도 물음표였다. 두만강 건너 연해주를 오가다가 행방불명되었단다. 할머니는 곧 고향에 오겠다는 편지를 보내고도 안 온 것으로 보아 귀향길 어딘가에서 빨갱이들에게 죽임을 당한 것 같다고 덧붙였다.

어린 손주에게 상처 될 말만 들려주었다고 생각해서일까. 할머니는 은근히 자부심도 내비쳤다. 어느 봄날 당신의 운명이 서러웠는지 하염없이 눈물로 골짝을 이루시다가 엄숙한 표정으로 "우리 시댁도 친정도 모두 의병에 나선 애국자 집안"이라고 말했다.

소년은 뭉클했다. '애국자 집안' 이야기를 자세히 듣고 싶었다. 하지만 할머니는 연호가 캐묻자 '깊이 알려고 하지는 말라'며 부지런하면 땅은 사람을 속이지 않으니 농사짓고 마음 편히 살라 일렀다.

연호는 정부가 수립된 1948년 8월 경기도 연천에서 태어났다. 한탄강이 에워싸듯 흐르는 전곡의 사랑마을에 태를 묻었다. 연호의 중학 시절 역사 교사는 연천에 남아있는 고구려의 성들을 예로 들며 만주를 호령하던 무인 선조들을 본받아야 한다고 강조했다.

그때는 역사 교사도 몰랐지만 사랑마을의 역사는 30만 년에 이른다. 1978년 주먹도끼를 비롯해 구석기 유물들이 발굴되었다. 가깝게는 대한제국이 무너지던 시기에 한탄강과 임진강을 사실상 의병들이 지배했고, 서울 진공작전을 펼 때 주요 기지이기도 했기에 중학생 연호의 자부심은 컸다.

의병들의 서울 진공작전은 1907년 12월 벌어졌다. 선발대가 동대문 인근까지 다가섰다. 하지만 정보가 누설되어 미리 대기하고 있던 일본군의 화력에 큰 타격을 입고 후퇴한 의병들은 한탄강 유역을 중심으로 투쟁을 이어갔고, 연천에서 1908~1909년 벌어진 의병 전투는 전국에서 가장 치열해 수백여 명이 순국했다.

유연의 아버지도 의병에 동참했다. 일제 강점기엔 연천과 연해주를 오가다가 '행방불명'되었다. 한탄강에 아버지와 어머니는 물론 할아버지의 피와 살이 스며들었다는 생각은 소년 연호의 가슴을 무시로 두들겨 시퍼런 멍울이 가실 줄 몰랐다.

연천은 일본제국이 무조건 항복하면서 두 동강 났다. 38선이 그것이다. 한탄강이 연천을 굽이굽이 흐르며 강유연이 살던 연천의 전곡을 남과 북으로 갈랐다.

연호가 태어난 사랑마을은 북쪽 강변이었다. 지금은 구석기 선사유적지로 단장되어 있다. 30만 년에 이르는 기나긴 세월 내내 마을을 품고 흐르던 한탄강이 태평양 건너 백인들의 이해관계에 따라 한순간에 분단의 경계선이 되리라고는 그 누구도 몽상조차 못했을 터다.

기실 1945년 8월의 분단선은 아닌 밤중에 홍두깨였다. 미국 국방성에 모인 장군들이 들이밀었다. 한반도의 남쪽만이라도 미군이 점령하고자 착상해 서둘러 소련에 제안한 경계선이 위도 38도선이었다.

할머니에 따르면 아버지의 땅은 대부분 강 북녘에 있었다. 토지를 빼앗긴 유연은 38선 이남만의 단독정부 수립을 열렬히 환영했다. 얼른 국가를 만들어 군과 경찰을 미군 무기로 무장하고 한탄강을 넘어 진격해 가야 땅을 되찾을 수 있다고 확신했다.

소년 연호는 38선 접경지역에서 아버지의 명성이 왜자했다고 들었다. 가장 용감한 경찰로서 빨갱이들 잡는 직분에 누구보다 충실했다. 그런데 빨갱이들이 비겁하게 한밤중에 기습을 해 숨졌고 어머니도 그때 학살당했다는 이야기를 할머니로부터 들은 연호는 기가 막혔다.

소년 연호에게 빨갱이는 철천지원수였다. 재산을 빼앗고 부모까지 죽인 괴뢰군이었다. 할아버지까지 살해한 잔인무도한 빨갱이들에게 언젠가 반드시 보복하고 땅을 되찾겠노라고 별렀다.

다행이랄까. 연호의 집 구석방엔 책들이 쌓여있었다. 소년은 복수심에 치를 떨며 한없이 부모를 그리워하다가 외로울 때마다 그 책들을 뒤적였다.

사막이 되어가던 소년의 가슴에 책은 '오아시스'였다. 엄마가 시집올 때 가져왔다는 말을 들으면서 더 그랬다. 할머니 손에서 픽픽이 자라던 연호는 엄마가 읽던 책에서 모정의 몸내를 맡으려 했고 가슴에 껴안은 채 잠들 때가 잦았다.

초등학생이 읽기엔 아무래도 어려웠다. 중학생 시절엔 제법 재미가 쏠쏠했다. 이태준의 단편소설집들을 되풀이해 읽으며 소설에 등장하는 다양한 주인공들에 빠져들곤 했다.

『달밤』과 『가마귀』 모두 일제강점기에 출간된 작품집이다. 작가의 고향이 연천과 맞닿은 철원이라 더 가깝게 느껴졌다. 『달밤』의 주인공은 '황수건'으로 이름부터 어딘가 안쓰러웠는데 "우둔하면서도 천진스러운 눈"을 지녔지만 아내로부터 버림받을 정도로 멍청했다.

이태준 소설에는 가난한 무지렁이들이 숨 쉬고 있었다. 소년은 자기나 할머니 같은 사람도 주인공일 수 있다는 사실이 기뻤다. 순소할 뿐만 아니라 순진해 차라리 바보스럽지만 인정만은 누구보다 두텁고 의리 있는 사람들에게 어린 연호는 정감을 느꼈다.

소설집 『가마귀』에선 표제작이 과연 흥미로웠다. 폐병을 치료하러 고향에 온 여인의 운명이 예사롭지 않았다. 「가마귀」를 다시 읽을 때마다 연호는 문득 자신이 폐병에 걸리면 어찌 되나 싶었고 이내 죽음의 공포에 사로잡혔다.

죽음의 두려움은 더 책을 읽게 했다. 어머니가 남긴 책에 『신인철학』이 있었다. 천도교인 이돈화가 1924년에 '새로운 사람'을 제안한 책으로 한자가 가득해 읽기 어려웠지만 목차에서 '死生問題'라는 쉬운 한자어가 눈에 띄어 그곳을 폈다.

신인철학에 따르면 죽음 자체가 공포를 일으키진 않는다. 자기 삶에 애착을 가짐으로써 그것을 잃는 공포가 생긴단다. 따라서 자기 개인을 넘어 더 큰 무엇을 생각하면 얼마든지 죽음의 두려움을 벗어날 수 있다.

책을 끝까지 정독할 수는 없었다. 모르는 한자의 수렁이 너무 넓었다. 다만 누구나 느낄 죽음의 공포를 넘어서려면 개인보다 큰 무엇을 추구하라는 말이 가슴에 와닿으면서도 '사람이 곧 하늘'이라는 주장은 알쏭달쏭했다.

할머니는 책을 읽는 손주에 속이 탔다. 많이 배워 좋을 것 하나도 없었다. 그렇지 않아도 소설과 철학책을 즐겨 읽던 연호는 외우기를 강요하는 학교에 적응하기 힘들었다.

일찌감치 할머니가 선을 그어준 탓이기도 했다. 군이 대학까지 갈 필요 없다고 혼잣말처럼 자주 말했다. 초등학교 때부터 그 말을 들었을 뿐만 아니라 할머니가 학교 성적에 아무런 관심도 없었기에 그다지 공부에 힘을 쏟지 않았다.

할머니로선 해방공간이 피로 가르쳐 준 교훈이었다. '많이 배우고 똑똑한 사람'들 대부분이 죽어나는 현실에 진절머리 났다. 손주가 세상에 휩쓸리지 않고 묵묵히 농사지으며 착한 여자 얻어 행복하게 살기를 소망했거니와 실상 대학까지 가르칠 형편도 아니었다.

막상 농업고등학교를 마칠 때 연호는 아쉬움이 남았다. 대학에 가서 문학과 철학을 공부하고 싶기도 했다. 할머니 혼자 애면글면 꾸려온 밭농사를 돕다가 대한민국 남자라면 꼭 마쳐야 할 군복무부터 해결하고 다시 생각해 보자며 밤이면 촛불을 켜고 어머니가 모아둔 천도교 잡지 「신인간」과 책들을 읽었다.

고등학교를 졸업한 그 해였다. 한가위를 맞아 너울가지 좋은 동창이 찾아왔다. 일찌거니 중학교만 졸업하고 집에서 부모를 도와 청산면에서 농사짓는 윤석은 연호를 볼 때마다 "농고를 졸업하고도 농사를 모른다"며 핀잔을 주었다.

윤석은 호주머니에서 지폐 두 장을 꺼내 들곤 영화를 보자고 했다. 둘은 동두천 동광극장으로 들떠 갔다. '얼룩무늬 사나이'라는 영화였는데 베트남전에 참전했다가 장렬하게 숨진 이인호 소령의 실화를 그렸다.

비극은 동굴을 수색할 때 일어났다. 수류탄이 떨어지는 찰나 몸으로 덮쳤다. 연호는 부하를 구한 이 소령의 실화에 감동하면서도 극장 간판에 붙어있던 여주인공 문정숙의 얼굴이 조금만 나와 아쉬웠다.

극장을 나오며 이인호 소령을 되짚어 보았다. 죽음의 공포를 넘어선 생생한 사례였다. 영화에 앞서 상영된 '대한뉴스'에서는 베트남전쟁에 참전한 맹호부대 용사들의 수색 장면과 호랑이의 포효 영상이 덧놓여 한층 인상 깊었다.

베트남전쟁은 연호가 놓고 1학년일 때 일어났다. 1964년 8월 이른바 '통킹 만 사건'이 발단이었다. 북베트남의 서울인 하노이와 가까운 통킹 만에서 미국 해군 구축함이 두 차례 어뢰 공격을 당했다는 뉴스가 온 세계로 퍼졌다.

미국은 즉각 보복에 나섰다. 북베트남을 대대적으로 폭격했다. 곧바로 미국 의회는 만장일치로 '통킹 만 결의안'을 채택했고, 미군은 '모든 것이 북베트남 책임'이라며 전쟁에 돌입했다.

한국은 한 달 뒤에 파병했다. 외과병원 장병과 태권도 교관으로 구성한 비전투병이었다. 남베트남 정부가 파병을 요청하는 모양새였지만 실제로는 미국의 요구였으며 결국 이듬해인 1965년에 전투부대인 맹호부대와 청룡부대를 파병했고 다음 해엔 백마부대도 가세했다.

대한뉴스는 맹호부대가 현지인들에게 사랑받고 있음을 부각했다. 서울 여의도에서 벌어진 맹호부대 환송식도 보여주었다. 젊은 여성 연예인들이 활짝 웃으며 꽃다발을 걸어주는데도 철모에 군장을 갖추고 하얀 장갑 낀 손을 절도 있게 올리며 의연히 걸어가는 군인들의 모습은 멋있고 늠름했다.

3

대한뉴스와 영화 '얼룩무늬 사나이'는 10대 연호의 감성을 파고들었다. 극장을 나온 연호와 윤석은 동광극장 뒷골목으로 들어갔다. 우그러진 양은주전자에 담긴 막걸리를 나누며 시작한 대화가 영화를 떠나 베트남 파병으로 이어지자 술잔을 호기롭게 비워 대던 윤석이 손등으로 아랫입술을 훔친 뒤 말했다.

"연호야, 우리 어차피 군 복무 할 바에 아예 월남 가면 어떨까?"

"…"

"멋지잖아? 게다가 돈도 엄청 벌고, 빨갱이들도 소탕하고 말이지."

"빨갱이들?"

"그래, 우리 박정희 대통령 각하께서 말씀하시지 않던. 베트남이나 남한이나 북쪽에 빨갱이들과 맞서 싸우는 건데, 베트남이 패하면 남한도 위험하다잖니."

"그런가."

"그럼, 나라 지키는 일인데?"

"…"

"돈도 엄청 벌 수 있어."

"그래도 전쟁터인데 너의 부모님이 허락하시겠니? 나도 할머니 혼자시라서."

"반대해도 내가 간다면 가는 거지. 그리고 너도 생각해 봐. 중학교 때 그 역사 선생이 우리는 고구려 무사의 후예라고 일러주었잖아? 무사의 후예가 뭐야? 바로 군인이야. 고구려 무사의 후손인 너와 내가 그냥 이렇게 농투성이로 늙어가면 어찌 되겠어."

"하긴 우리 몸에 고구려 무사의 피가 흐르고 있을 거야."

"그럼 그렇고말고."

"…"

"잘 생각해 봐. 현실적인 이유도 있어. 우리만 배고프게 살아가는 게 아니거든. 너도 언젠가 결혼할 거 아니니? 근데 마누라도 자식도 우리처럼 농투성이로 고생만 한다면 그렇게 살아야 뭐 하나 싶기도 해. 안 그래? 나는 목돈을 마련할 절호의 기회라는 생각을 떨칠 수 없어."

"윤석이 근데 너는 왜 월남 가자는 거야? 빨갱이로부터 나라 지키자는 거야? 돈 벌자는 거야?"

"둘 다이지. 음, 보자. 아무래도 나는 돈 버는 쪽이 끌리고, 보자, 아무래도 너는 부모를 모두 빨갱이에게 잃었으니 나라 지키는 쪽이 더 꼴리겠군."

연호는 그렇지 않아도 베트남에 끌리던 참이었다. 윤석의 이야기를 들으며 마음이 더 기울었다. 자기 개인을 넘어 더 큰 무엇을 생각하면 죽음의 공포를 벗어날 수 있다는 『신인철학』의 한 대목도 떠올랐다.

하지만 연호는 확답을 피했다. 재촉하는 윤석을 구슬려 일단 입대해서 더 알아보고 결정키로 했다. 윤석과 헤어진 뒤 어찌하면 좋을지 끙끙대다 모험을 해보자는 쪽으로 기울 때 불쑥 나타난 철민은 굳이 남의 나라 일에 목숨까지 걸 필요가 있느냐며 신중하라고 충고했다.

석 달 뒤 징집 명령서가 날아왔다. 신병훈련소를 거쳐 강원도 인제에 배치됐다. 이등병 연호는 내무반 고참들로부터 '기합'이라는 미명 아래 주기적으로 폭행을 당하며 인간의 본성에 점점 회의가 커졌다.

베트남도 예상보다 전사자가 훨씬 웃돌았다. 흠칫했다. 참전 사병들을 대대적으로 모집했지만 대학생들이나 권세 있는 집안에선 절대로 베트남에 가지 않는다는 '지원 기피' 소문이 연호를 무장 자극했다.

갈수록 갑갑했다. 많이 배우고 부유한 사람일수록 나라의 부름에 모르쇠 놓았다. 고구려의 강, 한여울에서 뼈가 굵은 청년 연호는 제 한 몸만 챙기는 이기주의자들에게 자신은 다르다는 사실을, 조국이 부르면 기꺼이 응하는 용기를 당당히 보여주고 싶었다.

마음을 굳히고 휴가를 받았다. 할머니는 깜짝 놀랐다. 외아들을 빨갱이들에게 잃었는데 하나뿐인 손주마서 잃을 수 없다며 절대로 안 된다고 울부짖듯 말렸다.

연호는 고집을 꺾지 않았다. '빨갱이들이 얼마나 무서운지 네가 몰라서 그런다'는 말도 역작용을 일으켰다. 이미 '멸공교육'을 거부감이 들 정도로 받은 연호는 부모와 할아버지까지 죽인 빨갱이들에게 적개심과 더불어 승부욕이 스멀스멀 올라왔다.

할머니를 차분하게 설득했다. 돈을 벌어 대학공부를 하고 싶다고도 했다. 실제로 외국에 나가 견문을 넓히고 싶었고 참전하면 입학금과 등록금 정도는 충분히 마련할 수 있다고 들었기에 대학 진학도 염두에 두고 있었다.

할머니는 대학 이야기에 말문이 막힌 듯했다. 연호는 죄송한 마음에 울컥했다. 하지만 할머니가 이름에 얽힌 사연을 들려주었을 때 모든 것이 운명처럼 다가왔다.

"너 고집이 아범을 닮았으니 이 늙은이가 어쩌겠니. 월남에 간 우리 국군 중에 맹호부대가 있지?"

"맞아요, 할머니도 잘 아시네요. 맹호부대도 있고 청룡부대도 있고, 또…"

"이왕 갈 거면 맹호부대로 가거라."

"하하, 알겠어요. 할머니, 맹호부대가 좋으세요?"

"실은 아범이 생각나서 그런다. 아범이 너를 호적에 올릴 때 본디 강맹호로 올리려고 했어."

"그래요?"

"너를 낳을 때 사나운 호랑이가 밀림에서 포효하며 달려 나오는 꿈을 꾸었다더구나. 하지만 내가 반대했지. 자식 이름을 너무 사납게 지으면 해롭다고 손사래 쳤어. 네가 태어난 시기에 패기가 넘쳐나던 황소고집 아범이 내 말에 콧방귀를 뀌면서도 슬며시 '연호'라고 호적에 올리더구나. 거기서도 너를 얼마나 끔찍이 사랑했는지 알 수 있지. 그런 아범이 빨갱이들 손에 죽고 너까지 빨갱이들이 득실거리는 월남에 간다니까 이것도 다 아범의 뜻인가 싶구나."

할머니는 설움이 복받친 듯 말을 마치자마자 늘켰다. 연호의 두 뺨에도 뜨거운 눈물이 주르륵 흘렀다. 할머니는 격정에 휩싸이면서 "아범이 아기인 널 안을 때마다 '우리 맹호, 우리 맹호' 불러대던 모습이 삼삼하다"고 토로했다.

연호는 어금니를 사리물었다. 모든 것이 필연이었다. 빨갱이 손에 죽은 아버지가 본디 '맹호'라는 이름을 지어주려 했다면, 아들의 장래를 위해 연천의 호랑이라며 '연호'라 올리면서도 생전에 늘 '맹호'라고 부르며 안아주셨다면, 아들로서 당당히 맹호부대에 들어가 당신의 한을 풀어 드리는 것이 도리라고 결기를 세웠다.

연호는 패기 있게 참전 지원서를 냈다. 맹호부대 아니면 안 간다고도 밝혔다. 연호는 뜻한 대로 맹호부대에 편입되어 목숨을 던져 부하를 구한 강재구 소령의 이름이 붙은 재구대대에 배치받았다.

혹독한 실전 훈련에 들어갔다. 미처 몰랐던 부대 역사도 들을 수 있었다. 맹호부대는 본디 1949년 6월 수도경비사령부로 창설되어 6.25 전쟁 중인 1950년 7월에 수도사단으로 이름을 바꾼 뒤 원산에 가장 먼저 들어갔으며 지리산공비토벌 작전도 맡은 정예부대였다.

맹호부대는 '강재구'로 국민적 눈길을 모았다. 초등학생들도 맹호 마크를 좋아했다. 외곽의 방패는 조국 방위, 포효하는 호랑이는 비호부대, 번득이는 눈은 번개부대, 녹색바탕은 혜산진부대, 호랑이의 붉은색 혓바닥은 포병여단, 흰색 둘레는 단결을 상징했다.

연호는 맹호부대에 자부심을 느꼈다. 돌아가신 부모님도 뿌듯하실 터였다. 군악대의 환송 음악을 배경으로 부산 제3부두에서 철모를 쓰고 하얀 장갑 내뻗으며 행진할 때 연호의 내면은 장엄하달 만큼 엄숙했다.

배 위에선 연이어 박이 터졌다. 화려한 색종이들이 나부꼈다. 손을 흔들어 준 여고생의 해맑은 얼굴을 보며 이북의 빨갱이들로부터 저 소녀를 지켜주려고 싸우러 간다는 다짐과 함께 원통하게 눈감았을 아버지와 어머니의 원혼을 베트남에서 조금이라도 달래겠다고 거듭 결기를 세웠다.

참전용사들로 배는 가득 찼다. 부두에 환송 나온 사람들은 감격에 겨운 듯 태극기를 흔들었다. 연호는 배에 오르기 직전에 마주친 맑은 여고생 얼굴을 찾으며 태극기를 45도 각도로 힘차게 흔들고 맹호부대 노래를 3절까지 부르고 또 불렀다.

자유통일 위해서 조국을 지키시다
조국의 이름으로 님들은 뽑혔으니
그 이름 맹호부대 맹호부대 용사들아
가시는 곳 월남 땅 하늘은 멀더라도
한결같은 겨레 마음 님의 뒤를 따르리다
한결같은 겨레 마음 님의 뒤를 따르리다

자유통일 위해서 길러온 힘이기에
조국의 이름으로 어딘들 못 가리까
그 이름 맹호부대 맹호부대 용사들아
남북으로 갈린 땅 월남의 하늘 아래
화랑도의 높은 기상 우리들이 보여주자
화랑도의 높은 기상 우리들이 보여주자

보내는 가슴에도 떠나는 가슴에도
대한의 한마음이 뭉치고 뭉쳤으니
그 이름 맹호부대 맹호부대 용사들아
태극 깃발 가는 곳 저기야 다를쏘냐
무찌르고 싸워 이겨 그 이름을 떨치리라
무찌르고 싸워 이겨 그 이름을 떨치리라

목이 쉬도록 불렀다. 연호만이 아니었다. 배에 오른 군인들 대부분이 흘러내리는 눈물을 훔치지도 거두지도 않고 태극기를 위에서 아래로 크게 흔들며 노래를 불렀다.

'맹호는 간다'를 세 번 불렀을 때다. 뱃고동이 울렸다. 드디어 간다는 기대감과 동시에 자칫 살아서 돌아오지 못할 수도 있다는 긴장감이 감돌았다.

연호만이 아니었다. 승선한 병사들 두루 잘 알고 있었다. 자신들처럼 떠난 '맹호'들이 태극기 아래 시신이 되어 돌아온 사실을 새삼 새기며 멀어져 가는 조국 땅을 먹먹히 바라보았다.

연호에게도 예상 못한 공포가 엄습했다. 심장마저 서늘해 왔다. 자칫 할아버지, 아버지·어머니에 이어 자신까지 3대가 빨갱이들에게 목숨을 빼앗긴다면 가문의 영원한 치욕이라는 생각이 들었다.

때마침 집결 명령이 떨어졌다. 선상에서 실전 교육이 시작됐다. 베트남전에서 혁혁한 전과를 세워 무공훈장을 받았다는 구릿빛 네모진 얼굴의 중령이 칠판에 '양민인가 빨갱인가'를 쓰고 난 뒤 장병들을 힘 있게 둘러본 뒤 으름장을 놓았다.

"제군들에게 분명히 말한다. 내가 지금 알려주는 정보 하나만 숙지하고 있으면 제군들은 반드시 살아서 조국에 돌아온다. 어떤 정보인가? 자, 정신 집중해서 듣기 바란다. 제군들이 작전 중에 월남 사람을 총으로 겨누다가 그가 양민인가 베트콩인가 망설이는 바로 그 순간이 제군들에겐 죽음이다!"

공포감이 더해졌다. 양민이라 여겨 멈칫할 때 그들로부터 총알이 날아온다는 경고였다. 베트콩은 민간인으로 위장하며 잡혀도 자신의 정체를 끝까지 밝히지 않기 때문에 구분하기 어렵다고 강조했다.

연호는 공포를 이겨낼 방법을 스스로 찾아냈다. 대통령 각하의 연설이었다. 신문과 방송 모두 위대한 영도자이신 박정희 각하가 "월남이 무너지면 조국도 위태롭다"고, "월남을 지키는 것이 조국을 지키는 일"이라고 훈시한 대목을 부각해서 보도했다.

수꿀할 때마다 각하 말씀을 곱씹자고 작심했다. 혼자 조용히 '맹호는 간다'를 되풀이해 불렀다. "태극 깃발 가는 곳"에서 온몸을 던져 "무찌르고 싸워 이겨" 가문의 피맺힌 한을 조금이라도 풀겠노라고 도슬렀다.

그날 출항하던 풍경을 연호는 평생 잊을 수 없었다. 비장함이 짙었다. 그렇기에 전역한 지 오랜 시간이 흘러 노년에 접어든 뒤에도 젊은 여가수가 부르짖듯 노래하는 '맹호는 간다'를 들으면 힘이 벌끈 솟았다.

베트남 가는 바닷길은 자못 긴 항해였다. 부대를 떠나 춘천역, 청량리역, 부산역으로 이어진 환송의 기억은 시나브로 사라졌다. 이윽고 베트남에 도착하자 환영식이 열리며 낯선 얼굴의 소녀들이 도열해서 태극기를 흔들어 주었지만 찌는 무더위마저 무색케 하는 차가운 기운이 등골 어딘가로 흘러내렸다.

전쟁은 신참을 기다려 주지 않았다. 곧 전장에 투입됐다. 영화배우 신성일을 뺨칠 만큼 잘생긴 소대장은 "파릇파릇한 신병도 왔으니 오늘은 작전을 느슨하게 진행하자"며 분대장 바로 옆에 연호를 배치하고 수색에 나섰다.

하지만 안전한 길목이라 여긴 그곳에 베트콩이 진을 치고 있었다. 치열한 총격전이 세 시간 넘게 벌어졌다. 분대장에게 '신병 잘 보호하라'고 소리치던 소대장은 바로 앞에서 터진 포탄에 머리 한쪽이 참혹하게 날아갔다.

순식간이었다. 총알과 포탄이 비 오듯 쏟아졌다. 베트남 파병을 위한 실전훈련 과정에서도 스스로 초연한 남력을 자부해 온 강연호는 전투가 한창일 때 군복에 오줌을 지렸고 아군의 긴급 지원으로 베트콩이 물러간 뒤 소대장을 비롯한 전사자들의 시신을 목격하곤 누런 위액이 나올 때까지 토했다.

반세기 넘어서도 전우들이 암암할 때마다 연호는 이슬이 맺힌다. 참전용사 거의 모두가 가난한 집 아들이었다. 당시 그들을 베트남에 가라고 부추긴 사람들도, 나중에 그 전쟁은 잘못이었다며 부정한 인간들도 모두 대학을 졸업한 먹물인데 비해, 연호의 전우들은 너무나 장래가 뻔해 보이는 빈곤의 굴레에서 안간힘을 다해 벗어나 보려는 민중의 아들이었다.

따라서 맹호부대를 모욕할 권리는 누구에게도 없다고 연호는 확신해 왔다. 다만 한국군 가운데 일부는 분명 비뚜로 나갔다. 연호는 자신이 처음 배치된 소대가 특수해서 자칫 모든 맹호부대가 그런 일을 저지른 것처럼 오해를 줄 수 있기에 다른 이들에게 증언하기를 꺼려왔다.

그랬던 연호가 일흔을 넘어 생각을 바꿨다. 사랑하는 손녀의 권고가 결정적이었다. 대한민국의 내일을 위해 맹호부대의 빛 못지않게 차마 보고 싶지 않은 어둠도 진즉에 직시해야 옳았다.

참담한 수색작전은 재구대대에 충격이었다. 돌아온 소대원들은 일주일 휴식을 취했다. 대대장이 고참들을 대거 투입해 소대를 재정비하고 첫 매복 작전에 들어간 날, 분대별로 흩어져 한 걸음 한 걸음 목표 지점까지 나아가는 선임 병사들 뒤를 연호는 숨죽이며 발맘발맘 따라갔다.

이윽고 매복 지점에 이르렀다. 매복에 들어가고 채 10분도 지나지 않아서였다. 연호의 눈에 야트막한 산으로 올라오는 세 사람의 민간인이 들어왔을 때 이미 고참들의 눈빛은 번쩍이고 있었다.

분대장이 서둘러 망원경으로 살폈다. 회심의 미소를 지었다. 망원경을 힘 있게 내리며 무전병을 바라보고는 신바람이 난 듯 짧고 굵게 말했다.

"밥이다, 밥!"

무전병의 입도 귀 아래까지 벌어졌다. 재빠르게 다른 분대에 알렸다. 허기진 배를 채울 먹잇감을 발견한 하이에나처럼 앞을 바라보며 들뜬 목소리로 쏙닥쏙닥 전했다.

"날고기, 날고기, 전방 100미터 능선, 2인분 식사 추진. 오바."

무슨 뜻인가 짐작이 가면서도 설마 했다. 연호에겐 열매 따러 온 여자들로 보였다. 남자는 낡은 자루를 메고 있는 것으로 미루어 여인들이 딴 열매와 나물을 짊어질 요량인 듯했다.

고향 연천의 산천이 얼핏 떠올랐다. 아낙들이 산과 들에서 쑥을 캐는 풍경이 이어졌다. 그랬기에 더욱 '밥'이라는 분대장의 환성도, '날고기 2인분'이라는 무전병의 환호도 타국 땅에서 매복 작전을 펴는 군인들이 서로 향수를 달래는 차원쯤으로 여겨졌다.

그런데 상상도 못한 일이 벌어졌다. 세 사람이 매복 지점으로 다가왔을 때다. 감궂게 생긴 부분대장이 조준에 나설 때만 하더라도 연호는 사내가 가분재기 베트콩으로 돌변해 총을 들이대는 만일의 사태에 대비하는 줄로만 알았다.

곧 손 들라 외치고 검문하리라 믿었다. 그 순간 부분대장이 방아쇠를 당겼다. 총성이 산으로 둘러싸인 정적을 가르며 울려 퍼지고 거꾸러진 남자의 몸에선 붉은 피가 흘러나왔다.

뒤따르던 두 여성이 비명을 질렀다. 부분대장이 앞장서서 다가갔다. 얼빠진 듯 벙벙하던 연호가 자기 옆에 매복해 있던 선임병에게 간신히 물었다.

"김 상병님. 저 사람들 민간인 아닙니까?"

"민간인? 얘기 못 듣고 왔나? 우린 월맹 정규군과 싸우는 게 아니야. 빨갱이는 자기가 빨갛다고 표시 내지 않아. 베트콩과 민간인이 구별이 안 된다고. 너 살아서 돌아가려면 지금 내가 한 말 절대 잊지 마라."

"그래도 저 사람들은…"

"이것 봐. 네 말대로 저 사람들이 민간인이라고 치자. 그런데 군사 작전 구역에 무단으로 침입했잖아. 그럼 빨갱이인 거야."

"우리가 매복하는 여기가 작전 구역임을 저 사람들에게 알려주었습니까?"

"이 새끼가 정말? 우리 매복한다고 적에게 알려주란 말이냐? 너 지난 수색작전에서 소대장님까지 당한 것 그새 잊었어?"

연호는 이해할 수 없었다. 임의로 작전 구역을 정하지 않았던 가. 그래 놓고 민간인이 그 안으로 들어오면 빨갱이라는 주장에 담긴 문제점을 되묻고, 지금 상황은 수색작전과는 별개라고도 항변하고 싶었다.

하지만 그럴 틈조차 없었다. 김 상병은 이미 달려 나갔다. 부분 대장이 두 여자 앞에 서서 희롱을 시작하는 꼴이 연호의 눈에도 들어왔다.

"와, 이거 입으로 깨물어도 비린내조차 나지 않을 것 같은데? 아주 싱싱한 콩가이일세."

"정말인데? 척 봐도 처녀 같아."

베트남 말 '콩가이'는 여자, 소녀란 뜻이다. 베트남에 발을 들여 놓기 전에 배에서 익힌 말이다. 분대장과 부분대장이 각각 죽은 사내 앞에서 오열하는 두 여자의 젖가슴을 손으로 꽉 쥐어 일으 켜 세웠다.

가슴을 움켜쥔 손아귀가 꿈틀거렸다. 두 여성은 고통에 숨 쉬 기도 힘들어했다. 분대장과 부분대장은 아랑곳없이 숲으로 데려 가더니 단검을 빼어 들고 여자들이 입고 있는 옷을 찢어발겼다.

우거진 풀숲 사이로 젊은 여성의 알몸이 보였다. 두 여성은 저 항했다. 하지만 곧 격렬하게 움직이는 부분대장의 넓적한 엉덩이가 보였다.

연호는 분개감이 치밀었다. 그런데 분노만이 아니었다. 군복 바지 사이에서 억누를 수 없는 욕망이 꿈틀거리자 연호는 자신의 몸과 마음이 어긋나는 현실을 의식하곤 뒤숭숭했다.

인간적 좌절감이 뒤따랐다. 부분대장이 바지를 추스르며 숲에서 나왔다. 기다렸다는 듯이 바로 다음 고참이 뛰어들어 혁대를 끌렀고, 뒤를 이어 분대원들이 두 여자를 돌아가며 겁탈할 때 분대장은 마치 선심이라도 쓰듯 말했다.

"어이! 신병! 마지막으로 네 차례야."

연호는 역겨웠다. 말없이 고개 저었다. 분대장이 "어쭈? 아직 안 굶었다 이건가? 아님, 신병에게 먼저 맛보게 하지 않아 그런 거야?"라고 빈정댔지만, 연호는 말려들고 싶지 않아 짐짓 거쿨지게 말했다.

"아닙니다! 아직 상황을 숙지하지 못했습니다."

"뭐 상황을 숙지 못했다?"

"더 배우겠습니다!"

"이 새끼 보래? 사내새끼가 구멍 찾아 넣는 일도 배워야 하나?"

연호는 막말에 눈살을 찌푸렸다. 그때 무전기 신호가 왔다. 반대쪽에서 매복했던 분대가 낄낄대며 떠벌이는 소리도, 분대장이 능글맞게 히죽대는 답변도 구저분했다.

"너네만 먹을 건가. 이쪽으로 배달하지 않으면 우리가 먹으러 간다. 오바."

"신병 교육 중. 신병 교육 중. 오바."

"오, 알았다. 그럼 오늘은 참겠다. 확실히 교육하기 바란다."

"자, 어쩔래, 어서 수풀로 가. 이건 명령이다."

외통수를 맞은 듯했다. 그때 두 발의 총성이 울렸다. 집단 강간을 마친 뒤 증거를 원천적으로 없애려고 막 겁탈한 두 여성을 죽이는 그 가증스런 소리가 연호를 구출해 주었다.

분대장 눈초리가 매섭게 올라갔다. 총성 난 곳으로 뛰어갔다. 조금 전 강간을 벌인 곳, 게다가 살인을 저지른 현장으로 들어가 연호가 들으라는 듯이 소리 질렀다.

"야! 아직 신병이 남았는데 쏘면 어떻게 해?"

"아, 깜박했습니다."

"신병 교육 안 할 건가?"

"아닙니다. 다음엔 확실히 교육하겠습니다."

분대원들은 희희낙락했다. 풀숲에 너부러져 휴식을 가졌다. 다시 매복에 들어가 저녁 하늘이 핏빛 노을로 물들 때까지 머물면서 두 여자를 강간한 즐거움을 되새김질하는 듯 저마다 흡족한 미소를 지었다.

연호는 허탈했다. 부대로 돌아와서도 잠을 이루지 못했다. '빨갱이 박멸' 외에는 아무런 정신교육이 없는 군대 조직에서 '살인 병기'들을 마치 공장의 벽돌처럼 찍어내고 있다는 생각이 들면서도, 당장 다음에는 자신에게 가장 먼저 강간하라고 족대길 텐데 어떻게 대처할까 애태우느라 거의 뜬눈으로 밤을 보냈다.

4

운명의 날은 사흘 만에 찾아왔다. 그날은 수색작전에 나섰다. 분대가 숲속의 작은 마을을 발견하고 가만가만 다가갔는데도 주민들이 어디론가 피했는지 아무도 없어 분위기가 심상찮았다.

무성한 숲을 둘러보던 부분대장의 날카로운 눈이 뭔가를 포착했다. 살금살금 발걸음 옮기는 애리한 여자였다. 비무장 상태인 그녀를 서풋서풋 쫓던 부분대장은 마을과 조금 떨어진 숲속에 자리한 외딴 집으로 살며시 들어가는 모습을 포착했다.

부분대장은 손짓으로 신호를 보냈다. 모든 분대원이 집결했다. 분대장은 허름한 외딴 집을 포위하고 총구를 겨눈 채 익혀둔 베트남 말로 소리쳤다.

"손 들고 나와! 그럼 살려준다."

"…"

"다섯까지 센다. 그 다음엔 바로 폭파한다."

"…"

"하나, 둘, 셋, 넷."

모두 긴장했다. 연호는 입안이 말라갔다. 잠시 숨을 고른 분대장이 마치 신바람이라도 난 듯이 큰 소리로 외쳤다.

"수류탄 투척 준비!"

그 순간이다. 집 밖으로 하얀색이 나타났다. 대나무에 걸린 흰천을 앞세우고 젊은 사람들이 곰비임비 밖으로 나왔다.

남자 둘, 여자 둘이다. 외모가 깔끔했다. 손 들고 나오면 살려주겠다던 분대장은 두 여자를 번갈아 바라보며 들뜬 표정을 감추지 못한 채 앞선 남자에게 총을 겨누며 추궁했다.

"너희들 베트콩이지?"

네 사람이 동시에 손사래를 쳤다. 분대장 지시로 두 남자만 묶었다. 그들이 베트콩인지, 아니면 외국군을 피해 숨은 민간인인지 도무지 분간할 수 없어 연호가 갈팡질팡하던 사이에 분대원들이 집 안을 샅샅이 뒤지고 나왔다.

부분대장이 바투 다가섰다. 분대장은 욜랑욜랑 목운동을 하며 거드름을 피웠다. 키가 작고 호리호리한 여자를 앞으로 불러내온 뒤 분대장이 그녀와 나머지 세 사람에게 도끼눈으로 물었다.

"베트콩이 어디로 숨었는지 말해."

모두 손사래 쳤다. 분대장이 눈짓으로 신호를 보냈다. 예상했다는 듯이 부분대장이 칼로 여자의 옷을 찢어 내렸다.

"숨은 곳을 대라. 아니면 이 여자를 죽이겠다."

남자 한 명이 애원과 분노가 뒤섞인 어조로 소리쳤다. 연호는 무슨 말인지 몰랐다. 분대장이 마치 분대원 모두를 위해 친절하게 통역이라도 해주듯이 한국어로 되물으며 언구럭 부렸다.

"집 밖으로 나오면 살려주겠다지 않았냐? 베트콩이 아니면 그런다는 거지. 너희가 정말 베트콩이 아니라면 그들이 숨어있는 동굴을 말해주어야 믿을 수 있잖아?"

이어 베트남어로 말했다. 분대장과 부분대장의 눈빛은 살기가 어렸다. 그들과 몇 차례 말을 주고받던 분대장이 고개를 흔들더니 부분대장에게 경쾌하게 말했다.

"안 되겠어. 몸수색 실시."

부분대장이 여자의 사타구니에 손을 넣었다. 여자가 부분대장의 손을 뿌리쳤다. 그러자 부분대장 눈매가 험상궂게 올라가더니 단박에 여자의 등을 단검으로 찌르고, 힘없이 쓰러진 여자에게 올라타 젖무덤을 도려냈다.

묶인 남자가 비명을 질렀다. 그녀의 연인인 듯했다. 그 순간까지 아직 여자의 숨은 멎지 않아 온몸이 경련을 일으켰다.

남자가 벌떡 일어났다. 묶인 채로 달려들었다. 부분대장은 날쌔게 옆으로 비켜서더니 어느새 사내의 가슴에 칼을 꽂고 내리그었으며, 다른 남자가 몸을 던져 머리로 받을 때도 살짝 피하고는 허리에 칼을 꽂았다.

부분대장은 거들먹거리며 히죽댔다. 홀로 남은 여자에게 다가갔다. 늘씬한 몸매의 여자를 일으켜 세우고는 고통으로 신음하는 두 남자의 피가 흐르는 칼날을 눈 가까이 들이댔다.

여자는 참극을 모두 지켜본 참이었다. 얼굴이 하얗게 질렸다. 그 창백한 얼굴을 빤히 바라보던 부분대장이 잽싸게 그녀의 웃옷에 두 손을 집어넣어 가슴을 주물렀다.

연호는 치가 떨렸다. 부분대장이 그녀의 엉덩이를 거머쥘 때였다. 여자가 바지 허리춤에서 무엇인가를 꺼내는 동시에 부분대장이 두 손으로 목을 감싸며 비명을 질렀다.

"이…년이…"

"독침이다!"

분대장이 소리치며 달려갔다. 여자의 손목을 잡아 비틀었다. 분대장이 주먹 쥔 다른 손으로 가슴을 치자 여자가 뭔가를 땅바닥에 떨어트리면서 나뒹굴었다.

모두 떨어진 '독침'을 응시했다. 대나무를 작게 잘라 뾰족이 깎았다. 끝에 피가 묻은 것은 사실이지만 연호에겐 아무리 보아도 독침처럼 보이진 않았다.

분대원들이 쓰러진 부분대장에게 몰려들었다. 경련을 일으키며 몸부림치고 있었다. 미처 손쓸 틈도 없이 목과 입으로 피를 내뿜던 부분대장은 얼마 가지 않아 움직임이 멎고 말았다.

분대장 눈에 핏발이 섰다. 급박하게 연호를 불렀다. 연호가 한 발 앞으로 나서자 분대장은 여자를 살천스레 노려보며 차갑게 내뱉었다.

"저년, 찔러 죽여!"

"네?"

"분명히 독침 봤지? 저년은 확실한 베트콩이야. 우리를 대표해 네가 원수를 갚아. 부분대장 피가 식기 전에 말이다. 당장 찔러 죽여!"

"…"

"어? 이 새끼, 뭘 망설이는 거야."

"그게 아니라."

"그게 아니라니?"

"이 사람들이 민간인인지 베트콩인지 아직 조사도 안 했잖습니까. 그리고 베트콩이라 하더라도 포로 아닙니까?"

순간 분대장만이 아니었다. 분대원들 모두의 숨이 멎은 듯했다. 기습적인 정적에 당황한 연호는 싸늘한 분위기가 덮쳐오는 압박감에 귀가 먹먹해 왔다.

"와, 저 새끼 지금 뭐라노?"

"저 개자식부터 확 찢어 죽입시다."

분대원들이 동시에 내뱉었다. 연호는 자신의 심장이 쿵쾅거리는 소리를 들었다. 분대원들의 모든 눈이 적개심으로 타오르자 분대장은 차가운 미소를 짓더니 마치 이를 가는 듯한 목소리로 낮게 말했다.

"너. 조금 전 이년이 너의 상관을 죽인 것 보지 못했니? 아니면 안 본 척하는 거니?"

"그건 앞서 세 사람이나 살해하고 성적으로도 학대했기 때문 아닙니까?"

"뭐야?"

"물론 저도 부분대장의 죽음에 충격과 분노를 느낍니다. 다만."

"다만?"

"우리 맹호는 재구부대 아닙니까?"

연호의 말에 일순 조용했다. 곧 누군가가 웃음을 터트렸다. 연호는 여기서 실떡거리다가 자칫 살해당할 수 있다는 위기의식을 본능적으로 느끼곤 당당하려고 애썼다.

"그래서? 재구부대가 어떻다는 거지?"

"우리 부대는 강재구 소령님 앞에 부끄럽지 않아야 한다고 생각합니다."

"넌 지금 우리가 부끄럽나?"

"제 말은 우리가 저들을 정당하게 대했다면 부분대장에게 저런 일이 일어나지 않았다는 거죠."

"와, 이거 돌겠구나."

분대장 얼굴이 굳어졌다. 하지만 노련했다. 분노를 한껏 증폭시켜 연호를 제외한 모든 분대원을 확실하게 자기 쪽으로 끌어들였다.

"너 같은 놈을 어떻게 믿고 우리가 전장에 함께 나서겠니? 죽은 강재구 소령이 네놈을 본다면 정말 기가 막힐 거다. 바로 너처럼 겁 많은 놈이 수류탄을 적들이 아닌 우리 쪽에 떨어트려 강 소령이 죽은 거란 말이야. 알아들어?"

연호는 흔들렸다. 사위가 살기로 번득였다. 분대장은 찬찬히 분대원들을 둘러보며 확인 받듯이 물었다.

"이 싸가지 없는 신병을 어찌해야 좋을까."

"저에게 맡겨주십시오."

며칠 전 강간하고 총을 쏜 상병이었다. 첫날부터 연호를 못마땅해했다. 비아냥대길 즐기던 문 상병이 감때사나운 얼굴로 일어나자 분대장이 화답했다.

"좋아, 어디 믿어보마."

문 상병이 성큼성큼 연호에게 다가섰다. 느닷없이 주먹으로 연호의 머리를 갈겼다. 연호가 쓰러진 채 현기증과 두통으로 머리를 감싸고 있을 때, 문 상병이 올라타고 칼을 속눈썹까지 들이댔다.

"너 이 새끼, 여기 죽으러 왔어? 돈 벌러 왔어?"

"빨갱이들과 싸우러 왔습니다."

"호, 그래? 그건 맘에 드는군. 그런데 바로 그 빨갱이 죽이라는데 무슨 개소리를 작작 늘어놓는 거야."

"빨갱이가 아닐 수도 있어서입니다."

"닥쳐, 저년이 조금 전까지 너와 나의 생명을 지켜주던 부분대장님을 죽였다. 그런데 너는 복수할 생각이 눈곱만큼도 없다는거니?"

연호는 더 말하지 않았다. 문 상병의 충혈된 눈에 살기가 돋아났다. 예리한 칼끝을 거의 동공까지 들이대어 눈을 온전히 뜰 수도 없었다.

"왜 말이 없지?"

"…"

"분대장님 명령이 우습다는 거냐?"

"…"

"여긴 철없이 촐싹대도 좋은 학교가 아니거든. 자, 어쩔래?"

연호에게 죽음이 성큼 다가왔다. 살해당할 수 있다는 위기감이 들었다. 그건 허망한 개죽음, 아니 개만도 못한 죽음이 분명했거니와 저들이 자신을 죽이고 얼마든지 전사자로 처리할 수 있겠다는 망상마저 번쩍 스쳤다.

"명령… 따르겠습니다."

문 상병이 비웃음을 날렸다. 살천스러웠다. 성취감에 가득한 문 상병이 칼을 거두고 연호의 목을 누르던 손도 한껏 멋을 내어 풀어주며 빠르게 지시했다.

"좋다. 곧장 명령을 수행한다. 실시!"

연호가 후다닥 일어났다. 그녀에겐 천천히 다가갔다. 연호는 분대원 모두가 자신의 뒤통수를 노려보고 있는 사실을 의식하고 빠르게 속삭였다.

"미안해요. 당신, 어차피 죽어요. 당신도 조금 전 한국의 젊은 남자를 죽였잖아요. 지금 내가 죽이지 않으면 어쩌면 집단 강간 당하고 죽을지 몰라요. 그러니 지금 내 손에 죽는 게 차라리 나아요. 알아듣겠어요?"

그 말은 연호 자신을 위해서였다. 그녀는 한국어를 모를 터였다. 그런데 울먹울먹 말을 마치자 알아들었다는 듯이 고개를 끄덕끄덕하는 그녀를 보고 놀란 연호가 머춤할 때 분대원들이 아우성쳤다.

"야, 빨리 쏴서버려."

"저 새끼, 또 지랄 떠는 거 아냐?"

"혹시 여자에 다가서니 살냄새가 그리운 거 아냐?"

마지막 말에 저항감이 일었다. 분대원들 사이에선 비웃음이 터졌다. 바로 직전까지 부분대장의 죽음에 홍두깨 뻗치고 베트콩 여자에 치를 떨던 분대원들은 어느새 키득키득 웃으며 저마다 한 마디씩 던졌다.

"어때, 우리 앞에서 따먹어 볼래?"

"그것도 괜찮지."

"분대장님, 명령을 바꿔요. 저 녀석이 따먹게 하죠."

"그래요, 저 양심적인 새끼가 씹하는 모습 좀 봅시다."

그 순간이다. 연호가 칼을 꽂았다. 피가 얼굴까지 튀자 박수가 터져 나오고 분대장이 다가왔다.

"잘했어. 이제 너도 진정한 우리 분대원이 된 거야. 그럼 저년 젖꼭지와 성기를 도려내."

연호는 경악했다. 칼을 쥔 손이 눈에 띄게 떨렸다. 살인을 한 직후의 살벌한 눈매로 분대장을 쏘아보자 그가 멈칫했다.

문 상병이 빠르게 나섰다. 분대장과 연호의 중간에 끼어들었다. 연호가 마구 찔러댄 직후라서 붉은 피가 뚝뚝 흐르는 단검을 스리슬쩍 제 손에 가져가며 마치 딴청이라도 피우듯 말했다.

"어떻게 도려내는지 모르겠지?"

"…"

"자, 내가 하는 걸 잘 봐. 베트콩 사살의 증거가 필요하거든. 시신을 가져갈 수는 없으니까. 잘 봐둬."

문 상병은 세 부분을 도려냈다. 분대원 하나가 봉투를 꺼내 왔다. 피 범벅이 된 신체의 일부를 담은 뒤 문 상병이 연호를 보며 히죽 웃었다.

"약속하지, 너 피 맛을 본 상으로 콩가이 하나 선물해 주마."

누군가 뒤통수를 툭 쳤다. 분대장이다. 연호를 매처럼 날카롭게 노려보고는 분대원들을 둘러보며 으스대듯 말했다.

"오늘 베트콩 넷 사살. 전과 올렸으니 이제 돌아간다. 사살한 증거들을 확보하는 대로 떠나자. 자, 지금부터 증거 확보에 나선다. 실시!"

분대원들이 흩어졌다. 시신들 옷을 헤치며 뭔가를 찾았다. 더러는 사내의 귀를 자르고 더러는 여자의 몸에서 특정한 곳을 도려냈다.

아까부터 속이 울렁이던 연호는 기어이 토하고 말았다. 눈앞에 모든 것이 비현실적으로 다가왔다. 분대장 지시로 피투성이 시신을 모아놓고 수류탄을 터트려 움푹 파인 구덩이에 너덜너덜한 몸들을 욱여넣고는 덮었다.

그들은 정말 베트콩일까. 이미 상황은 끝났지만 연호는 알고 싶었다. 베트콩인지 아닌지 증거를 확보한다며 외딴집 안으로 다시 들어갔지만 어떤 무기도 찾지 못했다.

아무래도 베트콩은 아닌 듯했다. 뾰족하게 깎은 대나무조각은 독침도 아니었다. 연호는 첫 느낌도 그렇고 전투지역 마을에서 젊은 여자가 지닌 호신용—이를테면 조선여인들의 은장도처럼—나무 송곳이라는 생각을 지울 수 없었다.

그럼에도 연호의 내면 한쪽에선 그들을 베트콩으로 믿으려 했다. 실제로 나중에는 확신하기에 이르렀다. 하지만 사건 직후에는 자신의 손으로 사람을 죽였다는 명백한 사실로 며칠째 불면에 시달렸고, 어쩌다 어리어리 잠이 들어도 가슴에 대검 꽂힌 귀신이 추격해 오는 악몽에 시달려 깨어나서도 헛소리를 늘어놓았다.

5

연호의 이상 징후는 중대장에게 보고됐다. 이튿날 연호에게 대대 선임하사가 찾아왔다. 거적눈이 언뜻 인자해 보이지만 시선만큼은 날이 선 중년의 선임하사는 자신이 어렸을 때 할머니로부터 들었다는 설화를 제법 잔잔히 들려주었다.

"옛날에 한 사내가 처자식을 거느리고 살았대. 너무 가난한 나머지 차라리 죽을 생각을 했다는구먼. 근데 사람들이 넘다가 거의 죽어버리는 고개가 있다는 소문을 들었어. 그 고개를 죽지 않고 넘으면 팔자를 고칠 수 있다는 거야. 어쩌겠어? 넘고 싶었겠지. 고개를 올라가던 사내는 꼭대기 바위에 앉아있는 노인을 발견했어. 호랑이가 둔갑해 있다는 것을 알아차렸지. 사내는 가까이 다가가서 차라리 얼른 잡아먹으라고 했어. 그러자 노인이 자기는 사람을 먹지는 못한다는 거야. 그게 무슨 말이냐고 묻자 노인이 눈썹을 하나 뽑아주면서 그것을 대고 고개로 올라오는 사람들을 보라고 했어. 사내가 그 눈썹으로 보니 정말 사람들 대부분이 개나 돼지였지. 노인은 사내에게 다 보았으면 눈썹을 돌려달라고 했어. 사내는 눈썹을 들고 돌아서서 고개를 달려 내려왔지. 그 눈썹으로 아내를 보니 암탉이었대. 이혼하고 자기처럼 사람인 여자와 결혼하니 점점 재산도 늘어나고 행복하게 살았다는 거야."

설화가 들음 직했다. 이야기를 마친 선임하사는 연호와 눈을 맞췄다. 자신이 설화를 들려준 의미를 파악했는지 탐색하는 눈빛이었지만 연호는 일부러 심드렁했다.

"자네 표정을 보니 이미 알아차렸군."

"뭘요?"

"우린 맹호부대잖아? 맹호부대답게 저마다 호랑이 눈썹을 가져야 해. 호랑이 눈썹으로 보면 베트콩은 사람이 아니라고. 알겠나? 수색 중에 맞닥트린 베트콩이 바로 너의 소대장과 전우들을 죽였단 말이다. 여자라고? 여기서 얼마나 많은 우리 전우들이 여자 손에 죽어나갔는지 알아? 네가 죽인 여자도 너의 부분대장을 죽이는 거 봤을 거 아닌가? 귀관이 사람을 죽였다고 생각하지 마. 호랑이 눈썹으로 그들을 보란 말이다."

선임하사 목소리에 힘이 들어갔다. 불쑥 왼손을 내밀어 연호의 턱을 받쳤다. 불쾌감에 쏘아보자 선임하사는 얼굴을 요모조모 살펴보더니 짐짓 감탄이라도 하듯이 덧붙였다.

"내가 관상을 좀 배웠거든. 자네 자세히 보니 귀는 작고 눈은 크고 부리부리해, 눈빛도 강렬하고, 입도 크고 입술이 아주 붉은 것까지 영락없어."

"?"

"호랑이상일세."

"…"

"호랑이상은 신중하지만 강직하지. 감정을 함부로 내뱉지 않아. 단, 화가 나면 아주 용맹해. 귀관이 이제 용맹성을 보일 때야. 여기 머나먼 땅에 온 너의 전우들이 날마다 두 명꼴로 베트콩 총에 죽고 네 명꼴로 부상당하고 있다는 걸 명심하라고. 이제 귀관이 호랑이 눈썹을 가질 때다. 알겠나?"

설화는 연호에게 위안이 되었다. 그렇지 않아도 다시 전투 현장과 만나야 했다. 호랑이 눈썹으로 보자며 눈 홉뜬 연호는 그날 이후 베트콩과 수시로 교전하면서 끔찍한 살인의 추억을 더 많은 살인으로 덮어갔다.

여기서 '살인'이란 말은 쓰기 조심스럽다. 전장이고 군인 아닌가. 적을 죽이지 않으면 자신이 죽는 곳이기에 살인보다 정당방위가 바른 말일 법하다.

딴은 그래서다. 첫 살인의 기억은 연호에게 지워졌다. 변명일지 모르겠지만 만일 그렇지 않았더라면 강연호는 베트남 전장에서 무사히 귀국하지 못했을 수도 있다.

아무튼 강연호의 삶은 전환점을 맞았다. 물론 설화만으로 바뀐 것은 아니다. '마침'이란 접속어가 어울릴지는 모르겠으나, 다시 전선에 나선 이튿날 아침에 영내에서 미역국을 배식 받으며 자기 생일을 부대가 알아준다고 한바탕 웃고 먹성 좋게 식기를 비운 전우가 그날 포탄을 정통으로 맞아 산산이 찢어졌다.

강연호는 '성난 맹호'가 되었다. 소나기 총알에도 몸 사리지 않았다. 누구보다 앞장서서 수색했고, 자신이 쏘는 총성을 호랑이의 포효로 스스로 인식할 정도로 전투에 몰입했다.

심지어 복무기간 1년이 끝나갈 때 연장까지 했다. 사지에 전우들을 두고 귀국하고 싶지 않았다. 더 돈을 벌 생각도 없지는 않았지만 어쩌면 가장 큰 원인은 첫 살인의 기억을 뿌리채 뽑아버리고 싶어서였는지도 모른다.

연호의 별명이 '미친 맹호'로 굳어질 무렵이다. 고모의 편지가 왔다. 고모 강미연은 아기 때 부모를 잃어 사랑받지 못하고 침울하게 지내던 연호에겐 기대고 싶던 혈육이었다.

게다가 어린 연호가 보기에 고모는 예뻤다. 큰 눈에 쌍꺼풀이 깊었다. 콧날도 오뚝해 연호는 친구들에게 자랑하고도 싶었지만 어인 일인지 미연은 차갑게 선을 그었다.

고모는 거의 친정을 찾지 않았다. 어쩌다 올 때도 연호에겐 냉랭했다. 그 고모가 편지를 보내왔기에 생뚱맞았고 그만큼 불길한 마음이 들었다.

예상대로였다. 할머니가 노환이 심해졌단다. 연호는 놀라면서도 다행히 '편하신 곳으로 옮겼으니 굳이 휴가 나올 필요는 없다'는 대목에서 한시름 놓았다.

편지는 매우 짧았다. '편하신 곳'이 어디인지 아무 정보도 없었다. 연호는 고모가 자신에겐 쌀쌀맞되 적어도 친정 홀어머니에겐 효도까진 아니어도 정성을 보이리라 믿었다.

실제로 할머니에 신경 쓸 겨를이 없었다. 전장은 낮과 밤이 따로 없었다. 파병 기간 내내 월급 대부분을 송금하면서 그것으로 할머니의 생활은 충분하리라 자위했고 당신의 알뜰한 성격에 미뤄 아껴 쓴 뒤 차곡차곡 저축하리라 믿어왔다.

하지만 고모의 편지가 어쩐지 불안했다. 그만큼 할머니가 그립기도 했다. 베트남에 파병 온 뒤 어느새 까맣게 잊고 있던 할머니와 사랑마을을 품은 한탄강 추억만으로 '미친 맹호'의 광기는 조금씩 씻겨나갔다.

마침내 연호가 귀국할 날이 왔다. 숱한 전투에서 훈장까지 탔다. 1971년 8월, 2년 만에 귀국해 연천으로 돌아왔을 때 연호가 살던 집은 외지에서 온 사람이 새로 단장해서 살고 있었다.

마을 어르신을 찾았다. 할머니가 비극적으로 세상을 떴다는 이야길 들었다. 연호는 슬픔이 복받치면서도 돌아가셨을 때가 고모의 편지를 받은 시점과 거의 같다는 사실에 원망과 울분이 뒤섞여 올라왔다.

한탄강이 내려다보이는 가풀막을 찾아 앉았다. 할머니가 그리워 눈물이 가랑가랑 솟았다. 할머니는 아들의 뼈가 뿌려진 강물로 한밤중에 걸어 들어갔고 이틀 뒤 한탄강이 임진강과 합류하는 지점에서 시신으로 발견됐다.

고모부터 만나야 했다. 대체 어인 일인지 궁금했다. 당장 잘 곳도 없어 어쨌든 서울로 다시 나가야 했기에 할머니가 살던 집에 이사 온 분을 다시 찾아가 부동산계약서를 통해 고모의 서울 집 주소와 전화번호를 알아냈다.

서울에 들어설 때는 어스름한 저녁이었다. 시외버스터미널에서 공중전화를 걸자 귀에 익은 목소리가 들려왔다. 분심을 가라앉히자고 마음을 다잡았지만 자신의 무사귀환을 아예 반기지 않는 음색이 역력한 고모에게 떨리는 목소리로 빠르게 따져 물었다.

"고모, 어찌 된 겁니까? 왜 할머니가 자살하셨어요? 왜 내게 연락도 하지 않았어요?"

"너, 지금 다짜고짜 고모에게 무슨 말버릇이니? 누구에게 그따위 버르장머리 물려받은 게여?"

"뭐라고요?"

"어머, 얘 좀 봐. 너, 내 말 잘 들어. 불쌍한 노친네 나 몰라라 팽개치고 훌쩍 해외로 떠난 게 너 아니니?"

"그거야."

"뭐? 네 주제에 꼴 난 공부 더 하겠다고?"

"고모, 저한테 왜 그러세요?"

"고모? 내가 무슨 고모야? 너 떠날 때 내게 인사도 안 했잖아."

"제가 월남 가는 걸 고모도 알고 계셨잖아요. 떠나는 날까지 고모도 제게 연락 안 했잖습니까."

"너, 위아래도 없구나. 아무튼 노친네 버리고 떠난 건 너야. 더구나 복무 연장까지 하지 않았니? 그럴 때는 언제고 지금 와서 뭘 따지자는 건데?"

"제가 베트남에 간 건 돈을 벌어서 할머니도 편히 모시려고 한 거죠."

"호? 언제? 벌써 돌아가셨잖아?"

"제가 군대에 있을 때는 고모가 잘 모셨어야죠."

"잘 모셨지. 내가 어쩌겠니, 네가 그렇게 도망갔는데. 나 아주 잘 모셨어. 그런데 내가 24시간 붙어있을 수도 없잖아. 나도 일을 해야 먹고살지. 노망든 노친네가 한탄강에 몸 던지는 걸 내가 무슨 수로 막아."

"노망이라뇨?"

"치매라고 하는 거야. 하도 이상한 소릴 자주 하기에 내가 서울에 있는 병원까지 모시고 갔지. 그랬더니 치매 초기인데 앞으로 빠르게 진행될 거라고 하더라. 노친네가 그 말을 듣더니 더 노망들기 전에 죽어야겠다고 하더라만, 진짜 그러리라곤 나도 몰랐어."

"무덤도 없다면서요."

"무덤 만드는 것 다 옛말이다? 생각해 봐, 무덤 만들어야 누가 신경 쓰겠니? 화장해서 한탄강에 뿌렸다."

"어떻게 그럴 수가…"

"본디 소원이셨어. 예전부터 아들이 잠든 강에 던져달라고 했거든, 노친네가 평생 아들 타령이었지. 딸내미는 어디 손톱에 낀 때만큼이라도 여겼나."

"지금 연희동 사시죠?"

"어머? 너 그걸 어떻게 아니?"

"계약서 보고 전화도 알았어요. 아직 이사 안 갔죠?"

"그건 왜 묻니?"

"만나서 얘기해요."

"뭘?"

"제가 지금 잘 곳도 없다고요."

"어머머, 너 잘 곳 없는 걸 왜 내게 말하니?"

"네?"

"우리 집에 빈방도 없고 그 전에 널 만나고 싶지 않다."

"아니? 제가 없는 사이에 할머니 집도 논밭도 다 팔았잖아요?"

"그래서?"

"그래서라뇨?"

"그거 몇 푼 된다고 그러니? 노친네 병원 치료하느라고 다 썼어. 병원비가 장난이 아니었단다."

"그럼 제가 붙여준 돈은 어찌 된 건가요?"

"노친네가 이슬만 먹고 사니? 먹고살아야지."

"아니, 그 많은 돈이 한 푼도 남은 게 없다는 말인가요?"

"그 많은 돈? 그게 몇 푼이나 된다고 그러니?"

"고모! 제가 사람 죽여가며 목숨 걸고 번 돈입니다."

"뭐라고? 너 지금 나 협박하는 거니?"

"대체 내게 왜 이래요?"

"왜 이러다니? 우리 집안은 네 엄마 때문에 풍비박산 났어."

"…"

"사람 죽였다는 협박 들으니까 새삼 치가 떨리네. 우리 오빠도 네 엄마 아니면 그렇게 죽지 않았을 거야."

"그건 또 뭔 소립니까?"

"아무튼 나는 너만 보면 네 잘난 엄마가 떠올라 몸서리친다. 그만두자."

"알았으니 내가 보낸 돈만 내놓아요."

"다 썼다니까 그러네? 그리고 너 할머니가 클 때까지 먹이고 입히고 재우고 가르쳐 주었잖니. 은혜에 보답했다고 생각해."

"고모가 그러고도 사람입니까?"

"뭐? 얘 좀 봐, 누가 지 엄마 아들 아니랄까 봐. 어쨌든 난 너 꼴도 보기 싫어. 사람 죽였다며? 살인자를 어떻게 만나니?"

"말 다하셨습니까?"

"너도 이제 네 힘으로 살아. 더는 연락하지 말자."

전화가 뚝 끊겼다. 속에서 방망이가 치밀며 살의를 느꼈다. 할머니의 땅은 물론, 자신이 전장에서 벌어 달마다 할머니에게 보낸 돈이 모두 안개처럼 사라진 셈이다.

베트남으로 떠나기 전날이 눈물에 어렸다. 할머니는 장롱 밑에서 봉투를 꺼냈다. 사람 일은 알 수 없다며 집과 논밭을 모두 너에게 넘긴다는 유서를 써놓았으니 그리 알고 있으라고 말했다.

연호는 사라진 유서가 궁금했다. 고모 집에 다시 전화했다. 다행히 부동산중개업을 해온 고모부가 전화를 받아 그나마 말이 통하리라 여겼지만 마치 준비라도 하고 있었다는 듯이 딱 잘라

'유서'는 없었다며 매끄럽게 말을 이었다.

"할머니가 유언은 하셨어. 돌아가실 때까지 잘 돌봐준 고모에게 고맙다며 얼마 되지 않는 재산을 모두 물려주셨다네. 당연한 일을 하신 게지."

연호가 따지려 들자 전화가 끊겼다. 거짓말이 틀림없으나 하릴없었다. 자신이 할머니에게 보낸 월급까지 도틀어 치료비로 썼다는 고모나 그 못지않은 욕심쟁이 고모부에 맞서 세세하게 사실을 확인하며 법적으로 다퉈볼 생각은 엄두도 나지 않았다.

다만 죄다 쏘아 죽이고 싶은 충동이 잠깐 일었다. 잼처 고개를 저었다. "우리 집은 네 엄마 때문에 박살났다"는 고모의 이야기가 얼핏 떠올랐으나 그 궁금증 또한 당장 몸 누일 곳을 찾아야 할 현실의 차가운 강물에 익사하고 말았다.

6

돌아온 '맹호'에게 조국은 강퍅랐다. 야간통행금지 시각이 다가왔다. 서둘러 싸구려 여인숙으로 들어간 연호가 쓰러지듯 눕자 쥐 오줌이 곳곳에 지도를 그린 천장이 눈에 들어왔다.

찔끔찔끔하던 눈물이 뜨뜻하게 흘러내렸다. 할머니와 살던 사랑마을 집이 그리웠다. 분단 조국을 위해 빨갱이들과 목숨 걸고 싸우고 돌아왔지만 아무도 반겨주지 않는 세상이 베트남 밀림보다 더 적대적으로 다가왔다.

연호는 자신이 빈털터리임을 절감했다. 건밤을 보내고 다음 날 부대로 복귀했다. 내무반이 더 없이 아늑하게 다가왔으나 곧 전역 명령을 받을 터라 미래가 맥맥해 왔다.

연호가 바로 귀대했다는 소식을 듣고 주임상사가 나타났다. 호랑이 눈썹 설화를 들려준 선임하사였다. 연호보다 앞서 귀국해 '새까만 김 상사'로 불리고 있던 그는 부대에서 병사들의 애환을 잘 품어주기로 칭찬이 자자했다.

김 상사는 연호에게 어깨동무부터 했다. 연병장을 걸으며 집에 무슨 일이 있느냐고 물었다. 침묵하는 연호를 거적눈으로 말없이 살펴보던 김 상사가 말문을 열어 자신이 직업군인이 된 사연을 담담하게 들려주었다.

"나는 말이야. 병장 말년에 집에 갔더니 인생이 너무 뻔해 보이더군. 평생 농사짓느라 어깨마저 휜 홀어머니를 보며 나도 내가 사랑하는 여자를 저렇게 만들 수 있겠다는 생각이 퍼뜩 들지 않겠어? 나이가 든 지금에서야 농사지으며 한 세상 자유롭게 살걸 하며 후회가 들기도 하지만 아무튼 그때는 그랬다네. 그래서 군에 말뚝 박은 거야. 실제 우리 마누라와 아이 셋 배고프게 하진 않았지."

"…"

"고향에 물려받을 논밭이라도 있나?"

반짝여 가던 연호의 눈빛이 흐릿해졌다. 김 상사는 그 변화를 놓치지 않았다. 군대는 꼬박꼬박 월급을 주고 빨갱이들로부터 나라를 지킨다는 보람도 느끼게 하며 나중에 제대해도 연금이 있으니 처자식이 굶을 걱정은 할 필요가 없다고 살갑게 설명했다.

"그렇습니까?"

"그럼. 군인연금이 제일 많아. 너도 알다시피 대한민국은 군인이 지배하는 나라잖아. 우리는 분단국가라서 군인들이 계속 권력을 쥘 수밖에 없어. 박정희 대통령 각하도 아직 젊으시고 말이지. 이봐, 무엇보다 말이야. 우리 군대는 사회처럼 복잡하지 않아. 영악한 치들에게 상처받을 일도 없어. 그저 내가 씩씩하게 살면 되는 거야."

"그래도 군대는 장교들 중심이잖습니까?"

"그건 자네가 몰라서 그래. 우리 하사관들은 장교들 밑에 있는 게 아니야. 서로 다른 영역에 있을 뿐이지. 더구나 장교들은 진급에 목맨 친구들이라고. 여기저기 옮겨 다니지만 우리는 부대를 끝까지 지키거든. 나는 진정한 직업군인은 우리 하사관들이라고 생각해. 더구나 강 병장은 베트남에서 2년이나 전투했잖아. 무공이 혁혁해 훈장도 받았고. 감히 어떤 놈이 까불겠어. 안 그래? 중사만 돼도 장교들이 함부로 대하지 못하는 걸 베트남에서 강 병장 눈으로 똑똑히 보았잖아. 한 부대의 전통과 명예를 지켜가는 일, 오롯이 우리 하사관들의 몫이거든."

김 상사는 잘 생각해 보고 사흘 안에 답을 달라며 일어났다. 연호는 고심했다. 베트남을 떠날 때 대학 진학시험을 보겠다는 생각으로 가득 찬 것은 아니었지만 더 공부하고 싶은 의욕은 강했다.

고모가 그 미련을 송두리째 뽑아주었다. 대학에 들어갈 여건이 전혀 아니었다. 군대는 사회처럼 복잡하지 않다는 말, 사람들에게 상처받을 일도 없다는 위로, 오직 국가에 충성하며 굳세게 살면 된다는 김 상사의 말 하나하나가 족집게처럼 연호의 마음을 콕콕 집어낸 듯 절절하게 다가왔다.

다음 날 바로 연호는 결단을 내렸다. 먼저 지원한 윤석은 물론 김 상사도 두 손 들어 반겼다. 연호는 김 상사 말마따나 베트남에 참전했기에 직업군인으로서 자신과 윤석의 앞길은 보장받으리라고 내심 자부했다.

다만 '하사관'이라는 말은 불편했다. 장교와 신분제적 차이가 물씬 묻어났다. 연호는 하사관 생활을 하며 선입견을 없애려면 호칭부터 바꿔야 한다고 주장했지만 실제로 '하사관'을 '부사관'으로 바꾼 것은 그가 퇴직하고도 한참이 더 지나 2000년대 들어서서였다.

가린스런 고모와는 의절했다. 고향 사람을 통해 드문드문 소식은 들었다. 고모 내외는 서울 강남의 허허벌판에 투자해서 큰 부를 이뤘고, 연호의 사촌인 세 자녀를 교수·의사·검사로 키웠다.

참전용사 연호는 하사관으로 자리를 굳혀갔다. 군 생활에 익숙해지며 고모가 준 상처도 아물어갔다. 수도사단 맹호부대에 계속 근무했기에 당직이 아닌 주말마다 외출해서 서울을 오갈 수 있었다.

연호는 종종 윤석을 따라 서울 명동에 들렀다. 화려한 명동을 걸을 때면 적개심이 일었다. 하사 연호 또래의 20대 대학생들은 마치 여학생들처럼 머리를 기르며 담배를 물고 기타를 들고 다녔다.

여대생들도 꼴불견이었다. 표지가 영어로 된 책을 저마다 가슴에 안았다. 길게 늘어트린 머리에 아주 짧은 치마를 입어 더러는 속옷이 아슬아슬 보이거나 엉덩이가 꽉 끼는 청바지를 입고 태연하게 걸어 다녔다.

강 하사의 눈도 점점 물들어서일까. 귀국하고 처음 맞은 어느 봄날이었다. 연호는 명동에서 앞서 걸어가는 여성의 탄탄하게 부푼 가죽치마에 눈을 고정한 채 발맘발맘 따라가며 스멀스멀 성욕이 올라왔다.

어느 순간 자신이 되우 추저분해 보였다. 졸졸 따라가길 멈추고 딱 돌아섰다. 순간 하마터면 얼굴이 부닥칠 뻔한 젊은 여성이 이마를 찌푸리다가 뺨이 붉어지는 연호를 살피더니 살짝 미소를 지었다.

민망한 연호는 고개를 숙였다. 하얀 가슴골이 보였다. 탐스럽다는 느낌이 드는 순간 연호의 귓속이 메아리쳤다.

"어머? 어딜 들여다보세요?"

짐짓 앙칼지게 쏘았다. 강 하사는 시선을 돌리다가 다시 흰 가슴을 보았다. 미소 짓던 여자는 연호의 빤빤한 시선에 불쾌감이 들었던지 획 돌아서서 가던 길을 총총 갔다.

새침데기의 가슴살이 잔상으로 남았다. 동시에 첫 살인의 악몽이 덮쳐왔다. 평화로운 시대에 사이공에서 만났다면 엄두도 못했을 죄를 저지른 순간이 눈앞에 선연해 명동의 인파 속에 오래 서 있었다.

그럼에도 더 깊은 곳은 또 달랐다. 연호는 자신이 베트남에서 강간은 하지 않았다는 자부심을 갖고 있었다. 이태에 걸친 베트남의 전장에서도 동정을 지켰노라고 참전 전우들 앞에 넌지시 비칠 때는 마치 도덕적 우위라도 차지한 듯이 행세했다.

하지만 끝내 자신까지 속여온 사건이 있었다. 내면 밑바닥에는 집단 강간에 가세한 장면이 숨어있다. 그날 분대장은 포로로 잡은 여성을 두고 상병 연호에게 가장 먼저 기회를 주겠다며 마치 큰 선물이라도 주는 듯 행세했다.

분대장의 '배려'에는 까닭이 있었다. 바로 전날, 연호가 사실상 목숨을 구해주었다. 연이은 죽음의 전투를 마친 '미친 맹호'는 눈앞에 청순하게 서있는 여자의 몸을 보며 자신이 처음 건드릴 수 있다는 욕망으로 꿈틀댔다.

그 현장에 큰 바위가 있었다. 연호는 그녀를 바위 뒤로 끌고 갔다. 가자마자 거칠게 눕혀 옷을 벗길 때 그녀의 눈길과 마주쳤고 곧이어 드러난 젖가슴에 시선이 멎었다.

칼을 꽂은 젖무덤이 떠올랐다. 자신이 죽인 여자였다. 공포와 증오가 섞인 큰 눈도, 젖꼭지에 굵은 주름이 가로로 난 젖가슴의 형태도 똑같아 하마터면 비명을 지를 뻔했다.

맹렬히 팽창하던 욕망은 바람 빠진 풍선처럼 시들해졌다. 연호는 도리질하며 여자의 속옷을 벗겼다. 눈부시게 드러난 여자의 살

결과 검은 숲을 보았는데도 연호의 성기는 아무런 반응이 없어 미칠 것만 같았다.

연호는 자신의 성기를 주물럭거렸다. 마찬가지였다. 분대원들이 빨리 나오라는 재촉을 받고 마지못해 바위를 돌아 나온 연호는 그날 오후 강간의 순간들을 저마다 자랑하는 말들을 들으며 비참한 미소만 지었다.

자신이 성불구임을 그날 알았다. 바로 그래서였다. 명동에서 팽팽한 가죽치마를 본 순간에 욕망이 살아난 느낌을 받은 연호는 하얀 가슴골의 기억은 쓱쓱 지우고 사창가를 찾아 자신의 몸을 시험해 보고 싶었다.

서울역 인근의 사창가로 들어섰다. 반라의 여자들이 앞다퉈 다가왔다. 하지만 몸에 아무런 반응이 없었기에 들끓듯 따라오는 여자들을 서둘러 물리치고 사창가를 되돌아 나왔다.

연호는 자기기만에 능했다. 동정을 지킬 뜻이 전부가 아니었음에도 철저히 둘러댔다. 적어도 자신의 동정을 창녀에게 주고 싶지 않다거나 언젠가 만날 순결한 아내와 첫 사랑을 나누겠다는 다짐이 없던 것은 분명 아니었지만 진실은 은폐되었고 그만큼 추했다.

오히려 귀국 뒤에도 아쉬움에 사로잡힐 때가 많았다. 격렬한 전장에서도 깨닫지 못한 내면의 짐승을 발견한 셈이다. 베트남 여자들을 마음대로 건드려볼 수 있는 숱한 기회를 다 날리며 허송세월했다고 허황된 망상에 잠겨있는 자신을 깨달을 때는 메슥메슥 역겨움에 숨이 막혔다.

7

강연호는 대학생을 경멸했다. 짧은 치마, 긴 머리 청바지에 거부감이 컸다. 여대생들의 자기표현이 고작 허벅살 보여주기이고 남학생들의 그것이 장발이라면 패망한 베트남 꼴이 되지 않으리라고 장담할 수 없었다.

강 하사는 그따위 자유는 억압해도 좋다고 생각했다. 경찰의 단속도 적극 찬성했다. 짧은 치마와 장발을 단속하는 정부에 자유 따위를 내걸고 반항하면 더 엄격히 대처해야 옳다고 확신했다.

대학생들은 당최 진지해 보이지 않았다. 그들 사이에 유행하던 노래도 거북했다. 기타를 신나게 두들기며 "어머님의 말씀 안 듣고 머리 긴 채로 명동 나갔죠"로 시작해 은근히 장발과 미니스커트를 두남두는 노래를 부른 가수 자신이 장발이었다.

물론, 모든 대학생이 장발이고 짧은 치마는 아니었다. 연호도 어렴풋이 알고 있었다. 베트남전에서 연호가 베트콩과 싸울 때 민주주의를 위해 싸운 대학생들이 적잖다는 사실을 아예 모르지는 않았다.

하지만 군인 연호의 생각은 나름 엄격했다. 민주화 운동이 아무리 험난해도 전쟁과 견줄 일은 아니었다. 한국처럼 분단국가였던 남베트남이 북쪽 공산국가에게 패망한 사실을 지켜보고도 북괴와 내통한다면 그런 자들은 아무리 민주주의를 옹호하더라도 극형에 처해야 마땅하다고 믿어 의심치 않았다.

베트남에서 전우 5000여 명이 죽었다. 참혹하게 찢긴 전우들이 불쑥불쑥 꿈에 나타났다. 악몽으로 밤잠을 설치던 강 하사에게 북괴와 선이 닿았다는 빨갱이들의 엄벌은 당연했다.

연호의 정치관은 뚜렷했다. 박정희 대통령은 청렴한 조국근대화의 기수였다. 하사 연호는 위대한 박정희 각하께서 북괴와 아무런 관련도 없는 사람들을 체포해 그들과 내통했다고 조작하리라고는, 더욱이 그렇게 조작한 혐의로 사형을 집행하리라고는 꿈엔들 상상할 수 없었다.

연호는 거의 주말마다 윤석을 따라 서울로 나들이했다. 그런데 졸라대듯 함께 가자던 윤석이 달라졌다. 언제부터인가 다른 약속을 내세워 따로 나가더니 어느 날 애인이 생겼다며 사진을 보여주었다.

연호는 부러움에 작은 시기심마저 일었다. 피식 웃으며 "미인인데?" 축하해 주었다. 내색도 못 하고 쓸쓸해하는 친구가 마음에 걸렸던지 어느 날 윤석이 자기 애인 숙자와 공장 기숙사에서 같은 방을 쓰는 처녀가 있다며 다음 주말에 '아가씨'를 소개해 주겠노라고 한껏 너스레를 떨었다.

장담한 대로 윤석은 약속 장소와 시간을 통보했다. 연호는 설렘으로 그날을 기다렸다. 할머니와 애오라지 단둘이 살던 연호는 일찍이 그리움을 알았고, 중학교에 들어가서는 어머니가 남긴 소설집을 읽으면서 사랑을 갈망했다.

과연 내게도 사랑이 찾아올까. 내 사랑은 어떤 여자일까 뒤설렀다. 윤석이 일러준 약속 날이 다가오자 연호는 사랑스런 여자, 자신을 사랑해 줄 여자를 만나게 해달라고 알 수 없는 누군가에게 기도까지 했다.

이윽고 그날이 밝았다. 강 하사는 윤석과 함께 영등포역 앞 다방으로 들어갔다. 토요일 오후에 약속한 5시보다 30분이나 빨리 도착해서 출입구가 가장 잘 보이는 곳에 자리 잡았다.

밀림에 매복했을 때보다 시간이 더디 가는 듯했다. 연호는 입안이 말라왔다. 윤석이 짓궂은 눈길로 바라보더니 "이봐, 마치 수색 나가기 직전 얼굴인데?"라며 놀려댔다.

연호는 싱그레 웃었다. 잠시 눈을 마주치곤 다시 출입구에 눈길을 모았다. 내심 윤석의 말이 틀리지 않아 지금 사랑할 여자를 수색하는 중이라는 생각이 들자 뒤설레기도 했다.

그때 한 여대생이 들어섰다. 하얀 웃옷에 정가로운 단발머리였다. 순간이나마 연호는 지적으로 보이는 얼굴에 자신이 대학에 가서 문학을 공부하지 못한 허전함이 밀려왔다.

깨끗이 그녀에게 시선을 거뒀다. 다시 문을 응시했다. 곧 윤석의 애인이 혼자 다방으로 들어오더니 우리 앞으로 걸어왔다.

그런데 동행한 여자가 없었다. 연호의 눈빛으로 허탈감이 스쳐갔다. 윤석이 민망한 눈길로 연호의 눈치를 보며 숙자에게 황급히 물었다.

"어? 왜 혼자 온 거야?"

"아닌데요, 같이 와서 먼저 들어갔는데? 아, 저기 있네요. 이쪽으로 오고 있어요."

연호는 먼저 들어갔다는 말에 당혹스러웠다. 설마 하고 눈을 돌렸다. 조금 전 '여대생'으로 예단한 단발머리 여성이 사뿐사뿐 걸어오는 고요한 자태에 연호는 숨이 막혔다.

단아한 분위기가 연호를 압도했다. 시선을 돌릴 수 없었다. 어딘가 정체 모를 그늘이 드리워 보였지만 그마저 연호에겐 더 고혹적으로 보였다.

"안녕하세요?"

"네, 안녕하세요."

수줍은 인사를 나눴다. 말씨도 차분했다. 연호의 심장이 방망이질칠 때 윤석의 애인이 흘끔흘끔 친구와 연호를 바라보며 마지못한 듯 입을 뗐다.

"여기는 강연호 하사. 이쪽은 김정희 씨인데, 음, 언니가 꼭 미리 밝혀야 한다고 우겨서인데요. 저보다 두 살 많아요. 연호 씨에게도 아마 그럴 거예요. 오늘 이 자리에도 오지 않겠다는 걸 제가 정말 공들여 설득했어요. 연호 씨, 나이 많은 것 괜찮죠?"

"그럼요. 두 살 차이는 동갑이나 마찬가지이지요."

"좋아요. 언니는 일체 남자들 만나지 않아왔고요. 시간 나면 대학생처럼 책만 읽어요."

정희는 숙자의 말에 고개를 갸우뚱했다. 이어 가볍게 눈을 흘겼다. 가만히 있어도 될 텐데 굳이 "저, 구로공단에서 일합니다"라고 해명하듯 밝히는 모습이 참했다.

"아, 예, 저는 연호입니다. 군인입니다."

"들었어요. 고향이 연천이시라고요."

"네. 정희 씨 고향은요."

"철원군 동송입니다."

"아, 그럼 이웃이네요. 동송을 흐르는 한탄강이 우리 마을로 들어와요. 저는 어렸을 때부터 한탄강을 사랑해 날마다 찾아갔습니다."

정희의 눈빛에 생기가 돌았다. 연호는 첫눈에 반한 표정이 역력했다. 숙자는 애인인 윤석마저 아까부터 눈을 크게 뜬 채 정희에게 눈을 떼지 못하는 모습을 살그니 바라보며 은근히 애가 탔다.

"자, 이제 두 사람 소개시켜 주었으니까 우리는 일어나요."

"어? 더 있으면 안 되나?"

윤석은 떠나기 싫어했다. 여전히 정희만 바라보았다. 숙자는 이러다가 자칫 애인을 빼앗길지 모른다는 위기감이 들었는지 벌떡 일어나더니 윤석의 팔을 잡아당겼다.

"눈치도 없어. 어서 일어나요."

윤석은 끌려가듯 일어났다. 숙자의 얼굴은 경직되었다. 연호는 정희가 숙자에게 미소로 손 흔드는 모습이 동화 속의 여주인공처럼 곱다고 생각했다.

정희는 남자를 소개해 주겠다는 숙자의 제안을 거절했다. 아직 상처가 아물지 않았다. 하지만 숙자가 이미 애인에게 데려가겠다는 약속을 했노라고, 그렇지 않아도 요즘 그이의 태도가 시큰 둥한데 자기를 봐서라도 그냥 놀러간다는 생각으로 한 번만 같이 나가자고 하도 애원하기에 무심히 따라나섰다.

숙자는 소개할 남자도 군인인데 지적인 냄새가 난다고 비위를 맞췄다. 정희는 설렘이 전혀 없었다. 육군하사가 지적이라면 얼마나 그럴까 싶었고, 중학생 때 학교 숙제로 군인에게 공들여 위문편지 보내고 시시껄렁한 답장을 한 통 받았던 기억만 희미하게 떠올랐다.

정희는 가는 길에 숙자를 설득했다. 약속 장소에 먼저 들어가겠다고 했다. 첫인상이 전혀 마음에 들지 않으면 공연히 상처 줄 필요는 없으므로 굳이 인사 나누고 싶지 않다고 말했다.

그런데 숙자의 말이 과장은 아니었다. 다방 문을 열고 들어가면서 처음 마주친 얼굴이 군인이었다. 딱히 지적이라고 할 순 없어도 얼굴 어딘가 슬픔마저 깃들어 보이기에 혹시 하는 설렘과 동시에 눈길을 돌리고 다방 안쪽으로 들어가 살펴보았다.

남자의 맞은편은 낯익은 얼굴이었다. 더러 공단으로 찾아온 숙자 애인이다. 이윽고 숙자가 들어와 윤석이 앉은 자리로 가서는 둘러보며 정희를 찾을 때 그녀는 이미 자리에서 일어나 걸어가고 있었다.

가까이서 마주한 남자는 순수했다. 건들건들한 윤석과 달랐다. 정희가 동송이 고향임을 밝혔을 때 곧바로 한탄강을 어린 시절부터 사랑했다며 미소 짓는 남자의 숫진 눈빛이 강물처럼 출렁였다.

연호는 숙자와 윤석이 먼저 나간 뒤 일어섰다. 다방에서 두 집 건너 생맥주집으로 들어갔다. 연애 경험 없는 숫봉이 티가 뚝뚝 묻어나는 연호는 여싯여싯거리다가 기껏 자신의 불우한 가족 형편을 늘어놓았다.

"저는 부모님이 모두 전쟁 때 돌아가셨습니다. 할머니가 저를 키워주셨지요. 그런데 베트남에 가있을 때 그만 눈을 감으셨어요. 고모가 한 분 계신데요. 그분이 할머니 집과 밭을 모두 치분해 가졌고 제가 베트남에서 할머니께 보낸 돈까지 몽땅 챙겨 갔습니다."

"그런 말씀을 지금…"

"듣기 거북스러우신가요. 하지만 이건 중요한 문제입니다. 물론 정희 씨가 물어보지도 않으셨지만, 저는 모든 걸 밝히고 싶습니다. 그러니까 저는 숙자 씨 애인과 달리 베트남 참전으로 모은 재산이 한 푼도 없다는 뜻입니다."

정희는 미소를 지었다. 남자가 정직해 보였다. 그 느낌과 더불어 몹시 외롭게 컸고 지금도 고독이 어지간하겠다는 생각이 들며 측은했다.

"사람에게 가장 중요한 것은 돈이 아닌 것 같아요. 그러니 그런 일로 너무 속상해 마세요."

"그럼 정희 씨는 사람에게 가장 중요한 것이 뭐라고 생각하십니까?"

"저는 잘 모르겠지만, 아무튼 돈은 아니라고 생각해요. 연호 씨는요?"

"당연하죠. 저도 그렇게 생각하진 않습니다. 저는 군인이잖습니까. 아무래도 국가에 충성하는 일이 가장 중요하겠지요. 그리고 저 개인적으로는 사랑이라고 생각합니다."

"사랑이라면…"

"그냥 사랑이요. 저와 함께 화목한 가족을 이룰 사람을 찾아왔습니다."

"…"

"정희 씨는 사람에게 무엇이 중요한 것 같습니까."

"아까 잘 모르겠다고 말했지만 저는 사람이라면 돈이 많은 것보다는 무엇보다 착해야 옳다고 생각해요."

"착한 사람이라…"

연호의 얼굴이 빠르게 창백해 갔다. 정희는 뜻밖의 변화가 딱했다. 말없이 생맥주잔을 비우던 연호는 유리잔을 쥔 자신의 손이 떨리는 걸 의식해서인지 큰 소리로 두 잔을 더 주문했다.

"이거 어쩝니까. 정희 씨, 저는 착한 사람 아닙니다."

정희가 한 잔만 주문하라고 말하려 할 때였다. 연호가 고백하듯 털어놓았다. 하도 진지하게 말하는 연호의 얼굴을 바라보며 웃음이 나오려다 눈물마저 글썽이는 모습에 연민을 느꼈지만 정색을 하고 말했다.

"제가 보기엔 착한 사람 같은데요? 더구나 그렇게 말씀하시는 걸 보면…"

"아닙니다. 사람을 죽인 사람이 어떻게 착할 수 있습니까?"

"네?"

"저는 많은 사람을 죽였어요."

"?"

"베트남에 참전했거든요."

"그건… 전쟁 중이었잖아요."

"고맙습니다. 하지만…"

연호는 말을 잇지 못했다. 자신이 죽인 여자 이야길 하려 했다. 대수롭지 않다는 듯이 '전쟁 중이었잖아요'라고 반응하는 정희에게 '그렇게 말하면 안 된다'고 책잡으려다가 멈칫한 연호는 자신이 저지른 일을 돌아보며 말없이 술잔만 비워댔다.

정희는 연호의 상처가 깊다고 직감했다. 그대로 두면 한정 없이 마실 듯해 일어났다. 휘청대며 술집을 나선 뒤에도 한사코 기숙사까지 모시겠다는 막무가내 고집을 2주일 뒤 주말에 다시 만날 약속으로 가까스로 꺾었다.

연호는 삶이 새롭게 보였다. 사실 정희는 그가 단둘이 대화한 첫 여자였다. 정희를 마주하고 도톰한 입술을 바라볼 때마다 스멀스멀 몸이 반응하면서 은근히 걱정했던 성불구의 굴레도 벗어날 자신감이 생겼다.

정희는 연호의 상처를 어루만져 주고 싶었다. 순수하고 정직한 남자에 호감도 갔다. 모진 실연을 겪은 정희는 자신에게 앞으로 또 다른 사랑이 가능할지에 회의적이었던지라 자신의 변화에 스스로 놀랐다.

하지만 고심했다. 자신의 과거가 순박한 남자에게 상처를 더할 것 같았다. 정이 들기 전에 아예 만나지 말자는 의지를 다진 정희는 2주일 뒤 보자고 약속했던 장소에 작심하고 나가지 않았다.

예상대로였다. 그가 밤늦게 기숙사로 찾아왔다. 정희는 그가 겪을 심경을 헤아리며 가슴이 아팠지만 이를 사리물고 나가지 않았다.

연호는 다방에서 두 시간을 기다렸다. 전혀 예상 못 했기에 황당했다. 연호는 혹시 무슨 일이 있나 싶어 기숙사로 찾아갔는데도 만날 수 없어 비참한 마음에 사로잡혔다.

태어나서 처음으로 산 꽃다발을 물끄러미 바라보았다. 백합과 정희의 얼굴이 겹쳤다. 연호는 경비를 통해 정희의 신변에는 아무런 문제가 없음을 확인하고 꽃다발을 맡겼다.

부대에 돌아와서도 정희의 그윽한 눈빛이 맴돌았다. 다사로운 햇살, 은은한 달빛을 모두 담은 눈이었다. 소년 시절부터 남몰래 갈무리해 온 꿈, 사랑하는 여자와 한탄강변을 산책하고 싶은 꿈을 실현할 사람이 드디어 나타났다고 확신했지만 현실은 사뭇 달랐다.

정희는 꽃다발을 전해 받았다. 심장까지 떨리는 자신에 놀랐다. 연호를 만나주지 않았으면서도 그가 다시 찾아오기를 은근히 기대하며 비째는 자신이 점점 더 미워질 때 연호의 편지가 왔다.

"정희 씨에 비하면 저는 너무 부족합니다. 그걸 모르면 제가 바보이겠지요. 하지만 정희 씨가 끝내 거부하더라도 저의 사랑은 영원할 것입니다."

정희는 눈물을 머금었다. 글씨체도 귀여웠다. 다음 토요일 그 시각에 다시 기다리겠다는 대목에선 순박한 얼굴—본인은 베트남에서 '호랑이상'으로 불렸던 맹호라고 주장하지만 정희가 보기엔 시원한 눈망울과 큰 입 두루 억실억실해 굳이 말하라면 누렁소가 적실한 관상—이 감돌아 기어이 눈물을 흘렸다.

그럼에도 바장일 수밖에 없었다. 연호가 첫사랑을 강조했기에 더 그랬다. 연호가 자신의 과거를 알아도 사랑이 이어질까 불안했으나 다시 연호와 만나면서 하나둘 정직하게 털어놓자고 다짐했다.

"저와 사귀시기 전에 명확히 밝혀둘 사실이 있어요. 저희 집, 정말 가난해요. 아버지는 몹쓸 병으로 빚만 남기시고 돌아가셨고요. 어머니 홀로 요만한 밭뙈기에서 일하셔요. 남동생들 학비를 보태려고 공단에 취업할 수밖에 없었어요."

"정희 씨가 헌신하셨군요."

"헌신은요. 그냥 마땅히 할 일 한 건데요."

세 번째 만난 날이다. 연호가 청혼을 했다. 정희는 갑작스런 진전에 당혹스러웠지만 내심 연호가 진솔해 보였고 그만큼 자신도 정직해야 한다고 믿었다.

연호가 들려준 말이 가슴에 남아있었다. 두 번째 만난 날이었다. 연호의 상처를 직감한 정희가 베트남전의 아픈 기억에 조심스레 위로의 말을 건네자 그가 차분히 말했다.

"죽음이 언제 닥칠지 모르는 상황이었습니다. 조금 전까지 함께 담배를 피우던 전우가 눈앞에서 총을 맞아 얼굴 반쪽이 날아갈 때면 죽음의 공포가 덮쳐옵니다."

"사실, 꼭 전장이 아니어도 사람은 언제 죽을지 모르잖아요."

"맞습니다. 늘 우리 옆에 있습니다. 그 죽음의 공포 앞에서 제가 가장 두려웠던 것이 무엇인지 아십니까?"

"…"

"비웃을지 모르겠지만 사랑이었습니다. 세상에 태어나 단 한 번도 사랑을 나누지 못하고 죽을 수는 없다고 다짐했답니다. 그럼에도 저는 베트남 여자를 만나지 않았습니다. 외박을 나가면 적잖은 유혹이 밀려옵니다. 그때마다 내 첫 사랑은 결혼할 여자이어야 한다고, 살아서 귀국해 정말 진정한 사랑을 하겠노라고 마음에 새겼습니다."

"진정한 사랑은 어떤 건가요?"

"저의 모든 것, 생명까지 줄 수 있는 사랑입니다. 아직 경험하지 못했는데요. 아니, 조금씩 경험하고 있는 것 같습니다. 마침내 귀국선에 오를 때였습니다. 인명재천, 사람의 생명은 하늘에 달렸다고 하잖습니까. 하늘이 나를 살려준 이유는 그 진정한 사랑을 해보라고, 시간을 줄 테니 어디 한 번 제대로 해보라는 배려였다고 생각했습니다. 그 진정한 사랑만이 베트남에서 제 손에 묻은 피를 씻어줄 수 있다는 기대도 했답니다."

정희는 연호의 말을 곰곰 새겨보았다. 진정한 사랑을 갈망하는 연호가 부담스러웠다. 드디어 청혼까지 받은 정희는 첫사랑을 거듭 강조한 연호에게 더 늦기 전에 이야기해야 옳다며 말을 꺼냈다.

"고맙습니다. 그런데…"

"뭡니까? 망설이지 마시고 말씀하십시오. 저 강연호, 징희 씨 말이라면 무슨 이야기든 받아들이겠습니다. 단, 거절은 마십시오."

"미안한데요. 저 연호 씨 전에 사귀던 남자가 있었어요."

연호의 얼굴이 한순간 흙빛으로 변했다. 정희는 그 표정을 놓치지 않았다. 역시 저 남자에게 또 다른 상처를 주나 싶어 가슴에 찬바람이 불었지만 어느새 연호는 사뭇 의연하게 받았다.

"머뭇거리시기에 거절하시려나 싶었습니다. 좋습니다. 지금은 헤어지신 거죠?"

연호가 되물었다. 실망감과 애절함이 동시에 묻어났다. 정희는 심장이 아려와 이대로 자리에서 일어나 나가고 싶었는데, 의외로 입술은 사뭇 힘을 주어 대답하고 있었다.

"네, 오래됐어요."

"아니, 그럼 뭐가 문제입니까? 정희 씨 같은 분에게 남자들이 따라다니는 것은 당연한 거죠. 저와 만나기 전에 일어난 일은 중요하지 않습니다. 앞으로가 중요합니다."

실망하던 기색이 가뭇없이 사라졌다. 연호의 서그러운 장담이 고마웠다. 정희는 조바심 내며 불안했던 마음이 놓였지만 그에게 털어놓아야 할 말을 다 하지 못했다는 안타까움이 남았다.

정희는 연호의 작은 눈빛 변화에도 마구 흔들리는 자신을 발견했다. 어느새 연호를 사랑하고 있었다. 만일 이 사람과 결혼을 한다면 온 정성을 쏟겠노라고, 부모의 사랑조차 아예 받지 못하고 끔찍한 전장에서 '살인의 상처'를 입었으면서도 눈길만은 더 없이 선한 사나이에게 평생 사랑으로 보답하겠노라고 다짐했다.

마침내 연호와 정희는 결혼식을 올렸다. 그 달에 중사로 진급해 행복을 예감했다. 그 시절 베트남에 참전한 군인들—딱히 군인이 아니어도 그 시대 사내들—이라면 선뜻 믿지 않겠지만 실제로 연호에겐 첫날밤이 첫 경험이었다.

연호는 늘 다사로운 사랑을 꿈꾸어 왔다. 정희는 이상형이었다. 내심 성불구의 상처가 있어 초조했던 연호는 첫날 정희의 순결한 몸 앞에서 훌륭하게 자기 임무를 완수했다.

틈 날 때마다 사랑에 탐닉했다. 연호는 열정을 쏟아 한 몸이고자 했다. 사랑하는 여자와 속살을 나누며 새로운 세상이 열리는 듯했고 정희와 이룬 가정에서 그 누구도 부럽지 않았다.

다만 아내가 일터에서 압박을 받았다. 결혼할 때도 이미 사직 압력을 받기는 했다. 하지만 정희가 버텼고 공장장도 정희가 하도 성실하게 일했는지라 용인했으나 점점 배가 불러오자 사표를 내라고 강권했다.

명백한 부당노동행위였다. 하지만 연호는 미련이 없었다. 그 시절 여성들은 결혼하면 거의 일을 그만뒀으며, 연호로서도 아내가 집 안을 지키고 아이를 키우면 더 든든했기에 내심 반가움도 있었다.

하사관 월급이 많은 것은 아니었다. 그래도 살뜰히 살아갈 수 있었다. 정희가 둘째를 출산하고 산후조리를 위해 친정인 철원으로 갔을 때, 연호도 휴가를 내어 처갓집에 머물렀다.

아기는 밤낮을 바꿔 잤다. 밤새 돌본 정희는 아침 늦게까지 일어나지 못했다. 군인 생활에서 몸에 밴 습관으로 일찍 일어났다가 형광등이 켜졌다 꺼졌다 하기에 의자를 놓고 올라가 다시 끼우던 연호는 장롱 위 모서리에서 누군가가 숨겨놓았을 성싶은 공책을 발견했다.

연호는 의자를 장롱에 바투 대고 공책을 꺼냈다. 직감대로 아내의 일기장이었다. 아내가 잠자는 방에선 곤히 잠들어 전혀 인기척이 없었기에 읽어보고픈 충동이 강했으되 믿음을 저버리고 싶지 않아 그냥 덮으려 했다.

펴 들었던 일기장을 접고 나서였다. 접히기 전에 마주친 단어가 거슬렀다. 분명히 '대학생'이라는 말이 들어있었다는 사실이 잔상으로 떠올라 지워지지 않았다.

연호는 다시 아내의 방에 귀를 기울였다. 이어 조심스레 조금 전 폈던 곳을 열어보았다. 일기장에는 구로공단의 정희가 대학생과 사귀다가 버림받고 자살까지 감행했던 사실들이 적혀있었다.

연호의 얼굴은 하얗게 변했다. 자살을 결행했다면 대학생과 어디까지 갔을지 머리칼마저 곤두섰다. 심장이 무장 쿵쾅거리는 소리를 들으며 읽은 다음 장에서 기어이 "마음도 몸도 아낌없이 주었기에 후회는 없다"라고 쓴 대목을 발견하곤 숨이 콱 막혔다.

8

연호는 억장이 무너졌다. 어느 순간은 자신이 꾀죄죄해 보였다. 연호를 만나기 전의 일은 중요하지도 않고 군이 알 필요도 없다고 똑똑히 밝혔으면서 아내의 일기장까지 훔쳐본 자신이 더없이 비루하게 다가왔다.

그러다가도 분노의 불길이 활활 타올랐다. 정희의 얼굴에 묻어나는 그늘도 비로소 이해할 수 있었다. 흔히 '산업화의 시대'로 추켜세우는 그 시절에 정작 노동의 가치를 온전히 보도하는 언론은 없었다.

노동하는 사람들은 곳곳에서 홀대당했다. 심지어 대다수 대학생은 그들을 '공돌이와 공순이'로 조롱했다. 찬찬히 짚어보니 "어제 공순이 따먹었다"며 그것을 자랑하던 싹수 노란 대학생들의 객담을 윤석과 함께 간 막걸리집 옆자리에서 들었던 기억이 새록새록 떠올랐다.

연호는 정희에게 울화가 치밀었다. 바보처럼 보이다가도 원망스러웠다. 정희처럼 품격 있는 여자가 왜 자기와 같이 돈도 학벌도 없는 사람과 결혼했을까 의문도 들었는데 그 궁금증이 단숨에 해소되는 듯했다.

하지만 더 지독한 의심으로 이어졌다. 정희의 선택을 이해할 길은 애오라지 하나였다. 자신을 아주 우습게 여기고 속여서 결혼한 것이라는 생각이 들면서 연호는 걷잡을 수 없는 소용돌이에 휩싸였다.

짙은 배신감을 느꼈다. 대학생이란 말만 들어도 우익스레 성을 냈다. 일기장에 나타난 남학생은 법대생으로 아버지가 장군이고 자신은 부친의 뜻에 따라 검사가 꿈이었다.

연호는 아내의 몸을 예전처럼 사랑할 수 없었다. 사랑의 행위 때마다 정체 모를 대학생이 떠올랐다. 연호의 몸은 두 갈래로 반응했는데 어느 때는 지나치게 과격한 행위로 사랑을 나눴고 어느 때는 행위 중에도 열정이 시들었다.

짚어보니 자신이 베트남에서 목숨 걸고 싸우던 바로 그때였다. 사랑하는 그녀가 겪었을 고초와 고통도 생생했다. 베트남의 전장에서도 동정을 지키며 순결한 사랑을 꿈꾸어 왔는데 정작 첫사랑의 여인은 대학생의 욕정에 순결을 유린당했다는 사실을 감당하기 힘들었다.

마치 인생이 산산조각 난 느낌이었다. 정희의 몸이 장발족과 나뒹구는 악몽이 이어졌다. 부대에서도 대학 다니다가 온 내무반 사병들을 꼬투리 잡아 마구 폭행하며 밤마다 술에 절어 지낼 때 제11공수 특전여단을 창설한다는 정보가 나돌았다.

연호는 전격 지원했다. 혹독한 훈련을 마쳐야 한다는 조건이 더 솔깃했다. 어떤 고된 훈련도 베트남의 실전 경험보다는 힘들지 않으리라는 자신감이 있었지만 그 어떤 고통도 정희의 과거를 견뎌내는 아픔보다는 이겨내기 쉬울 것만 같았다.

연호는 아내와 상의 없이 모든 걸 결정했다. 강원도 화천의 신

설부대로 간다고 통보했다. 부대에 별다른 일이 없으면 최소한 한 달에 한 번은 주말에 서울로 올 수 있을 테니 굳이 따라올 필요 없다고 냉정하게 잘라 말했다.

정희는 민망했다. 집 앞에서 술 취해 잠든 연호를 겨우 부축해 들어왔을 때다. 연호가 혼잣말처럼 캐묻는 법대 학생 이야기에 정희는 소스라치게 놀라 아무 말도 할 수 없었다.

당분간 따로 지내자는 말도 순순히 받아들였다. 연호가 서툴해 진 책임이 자신에게 있다며 감내했다. 연호는 정희의 그런 자세가 자신을 진정으로 사랑하지 않아서라고 툴툴대며 11공수의 울타 리로 도피했다.

연호는 미친듯이 훈련에 몰입했다. 모든 걸 깡그리 잊고 싶었다. 적진으로 은밀한 침투를 위한 낙하산훈련, 암벽을 타는 산악훈 련, 해상침투훈련에 이어, 총 400km를 주파하는 천리행군, 미군 특수부대와의 연합특수작전, 해군·공군과의 합동전술훈련까지 거뜬히 이겨냈다.

1977년 7월 1일 제11공수 특전여단이 공식 창설됐다. '그린베 레'로 불린 미군 특전부대를 모델로 삼았다. 이승만 정부 말기인 1958년에 제1공수특전단이 출범할 때, 미군에서 교육받고 온 차 지철과 전두환이 위관장교였다.

공수특전단은 초기부터 정치적이었다. 창설 3년도 되지 않아 쿠 데타에 가담했다. 1961년 5월 16일 당시 2군 부사령관이던 육군 소장 박정희는 군사쿠데타를 일으키며 공수특전단을 동원했다.

창설부대원이 된 연호는 뿌듯했다. 정희에게 쏟았던 사랑을 11 공수에 쏟았다. 군대만큼 믿을 곳이 없다고 생각한 중사 연호가 여단의 노래를 부를 때는 숭고미마저 자아냈다.

"보아―라 이 기상 피 끓는 충정/ 일기당천 검은 베레 여기 모였다/ 조국통일 위해서 하늘을 나는/ 번개 같은 황금박쥐 호국의 선봉/ 무엇이 두려우랴 죽음인들 겁내랴/ 안 되면 되게 하는 11 공수 특전여단."

하지만 부대는 아내와 달랐다. 허전함이 찾아올 수밖에 없었다. 그때마다 연호는 여단의 노래를 혼자 부르거나 부대 매점에서 구한 양주를 병째 들이켰다.

연호가 특전사에서 고통을 이겨내고 있을 때다. 정희는 남편의 경제적 부담이라도 덜어줄 요량이었다. 수소문 끝에 다시 일할 곳을 찾았고 어린 아들과 딸은 철원의 친정어머니가 키워주기로 했다.

힘들여 다시 구한 일터는 순탄치 않았다. 생산과장의 성희롱은 일상이었다. 정희는 미혼의 공장 여성들을 농락하며 틈날 때마다 대학교 다닌 걸 훈장처럼 자랑하는 과장의 만행을 더는 좌시할 수 없었다.

마침 동일방직에서 민주노조를 세운 이야길 들은 참이었다. 정희는 성희롱당한 후배들을 불러 모았다. 노동조합을 만들어 대응하자고 설득하는 과정에서 그 가운데 한 명이 생산과장에게 보고해 전격 해고되었다.

밀고자는 금세 확인됐다. 정희는 한숨이 나왔다. 밀고한 여성은 이미 생산과장에게 성폭행을 지속적으로 당하고 있었음에도 그의 성적 탐욕을 사랑의 징표로 받아들이고 있었다.

정희의 이름은 곧 공단 전체에 퍼졌다. 블랙리스트에 올라 아무 곳에도 갈 수 없었다. 정희는 공단에 남은 친구의 친구가 소개해 주어 서울 마포구 도화동에 자리한 음식점에서 겨우 일거리를 찾았다.

정희가 일하던 식당은 교외선 철교 옆에 자리했다. 야당 당사인 신민당사와 가까웠다. 당사에서 일하는 사람들이 전화로 주문할 때마다 정희는 자기를 '언니'라고 부르며 살갑게 따르는 동생과 함께 배달을 갔다.

그러던 어느 여름날이다. 당사 주변에 경찰들이 깔렸다. YH무역의 여성 노동인 180여 명이 억울함을 호소하러 신민당 당사로 들어와 4층 강당에서 농성에 들어간 까닭이다.

정희는 '배고파 못 살겠다'라고 적은 머리띠를 보고 울컥했다. 농성에 들어간 다음 날이다. 박정희 정부는 강제 해산을 결정하고 자정을 넘기자마자 당사 주변에 경찰 병력 1000여 명을 모은 뒤 담을 넘어갔다.

농성장이던 4층 강당은 지옥이었다. 비명소리와 연막탄으로 가득했다. 곤히 잠들었다 놀라 깨어 일어난 여성 노동인들은 공포에 질려 울부짖었지만 180여 농성인들 모두 10여 분 만에 연행되었고 그 과정에서 경찰과 맞서던 김경숙은 떠밀려 추락했다.

정희는 다음 날 아침에 그 사실을 알았다. 경찰은 김경숙이 투신자살했다고 조작해 발표했다. 함께 식당에서 일하며 그들에게 밥을 배달했던 친구가 울먹거리며 이게 사람이 살아가는 세상이냐고 따져 물었을 때 정희는 아무 말도 못했다.

충격을 받은 친구는 끝내 세상을 환멸하며 자살했다. 정희는 소식을 듣고 털썩 주저앉았다. 자신을 언니로 여기며 미덥게 따르던 친구의 간절한 물음에 아무런 힘을 주지 못한 자신이 더없이 미웠다.

정희 자신도 삶에 미련을 접고 싶었다. 하지만 친정에 맡긴 두 아이가 눈에 밟혔다. 아이들과 떨어져 이대로 살다가는 잔인한 너무나 잔인한 특별시에서 언제 나쁜 선택을 할지 모르겠다는 생각에 정희는 서둘러 서울을 떠났다.

친정에 들어서자 아이들이 달려와 안겼다. 남편은 여전히 무소식이었다. 시커멓게 속만 태우던 친정어머니는 바리바리 음식을 싸 들고 연호가 근무하는 부대로 면회를 가서 2년이 넘도록 아내에게도 아이들에게도 찾아오지 않는 사위를 눈물로 나무랐다.

연호는 장모를 언짢은 기색으로 돌려보냈다. 하지만 그 주말에 처갓집을 찾았다. 기실 딸과 아들을 보고 싶어 미칠 지경이었지만 정희의 무소식에 속만 태우고 있을 때 장모의 면회를 핑계 삼을 수 있었다.

정희를 2년 만에 마주했다. 아내의 해쓱한 얼굴과 배리배리한 몸에 마음이 아팠다. 다음 날 부대로 돌아온 연호는 한 달 뒤에 아내와 아이들을 군부대가 있는 화천으로 불러들였다.

정희와 가까스로 살림을 합친 무렵이다. 정국의 파도가 거세게 몰아치고 있었다. 아내와 아이들이 화천으로 이사 온 다음 달에 부산과 마산에서 불순분자들이 박정희 대통령에 저항하는 대규모 시위를 벌였다.

도무지 정세를 가늠할 수 없었다. 강 중사는 각하를 충심으로 존경했다. 아들 이름까지 대통령의 아들처럼 '지만'으로 지었을 뿐만 아니라, 첫 만남에서 아내에게 끌린 까닭도 '정희'라는 이름이 주는 호감이 깔려있어서일지 모르겠다는 생각마저 했다.

하지만 딸 이름은 '근혜'로 짓지 못했다. 아내가 완강히 반대했다. 태어나던 날 처음 마주친 아기는 엄마를 꼭 빼닮아 연호는 행복했고 이름도 아내의 뜻과 타협해 '지혜'로 지었다.

정희의 우울증은 호전됐다. 철원과 화천의 자연과 만나면서였다. 상처를 치유해 가면서 자신에게 지만과 지혜를 선물해 준 남편 연호가 겪고 있을 고통도 충분히 이해할 수 있었고 그때마다 더 많은 사랑을 쏟자고 다짐했다.

연호는 가족을 불러들였지만 잊을 만할 때마다 부아가 치밀었다. 술독에 빠져가던 그를 구해준 사람은 주임상사였다. 아내 정희를 유린한 대학생이 떠올라 부대 앞 비빔국수 식당에서 늦은 밤까지 혼자 술을 마시며 탁자에 빈 소주병들로 다이아몬드를 거의 만들 때였다.

"거기 강 중사 아닌가?"

가라앉은 목소리가 성가셨다. 큰 눈을 치켜뜨며 돌아보았다. 이미 정년퇴임 날짜까지 받은 주임상사 신호민이 늘 얼굴에 담고 있던 너그러운 미소마저 접은 채 꼿꼿한 자세로 연호를 주시하고 있었다.

신 상사는 '특전사의 전설'로 불렸다. 정년을 새 부대에서 맞겠다며 합류했다. 장교와 하사관, 하사관과 병사들 사이의 관계를 매끄럽게 결합하는 탁월한 능력을 보여 새로 공수부대가 창설할 때마다 부대장들이 끌어들였다.

"자네 여기서 뭐 하나?"

"술 마시잖습니까?"

"여기 병사들은 물론 장교들이 들락거리는 걸 몰라서 이러는가?"

연호는 '장교'라는 말이 거슬렸다. 내심 신 상사를 존경하고 있었기에 더 그러했다. 연호가 특전사로 자원해 갈 때 그를 직업군인으로 이끌어준 맹호부대 김 상사가 아쉬운 작별을 하며 '대한민국 최고의 군인'을 일러주었는데 그가 바로 신 상사였다.

"장교들 무서워 부대 밖에서도 술까지 눈치를 봐야 합니까? 평생 그렇게 살아오신 겁니까?"

갑자기 눈앞에 작은 별들이 번쩍거렸다. 왼쪽 눈에 주먹을 냅다 맞고 넘어졌다. 주임상사는 나동그라진 연호의 멱살을 잡아 일으키며 빠르고 절도 있게 말했다.

"너처럼 시건방진 놈이 얼마든지 하사관을 우습게 여겨도 좋다. 하지만 네놈 때문에 긍지를 갖고 온몸 다해 충성을 다하는 다른 하사관들을 욕보이진 말라. 장교들 앞에 당당하고 싶다면 그들보다 더 멋있는 군인으로 우뚝 서!"

"..."

"그리고 너, 가정 문제가 있다고 들었다. 무슨 문제인지 모르지만, 아무런 고민 없는 직업군인이 하나라도 있을 것 같나? 군인답게 처신해."

"어떤 게 군인다운 겁니까?"

"아직 그것도 모르나? 군인은 사심이 없어야 해. 우리가 나라를 지키고 있기에 처자식들이 마음 편히 잠잘 수 있는 거야. 그 보람으로 사는 사내가 군인이다. 사심, 별거 아니야. 욕심이야, 욕심! 사사로운 욕심이 없어야 언제든 나라를 위해 몸 바칠 수 있다. 그게 군인 정신이란 말이다."

"그 군인 정신하고 가정 문제가 무슨 관계가 있습니까?"

"이 자식, 김 상사가 칭찬을 많이 하던데 영 아니네? 쉽게 일러줄 테니 잘 들어라. 군인 정신으로 살아가는 하사관들의 처자식은 어떻겠어? 아무리 해도 사회인보다 처자식에게 잘해줄 수 없다."

"..."

"동의하나? 그러면 무조건 처자식에 잘해. 너를 지아비로, 아비로 만나지 않았으면 더 행복했을 거란 말이다. 나라에서 너에게 월급을 주잖니? 그거 국민 세금이야. 왜 너에게 걷은 세금을 주겠어. 똑바로 처신해! 그래야 네 처자식 앞에서도 떳떳할 수 있단 말이야."

신 상사는 퇴임하는 날까지 자신의 직분에 충실했다. 마지막 부대로 여기고 열정을 쏟은 11공수도 안착했다. 부대장이 주최한 공식적인 회식 다음 날, 하사관들이 돈을 모아 금요일 저녁에 삼겹살과 소주를 나누는 술자리를 마련했을 때 신 상사가 노래를 불렀다.

나 태어난 이 강산에 군인이 되어
꽃 피고 눈 내리기 어언 삼십 년
무엇을 하였느냐 무엇을 바라느냐
나 죽어 이 흙 속에 묻히면 그만이지
아 다시 못 올 흘러간 내 청춘
푸른 옷에 실려 간 꽃다운 이내 청춘

아들아 내 딸들아 서러워 마라
너희들은 자랑스런 군인의 자식이다
좋은 옷 입고프냐 맛난 것 먹고프냐
아서라 말아라 군인 아들 너로다
아 다시 못 올 흘러간 내 청춘
푸른 옷에 실려 간 꽃다운 이내 청춘

절창이었다. 연호가 들은 가장 감동 깊은 노래였다. 바삭바삭

마른 땅에 떨어지는 빗물처럼 가슴에 스며들더니 '좋은 옷 입고 프냐 맛난 것 먹고프냐' 묻는 대목에선 촉촉한 눈물로 솟아났다.

신 상사는 부르는 내내 눈미소를 지었다. 노래를 마쳤을 때 신 상사의 눈시울은 불그스름했다. 박수를 치며 환성을 터뜨린 젊은 하사들은 강 중사가 처음 들은 그 '늙은 군인의 노래'를 이미 알고 있었다.

강 중사는 늦게나마 노래를 익히고 싶었다. 앞자리 하사에게 가사를 적어달라고 했다. 그런데 그가 고개를 숙이더니 "이 노래가 '국방부 금지곡'인 것은 알고 계시죠?"라고 물었다.

이해할 수 없었다. 왜 금지곡이냐고 되물었다. 따지듯이 묻는 강 중사에게 하사가 우물쭈물하자 미소 지은 채 바라보던 신 상사가 다시 일어났다.

"오늘 내가 부른 노래를 국방부는 전군에 부르지 말라는 명령을 내렸다. 왜냐? 국방부의 장군들께서는 '푸른 옷에 실려 간 꽃다운 이내 청춘'이나 아들딸에게 '좋은 옷 입고프냐 맛난 것 먹고프냐' 묻는 따위가 약하고 패배주의적이라서 군인들의 사기에 악영향을 끼친다고 했다. 여러분 생각은 어떠한가."

"…"

"조금 전 나는 군 생활에 처음으로 명령을 어겼다. 처음이자 마지막으로 명령 불복종을 했다. 군인으로서 마지막 노래이지만 이제 군복을 벗은 나는 앞으로 군 생활을 추억하며 그 노래를 끊임없이 부를 테다."

그러자 젊은 하사가 일어났다. '늙은 군인의 노래'를 힘차게 불렀다. 노래를 마치고 존경하는 신 상사님께 답가라고 밝혔을 때부터 술자리에 참석한 하사관들의 가슴은 울적해졌다.

　하사관들은 본디 우직하고 순수한 사람이 많다. 회식은 3차까지 이어졌다. 신 상사의 '명령 불복종 노래'가 자아낸 감동과 국방부에 대한 분노가 뒤섞여 술을 퍼마신 탓에 강 중사는 다음 날 기껏 눈을 떴지만 두통과 복통에 괴로워했다.

　대통령이 급서했다는 소문이 들려온 것이 바로 그때였다. 곧이어 군에 비상경계령이 내려 사실임을 직감했다. 신 상사 퇴임 회식에서 하사관들이 두루 눈시울 젖어 쓴 소주잔을 나누던 바로 그 순간에 온몸으로 충성해 온 각하가 청와대 앞에서 여자 연예인 둘을 왼쪽·오른쪽에 끼고 그것도 양주를 마시다가 중앙정보부장이 쏜 총에 맞아 숨졌다는 맹랑한 소식에 연호는 어리벙벙했다.

2부

—

애국가 합창

9

그 도시에 도착한 시각은 동트기 전이었다. 시내버스도 다니지 않았다. 연호는 터미널 대합실에 앉아 어둠 속에 겨울비 지척지척 내리는 창밖을 바라보며 옹근 40년 전에 일어난 살인극을 회상하곤 몸서리쳤다.

당시 공수부대 중사 강연호에게 박정희 아닌 대통령은 상상할 수 없었다. 그런데 늘 '대망의 1980년대'를 강조하던 각하가 정작 80년대가 밝았지만 없었다. 박정희 대통령이 중앙정보부장 김재규의 권총에 서거했다는 공식 발표를 들었을 때 강 중사는 저도 모르게 한 줄기 굵은 눈물을 쏟았다.

김재규가 대통령의 심복이었다는 뉴스에 더 기가 막혔다. 용서할 수 없었다. 부산과 마산의 불순한 데모를 공수부대가 해결해 전과를 올렸다는 소식이 특전사 내부에서 화제가 되었던 무렵이기에 중앙정보부장의 패륜적 범죄를 더욱 이해할 수 없었던 연호는 자신이라도 서울로 달려가서 김재규를 총으로 갈기고 싶은 강렬한 충동에 휩싸였다.

더구나 신문과 방송은 비열했다. 위대한 대통령을 욕보이기 시작했다. 박 대통령이 중앙정보부의 안가에서 상습적으로 젊은 여배우들을 끼고 시바스 리갈을 즐겨 마셔왔으며 그중 한 명과는 언제나 침실로 직행했다는 '증언'이 신문에 보도됐을 때는 각하의 존엄을 해치려는 무리의 거짓 선동이라고 격분도 했다.

강 중사에게 박 대통령은 애오라지 국민만 사랑한 지도자였다. 논두렁에서 농민들과 막걸리 마실 만큼 소탈했다. 슬픔과 분노는 쉽게 가라앉지 않아 심지어 연호는 아내가 그다지 슬퍼하지 않는다는 이유로 구박에 가까운 면박까지 주기도 했다.

가까스로 몸과 마음이 안정을 찾아갈 즈음이다. 연호는 또 다른 파도에 휩쓸렸다. 박 대통령 서거 달포 만에 모든 공수부대원들에게 '특전사의 대부'로 불려온 정병주 사령관이 전격 체포됐다는 뜬소문이 나돌았다.

처음 들었을 때 코웃음을 쳤다. 대한민국 최정예부대 사령관을 어찌 체포한단 말인가. 하지만 12월 12일 밤에 특전사령관을 비롯해 무수한 별들이 다름 아닌 아군의 손에 곤두박질쳤다는 정보로 부대 안은 곧 떠들썩했다.

참으로 생게망게한 일 아닌가. 이북 빨갱이들과의 싸움이 아니었다. '대한민국 최고사령관'이 장군 출신인 중앙정보부장의 총에 맞아 죽은 데 이어 계엄사령관인 정승화 육군참모총장과 특전사령관이 부하들과 총격전 끝에 체포당했다는 소식은 통 종잡을 수 없는 일이었다.

강 중사만이 아니었다. 특전사의 공수부대원들 두루 허둥지둥 나날을 보냈다. 특전사령관이 체포될 때 끝까지 저항했던 비서실 장 김오랑 소령이 총알을 6발이나 맞고 숨졌다는 이야기가 왁자했기에 더 그랬다.

강 중사도 공수부대원들도 매우 궁금했다. 곧이어 여러 정보가 들어왔다. 특전사 내부에서 나도는 이야기를 종합해 보니 비로소 그림이 그려지며 사태를 정리할 수 있었다.

구심점은 국군보안사령관 전두환 소장이었다. 그가 육군참모총장 체포를 지시한 것은 목숨 건 결단이었다. 육사 11기들이 참모총장을 기습해서 연행하며 군 지휘권을 장악하자 정병주 특전사령관이 군 명령체계를 뒤엎은 하극상이자 쿠데타로 규정하고 제압에 나섰다.

특전사령부는 3공수여단을 같은 영내에 거느리고 있었다. 문제는 3공수여단장 최세창 준장이다. 육사 11기가 주도한 쿠데타에 처음부터 동참한 최 준장은 밤 12시 10분에 사령관을 찾아가 정 장군을 회유했다.

정 사령관은 격노했다. 최 준장은 '최후통첩'임을 밝혔다. 사령관에게 잼처 혼쭐이 나고 돌아온 최세창은 3공수여단에서 자신을 추종하던 대대장에게 병력을 이끌고 가서 사령관을 체포해 오라고 명령했다.

명백한 하극상이었다. 대부분의 장교들이 이미 회유당했다. 하지만 소령 김오랑은 타협하지 않고 8발 든 권총 한 자루만으로 최후의 순간까지 상관인 사령관 호위에 나섰다.

3여단 대대장은 사령관실로 난입했다. 홀로 저항하는 김 소령을 사살했다. 강 중사와 공수부대 하사관들은 자신이 그때 비서실장 아래에서 복무하고 있었다면 어찌했을까 헤아려보았다.

강 중사는 김 소령을 잘 알고 있었다. 베트남 전장에서 소대장으로 만났다. 신임 소대장 김오랑은 자신이 육사를 졸업하고 곧장 강원도 양구에 있는 수색중대에서 복무했지만 앞으로 수색보다 매복을 강화하겠다고 자신의 지휘방침을 명료하게 밝혀 인상 깊었다.

강 중사는 김 소령을 존경했다. 다른 장교들과 사뭇 달랐다. 베트남의 민간인 학살을 엄격히 제한한 진정한 군인으로 기억하고 있었다.

김 소령을 사살한 공수부대원들 심경도 헤아려보았다. 상관의 명령에 무조건 따를 수밖에 없는가. 강 중사가 하사관 동료들에게 솔직한 생각을 듣고 싶다며 물어보았을 때 아무도 대답하지 않았다.

과연 누가 상관인가부터 따져야 했다. 여단장이 직속상관이긴 하다. 하지만 강 중사는 김오랑 소령이 소대장 때 본 그 군인 정신으로 상관인 사령관과 특전사령부를 침탈해 온 반란군에 단신으로 맞섰다고 보았다.

하지만 강연호는 고작 중사였다. '별들의 세계'에서 벌어지는 고공전투에 무력감을 느꼈다. 곧바로 정호용 장군이 특전사령관으로 부임했을 때, 강 중사는 정 장군과 전두환·노태우 장군, 이른바 '신군부'를 자처한 장성들이 모두 공수부대 출신이기에 그들이 힘을 모아 나라가 흔들리지 않도록 중심을 잡아주기를 기대할 수밖에 없었다.

어쨌거나 세 장군 모두 베트남전에 참전했다. 연호는 특전사 중사로서 주어진 임무에 충실하자고 다짐했다. 박정희 대통령이 숨지고 전두환 장군이 이끈 신군부가 권력의 공백에 들어오면서 특전사는 그들의 정치적 야망을 뒷받침해 줄 사실상의 '친위부대'가 되었다.

본디 특전사의 무대는 이북의 적진이었다. 낙하산 침투를 목적으로 창설된 부대였다. 하지만 서거 직전에 박정희 대통령이 공수부대를 부산과 마산의 민주화 시위에 투입함으로써 효과를 톡톡히 보았다.

신군부는 공수부대의 효용성을 확신했다. 강도 높은 진압 훈련을 대대적으로 벌였다. 박정희 대통령이 불시에 죽고 12·12로 신군부가 군권을 장악하면서 특전사는 내내 비상을 풀지 않아 강 중사는 거의 집에 갈 수 없었다.

전두환 장군은 공수부대를 파격 대우했다. 1979년 12월 30일, 부대 종무식이 있던 날이다. 새해를 맞아 사흘 휴무에 들어갈 때 연호는 중대장이 상기된 표정으로 발표한 내용을 40년이 넘도록 정확히 기억하고 있다.

당시 공수부대 월급은 이미 일반 군인들보다 높았다. '점프수당'으로 불린 낙하산 훈련수당이 쏠쏠했다. 그런데 새해부터 특전사 장병들의 봉급을 200퍼센트, 점프수당은 500퍼센트나 올린다고 공식 발표했다.

공수부대원들은 들떴다. 강 중사는 아내의 환한 얼굴이 떠올랐다. 새삼 자신이 아내를 사랑하고 있다는 확신이 들면서도 꺼림칙한 무엇이 가슴 깊은 곳에 똬리 틀고 있는 듯 개운하진 않았다.

강 중사에게 1980년은 월급이 큰 폭 오른 해로 출발했다. 신문과 방송은 '서울의 봄'이라 불렀다. 그 봄에 강 중사로서는 가닥을 잡을 수 없는 사건들이 연거푸 불거졌다.

강원도 사북탄광에서 시위가 일어났다. 서울에서도 대학생 데모가 커져갔다. 강 중사가 소속된 11여단을 비롯해 모든 공수부대원들은 군화를 벗고 있을 여유조차 없이 비상 대기에 들어갔다.

강 중사는 진심으로 대한민국을 염려했다. 강화된 시위 진압 훈련에 적극 임했다. 특전사의 기간요원인 하사관들은 당시의 정치적 흐름이나 신임 사령관을 비롯한 장군들의 의도를 온전히 파악할 수 없었다.

장군들은 안보 위기를 강조했다. 대통령이 별안간 죽어 나라가 흔들리고 있기에 전쟁 위험이 높다는 것이다. 공수부대원들에게 안보 의식을 끊임없이 자극하는 한편으로 '만일 이북의 괴뢰군들이 다시 전쟁을 일으킨다면 베트남전쟁 때보다 더 목숨을 걸어야 한다'며 은근스레 공포감까지 부추겼다.

결론은 또렷했다. 소요는 최대한 빨리 진압한다가 그것이다. 신군부 핵심세력은 국내 소요가 거의 없던 1980년 2월 18일에 이미 이른바 '충정작전'을 전군에 시달했다.

특전사 모든 예하 부대는 정규 훈련을 중지했다. 오직 시위 진압 훈련에 집중했다. 유신체제 아래에서 꼼짝도 못 했던 빨갱이들이 봄이 오면 기지개를 펼 터이기에 그 이전에 진압 훈련을 완료해야 한다고 강조했다.

강 중사는 의문이 들었다. 몇몇 부대원들의 생각도 같았다. '북괴군의 남침 위협이 있다'면서 왜 정작 전쟁에 맞설 대비는 전혀 하지 않는지, 왜 공수부대가 데모 진압 훈련만 하는지 의구심이 솔솔 일어났다.

하지만 그래 봐야 하사관들이었다. 의문을 오래 가질 수 없었다. 고된 훈련에 '정신교육'도 강화되면서 공수부대원들의 사고는 붕어빵처럼 닮은꼴이 되어갔다.

1980년 3월 개학과 함께 대학생들이 나섰다. '전두환은 물러가라'고 시위했다. 이미 신군부가 권력을 장악했는데도 김영삼·김대중·김종필은 서로 자신이 대통령에 가장 적임자라고 나번득이며 사실상 선거 운동에 돌입했다.

특전사는 부대원들을 강원도 깊은 산에 투입했다. 강 중사도 이 잡듯이 산을 뒤졌다. 튼튼한 박달나무들을 눈에 띄는 대로 베어 제작한 박달곤봉은 쇠뭉치와 다를 바 없었다.

거기서 머물지 않았다. 정국이 불안하다며 '좌경 척결' 정신교육을 되풀이했다. 강 중사의 부대에 온 정훈장교는 데모하는 대학생들을 도파니 "빨갱이 사상에 물든 좌경분자"로 단정했고, 대학이라곤 가보지 못한 대다수 공수부대원들은 그 말을 진리로 받아들였다.

강 중사는 급변하는 정국에 어리숭했다. 다만 의구심은 시나브로 사라졌다. 무엇보다 강 중사에게 '데모하는 대학생들은 죄다 좌경분자'라는 끈덕진 정신교육은 강렬한 적개심을 불러일으켰다.

10

강원도 화천에 주둔하던 11공수는 은밀히 이동했다. 1980년 5월 10일 저녁에 명령이 떨어졌다. 밤늦게 춘천역에 도착해 커튼을 친 열차에 올라 어디로 가는지 궁금했던 강 중사는 기차가 떠난 뒤 밖을 살짝 살펴보고는 서울로 간다고 확신했다.

새벽에 1공수여단이 자리한 김포에 도착했다. 11공수만이 아니었다. 화천과 이웃한 포천에 주둔하던 13공수가 이미 서울 거여동의 3공수 주둔지로 이동했다는 소문이 나돌면서 부대원들 모두 긴장했고 그만큼 미묘한 설렘도 있었다.

김포에 주둔하고 사흘이 지났다. 5월 14일 이희성 계엄사령관의 명령이 떨어졌다. 특전사령관에게 대학생들 데모를 진압할 준비를 갖추라고 지시하면서 강 중사를 포함한 모든 공수부대원들은 잠을 잘 때도 전투복에 군화를 신어야 했다.

불편할 수밖에 없었다. 남의 부대에 와있었기에 더 그랬다. 더러는 발가락 무좀이 극성을 부려 고통에 잠겼고 이래저래 '빨갱이 대학생들 때문에 개고생한다'는 불만이 차곡차곡 쌓여갔다.

전두환 장군은 공수부대 심리를 정확히 파악했다. 진압에 나설 모든 공수부대에 1500만 원씩 '하사금'을 내렸다. 연호가 소속된 대대에도 400만 원—당시 서울 변두리에 집 한 채를 장만할 거금—이 들어와 돼지를 잡고 술 마시며 한바탕 잔치를 벌였다.

물론, 돈은 그냥 뿌려지지 않았다. 1공수 대대장이 교육에 나섰다. 1979년 10월 부산과 마산에서 일어났던 사태를 단호히 진압한 그는 자신의 부대가 박달나무 곤봉을 무자비하게 휘두른 전술, 장갑차가 시위자들을 깔아뭉갤 기세로 전속력 질주해 들어간 전술들을 무용담처럼 들려주었다.

강 중사는 긴장했다. 그러다가 애먼 사람 죽으면 어쩌나 싶었다. 특전사는 1공수 대대장을 경찰이 줄행랑친 부마사태를 진압한 영웅으로 소개했고 그 또한 '혁혁한 전과'를 자랑스레 과시했다.

드디어 11공수에 출동 명령이 떨어졌다. 부산을 뜰 때 취소 명령이 내려왔다. 출동과 취소가 되풀이되면서 '똥개 훈련'이라는 자조와 불만이 뒤끓던 5월 17일 저녁에 드디어 1공수 정문을 나설 수 있었다.

연호도 군용차량에 올랐다. 서울 도심으로 들어서는 기분은 묘했다. 까닭 모를 우월감이 스멀스멀 올라오며 자정이 다 되어 도착한 곳은 남산 아래 동국대학교였다.

대학에 들어가 짐을 풀었다. 곧이어 중대별로 일제히 라디오 방송을 들으라는 명령이 떨어졌다. 육군 참모총장이자 계엄사령관 이희성 대장이 카랑카랑하고 권위 있는 목소리로 1980년 5월 17일 자정을 기해 계엄을 전국으로 확대한다고 발표했다.

비상계엄 선포는 예상했던 일이다. 그런데 '반체제인사'들 체포는 낯설었다. 계엄사령부는 빠르게 움직여 이미 5월 18일 새벽 2시 30분에는 전국 92개 대학과 국회를 포함한 1백 36개 '보안 목표'에 계엄군 배치를 마쳤다.

특전사가 주력이었다. 서울에 5개 여단을 집중 투입했다. 11공수는 동국대, 1공수는 연세대, 5공수는 고려대, 9공수는 서울대, 13공수는 성균관대와 서울의대에 배치했다.

7공수는 2개 대대씩 나눴다. 각각 대전과 광주에 배치했다. 강 중사는 부대원들과 함께 동국대에 막사를 설치하고 명령에 따라 학교에 남아있는 대학생들 수색에 나섰다.

곳곳에서 비명이 들려왔다. 유리창 깨지는 소리도 들렸다. 대학 건물에서 대학생들을 발견하자마자 곧바로 진압봉을 휘두르고 발길질을 해대며 연행해 깨끗이 '청소'했다.

그런데 오후에 다시 이동 명령이 떨어졌다. 구체적 설명 없이 목적지는 광주라고 밝혔다. 일부는 먼저 비행기로 출발했고, 나머지 부대들은 밤늦게 청량리역에서 기차에 올라탔다.

다행히 기차가 평소와 달랐다. 특급 수준이어서 부대원들의 불만이 다소나마 누그러졌다. 강 중사는 옆 중대로부터 제주도에 대대적인 게릴라들이 침투해서 그리로 간다는 '정보'를 들었다.

불안감이 번져갔다. 쑥덕공론이 너무 부풀려진다고 생각했을까. 광주가 가까워지자 대대장이 열차 칸을 차례로 돌며 11공수가 작전에 차출된 과정을 설명했다.

"간단히 설명하겠다. 5월 18일 오전, 광주의 전남대 앞에서 7공수여단 33대대와 데모 학생들 사이에 충돌이 일어났다. 오후 2시에 계엄사령부에서 광주에 공수부대를 추가 투입하라는 명령이 떨어졌다. 우리 사령관이신 정호용 장군께서 우리 11공수여단을 파견부대로 결정하고 오후 3시 30분에 직접 동국대로 부대를 찾아왔다. 사령관은 최웅 여단장에게 '7공수 2개 대대가 계엄군으로 전남대에 갔는데 고전하고 있다'며 광주로 가서 7여단을 도와 임무를 완수하라고 지시했다."

모두 대대장 설명을 경청했다. 의구심이 더 커졌다. 천하의 공수부대가 그까짓 비무장대학생들에게 고전하고 있다는 말이 좀처럼 믿어지지 않을 때 대대장이 둘러보고 말했다.

"이상이다. 질문 있나?"

"중사 강연호! 질문 있습니다."

"좋다! 뭔가?"

"데모 학생들과 충돌이 있었고 고전하고 있다는데 구체적으로 알고 싶습니다."

"좋아. 알고 있어야겠지. 하지만 나도 자세히는 모른다. 아는 만큼 간략히 설명하겠다. 전남대 학생들이 교문을 통제하고 있는 우리 공수부대원들에 돌을 던지며 항의했다. 우리 부대가 쫓아가 해산하며 곤봉으로 제압했다. 그런데 학생들이 곤봉에 머리가 찢어지자 피 흘리는 모습을 본 전라도 사람들이 가세했다."

"어느 정도 가세했습니까?"

"강 중사! 그게 중요한 게 아니다. 중요한 것은 비상계엄 아래서 계엄군에게 도전은 용서할 수 없는 불법행위라는 것, 그들 좌경분자들로부터 나라를 지켜야 한다는 명령을 우리가 받았다는 것, 우리 부대마저 진압하지 못하면 대한민국이 무너진다는 것, 그것뿐이다. 알았나?"

"네! 알겠습니다."

더 묻지 말라는 뜻이었다. 낌새를 파악한 강 중사가 씩씩하게 답했다. 대대장은 부마항쟁을 진압한 1공수여단으로부터 받은 학습을 마치 '비밀 병기'라도 되는 듯이 사병들을 둘러보며 되뇌었다.

"제군들은 부산·마산에서 데모대가 시내를 무법천지로 만들었을 때 1공수가 어떻게 영웅적으로 진압했는가를 이미 교육받았다."

대대장은 뒤끝이 있었다. 질문한 강 중사와 다시 눈을 마주쳤다. 세모 얼굴에 번들대는 눈빛으로 강 중사를 다그치듯 노려볼 때 냉혈동물처럼 찬 기운이 맴돌았다.

"중사 강연호! 어떤 교육받았는지 기억하고 있나?"

"네."

"알고 있는 걸 말해보란 말이다!"

"곤봉과 총검을 아낌없이 사용하라, 장갑차는 깔아뭉개려는 기세로 질주해 가라입니다."

"좋다. 그런데 가장 중요한 한마디가 빠졌다."

"…"

"누가 말해보겠는가?"

"중사 김윤석, 생각났습니다."

"좋다. 말해보라."

"저들은 양민이 아니다. 무자비하게 다뤄라."

화통을 삶아먹은 듯 소리쳤다. 대대장은 싱긋 웃었다. 괴까다로운 상관이 박수를 치자 모두 힘차게 따라 치며 열차 안은 손뼉 마주치는 소리로 출렁였다.

"제군들 알겠는가. 경찰 방어선은 광주서 이미 뚫렸다. 좌경 시위대를 단숨에 제압한 1공수의 전과를 각자 새겨라."

"네, 알겠습니다!"

"빨갱이들에게 자비란 없다. 알았나!"

"명심하겠습니다!"

그랬다. 연호는 그렇게 그 도시 광주에 도착했다. 서른두 살의 새파란 시절에 계엄군인 공수부대 중사로 처음 발을 디뎠고 40년 만에 싯누렇게 늙은 몸을 끌어 다시 왔다.

터미널의 통유리 밖으로 시내버스가 뜨문뜨문 오가는 샐녘 풍경이 들어왔다. 연호는 우산을 펴 들고 터미널을 나왔다. 인터넷에서 검색한 '518버스'를 기다리며 철민에게 혹시 아침 식사를 하겠냐고 물었는데 예상대로 친구는 고개를 저었다.

좀처럼 오지 않던 518버스가 이윽고 다가왔다. 버스가 달리면서 심장이 무거워왔다. 차창 밖으로 겨울비 내리는 광주의 도심을 바라보자 1980년 그날 아침 시간들이 삼삼히 눈앞에 겹쳐왔다.

젊은 특전사 중사를 태운 열차는 새벽에 도착했다. 11공수여단은 바로 조선대학교로 들어갔다. 수송기를 타고 먼저 도착한 부대가 숙소를 마련해 두어 피로에 지친 강 중사와 부대원들은 대충 짐을 풀고 서너 시경에 잠을 청할 수 있었다.

하지만 곧 기상해야 했다. 서두른 아침 식사도 채 끝내기 전이다. 출동하라는 긴급명령이 떨어져 강 중사는 완전 군장을 하고 총검을 꽂은 채 군용트럭에 올랐다.

조선대를 나온 차량은 도심을 돌았다. 무력 과시였다. 전날 7공수가 진압하는 과정에서 구두를 만들던 청각장애인을 곤봉으로 두들겼는데 죽었다는 풍문이 들려왔다.

군용트럭에서 도심을 돌던 강 중사는 문득 사이공시가 떠올랐다. 하릴없이 베트남의 악몽이 꿈틀거렸다. 그와 동시에 숱한 '기회'가 있었음에도 여자를 멀리했던 시간들이 눈앞을 스쳐가며 한국 여자에게 동정을 바치겠다던 순결한 다짐들에 쓴웃음을 머금었다.

자신이 너무 순진했다는 후회마저 들었다. 강 중사만 복잡한 생각을 한 것은 아니었다. 베트남전에 참전한 군인들 가운데는 은근히 계엄군으로 현장에 투입되기를 기대하며 기다리는 놈놀이가 적잖았다.

더러는 내놓고 욕망을 드러냈다. 장교라고 다르지 않았다. 강 중사는 장교든 하사관이든 '영웅호색'이란 말을 즐겨 입에 담는 자들을 수두룩이 보아왔다.

호색에 장교와 하사관의 차이는 없었다. 뒤탈이 없도록 관리하는 노회함의 유무만 있을 따름이다. 11공수부대 창설에 지원해 혹된 교육을 받던 시절, 칭기즈칸을 존경한다는 대대장은 자못 당당하게 훈시했다.

"육사 시절 내가 존경하는 교관에게 듣고 좌우명으로 삼은 칭기즈칸의 말이 있다. 세계 역사상 전쟁으로 가장 큰 나라를 이룬 칭기즈칸은 '작은 나라에서 태어났다고 말하지 말라. 나는 그림자 말고는 친구도 없고 병사로는 10만, 백성도 어린애, 노인까지 합쳐 2백만도 되지 않았던 나라에 태어났다'고 말했다. 제군들, 그 칭기즈칸이 '인생의 최대의 기쁨'을 무엇이라 정의했는지 아는가?"

"…"

"영웅 칭기즈칸은 '적을 정복하고 그 적의 아내나 딸을 끌어안는 것'이라고 말했다. 베트남전에 참전한 하사관들은 그 말을 이미 실감했을 것이다."

대대장은 으스댔다. 공수부대가 대한민국 최정예 군대임을 강조했다. 베트남에서도 한국군과 미군이 철수하지 않았다면 빨갱이들이 승리하지 못했을 것이라고 주장했다.

그런데 칭기즈칸의 말이 맴돌았다. 적의 아내나 딸을 끌어안는 것이 행복이라는 말 때문만이 아니었다. "베트남전에 참전한 하사관들은 그 말을 실감했을 것"이라던 대대장의 확신이 연호의 심기를 불편케 했다.

왜 '하사관'이라고 콕 집었을까. 장교는 그러지 않았다는 말인가. 욕망이 주체할 수 없을 만큼 큰 20대 사병들에게 '제군들 언제 죽을지 모른다. 여자를 모르고 죽으면 원통한 일 아니냐'고 설득 내지 조롱을 내놓고 떠벌인 중대장도 떠올랐다.

아니, 더 정확히 짚자. 연호에게 그 말이 되새겨진 까닭은 정작 베트남에서 자신만 '실감'하지 못했다는 치졸한 피해 의식이었다. 귀국하고 결혼해서 아내의 과거로 고통스러울 때마다 베트남에서 다른 여성들과 적극 접촉하지 못한 후회감에 사로잡혔던 강 중사는 계엄군으로 도심을 활보하는 상황이 새로운 기회를 줄지 모른다고 생각했다.

그러다가 스스로 깜짝 놀랐다. '내가 지금 무슨 망상을 하는가' 의문이 들었다. 강 중사는 자신이 위험한 '피해 의식'에 사로잡혔다는 성찰로 스스로 경계를 다짐했지만, 이내 꼭 그렇게만 볼 일은 아니라는 성적 유혹이 그림자처럼 따라왔다.

어쩌면 그것은 무력과시가 빚은 착시일지도 모른다. 트럭에 올라서서 M16총기를 세우고 도시를 굽어보며 정복감을 느꼈기 때문이다. 계엄군의 특전사 중사 강연호가 11공수와 낯선 도시에서 무력시위를 한껏 벌이고 대학 캠퍼스로 돌아와 악마의 유혹에 잠길 때 다시 출동 명령이 내렸다.

그날 5월 19일은 월요일이었다. 조간신문은 계엄사령부가 김대중을 체포한 사실을 큼직하게 보도했다. 광주 민중들은 10·26으로 소생하던 민주주의를 전두환이 5·17쿠데타로 짓밟으면서 김대중을 '제물'로 삼아 권력 찬탈에 나섰다고 판단했다.

민중에게 전두환은 유신체제의 잔당이었다. 일요일인 5월 18일에 불거진 사건도 분노를 일으켰다. 광주에 학생들 시위가 분명히 잦아들고 있었음에도 돌연 공수부대가 나타나 돌팔매 던지는 학생들을 잔인하게 진압한 사실이 민중 사이에 입소문으로 파다했기 때문이다.

오전 9시부터 사람들이 거리로 나오기 시작했다. 10시에 이르자 광주 중심가인 금남로에 4000여 명이 모였다. 곧이어 경찰과 투석전이 벌어지고 학생들과 민중은 인도와 차도 사이의 철책과 길가에 놓여있던 대형 화분으로 바리케이드를 쳤다.

금남로 민중이 5000여 명으로 늘어날 무렵이다. 강 중사가 탄 공수부대 트럭이 조선대를 떠났다. 11공수부대원을 가득 태운 트럭이 줄을 이어 달렸고 아침에 광주로 들어온 3공수도 가세했다.

11

518버스 왼쪽 창으로 분수대가 나타났다. 어딘가 낯익은 분수대라 생각한 순간, 바로 그곳이 전남도청 앞임을 깨달았다. 아무리 버스 안이라지만 조금 전에 금남로를 지나왔으면서도 그곳인 줄 몰랐을 만큼 도심의 풍경이 사뭇 달라진 까닭도 있겠으나 그보다는 연호가 검질기게 망각의 늪에 밀어 넣은 옹근 40년의 세월 탓이 컸다.

그날 오전 11시 강 중사와 11공수는 분수대에 도착했다. 트럭에서 내린 공수부대는 빠르게 전남도청 앞에 포진했다. 분수대까지 나아가 대검을 꽂은 M16소총을 등에 둘러멘 채 두 손에 진압봉과 방패를 들고 위압적인 태세로 정렬했다.

강 중사의 눈에 5000여 명의 인파가 들어왔다. 아침에 트럭에서 무력을 과시할 때와는 확실히 달랐다. 결코 만만히 볼 대상이 아니라는 경계의식과 동시에 자신도 모르게 '무자비하라'는 말을 되씹었다.

귀에 못이 박히도록 들은 효과였다. 부산의 '폭동'을 진압한 1공수의 경험을 광주에서 실험할 순간이 온 셈이다. 조국 근대화의 기수이신 박정희 각하께서 배신자의 총에 서거한 뒤부터 몇 달째 이어진 충정훈련으로 지쳐있던 공수부대원들은 그 모든 것이 나라가 위기인데도 데모에 나선 '좌경 대학생들' 탓이라고 믿고 있었다.

명령이 떨어졌다. 강 중사와 공수부대원들은 호각에 맞춰 군화를 쿵쾅거리며 나아갔다. 밀집대형으로 전진하는 로마 군단처럼 상대의 투지를 꺾어버리려는 위압적 행동으로 시위대에 다가서는

11공수 부대원들은 실패한 7공수를 떠올렸다.

강 중사도 11공수는 달라야 한다고 생각했다. 반복된 훈련이 빛을 발했다. 11공수가 시위 진압에 실패해 다른 공수부대를 끌어들이는 수치를 당해서는 안 된다는 여단장의 호령, "안 되면 되게 하라"는 특전사의 정신을 되새김질했다.

그때 돌격 신호가 떨어졌다. '1당 100'을 자부해 온 공수부대다. 마치 봇물이 터지듯 일제히 달려 나간 공수부대는 집어삼킬 듯이 시위대를 덮쳤고, 강 중사도 박달곤봉으로 도망가는 대학생의 어깨와 허벅지를 내리쳤다.

어디선가 피비린내가 짙게 풍겼다. 강 중사는 멈칫 섰다. 옆을 둘러보자 중대원들 가운데 박달곤봉으로 머리를 내리치고 심지어는 대검으로 어깨를 무자비하게 찔러대는 살풍경이 눈에 들어왔다.

강 중사는 아차 싶었다. 곳곳에서 비명이 들렸다. 더러 공수부대에 맞서려고 청년들이 달려들었지만 그럴수록 중대원들의 진압은 더 잔인해졌다.

교육받은 그대로였다. 아니 그 이상으로 실행에 옮겼다. 혼자만 뒤처질 수 없어 강 중사도 자동인형처럼 곤봉을 휘두르며 나아갔고, 비록 어깨와 허벅지만 가격했지만 건물과 골목으로 숨어드는 시위대를 끝까지 쫓아갔다.

초전에 박살내는 전술이었다. 가두시위에 다시는 나서지 못하도록 겁을 줘야 했다. 강 중사도 무자비한 진압만이 오히려 더 큰 피해를 막을 수 있으며 더는 데모가 벌어지지 않을 때 공수부대에도 휴식이 올 수 있다고 믿었다.

11공수는 숨은 사람까지 기필코 찾아냈다. 곤봉을 휘두르곤 질질 끌고 나왔다. 도망가서 멀찌감치 지켜보는 사람들에게 본때를 보이는 노림수였지만, 처음부터 인정사정없이 무자비하게 제압하라는 교육을 몸에 익힌 공수부대원들은 저마다 체포한 학생들을 무릎 꿇게 하고 군화로 턱을 걷어찼다.

넘어지면 얼굴과 가슴을 군화로 짓이겼다. 강 중사는 지나치다는 생각이 얼핏 들었지만 병사들을 저지하지 않았다. 강 중사가 소속한 중대원들만 투입된 것이 아니었을 뿐더러 몇 달에 걸쳐 끊임없이 이어진 비상 대기와 고된 훈련으로 데모대에 증오감이 켜켜이 쌓여서라고 이해했다.

그런데 갈수록 더했다. 시위자를 체포하고는 도망 우려가 있다며 옷을 벗겼다. 속옷만 입은 알몸을 군홧발로 마구 짓밟은 뒤 길가 곳곳에 머리를 처박고 있게 했다.

강 중사는 귀살쩍었다. 대검으로 여학생 웃옷을 찢는 공수부대원이 보였다. 여학생의 드러난 가슴을 주먹으로 때리고 아랫배를 걷어차자 여기저기서 겁에 질린 울음과 비명이 들려왔다.

착잡했지만 11공수는 작전을 완수했다고 확신했다. 공포감을 느낀 군중은 허물어질 수밖에 없을 터였다. 공수부대원들은 '타격은 과감하게, 체포한 범법자는 다중이 보는 데서 무자비하게 응징하라'는 명령을 충실히 따라 걸려든 사람들을 피투성이로 만든 뒤 트럭에 던지듯이 싣고 갔다.

피바람을 일으킨 공수부대는 조선대로 돌아가 점심을 먹었다. 무자비한 진압이었기에 다소 찜찜했다. 그럼에도 가혹하게 대처했기에 광주는 숨죽이듯 조용해지리라고 판단한 강 중사는 다 잊자고 자위했다.

식사를 마치자 피로가 몰려왔다. 겨우 잠들었나 싶었는데 출동 명령이 떨어졌다. 급하게 트럭에 올라타 금남로로 가며 예정보다 빠른 출동에 설마 했지만, 금남로로 들어서던 강 중사와 중대원들은 모두 충격을 받았다.

내심 평정했노라 자부한 거리였다. 하지만 수만 명의 민중이 모여있었다. 청년들은 물론이고 작업복을 입은 노동인들, 건설 현장에서 온 듯 철근이나 톱을 든 사내들, 중년의 아주머니들까지 눈에 들어와 은근히 두려움마저 몰려왔다.

공수부대가 잠깐 자리를 비운 사이였다. 경찰이 해산에 나섰지만 실패했단다. 최루탄을 쏘아대도 잠깐 흩어졌다가 다시 뭉친 시위대가 던진 돌멩이와 화염병에 경찰은 속수무책이었고, 거리를 장악한 수만여 민중은 입을 모아 부르짖었다.

"전두환은 물러가라!"

"유신 잔당 물러가라!"

"계엄령을 해제하라!"

"김대중을 석방하라!"

애국가 합창도 이어졌다. 순간 연호는 숙연해졌다. 퇴임한 주임

상사가 지금 여기 있다면 어떻게 행동했을까 헤아리며 그가 부른
노래가 귓전을 애잔히 울리던 순간에 시위대 일각에서 노래가 흘
러나왔다.

　나 태어난 이 강산에 투사가 되어
　꽃 피고 눈 내리기 어언 삼십 년
　무엇을 하였느냐 무엇을 바라느냐
　나 죽어 이 흙 속에 묻히면 그만이지
　아 다시 못 올 흘러간 내 청춘
　푸른 옷에 실려 간 꽃다운 이내 청춘

　아들아 내 딸들아 서러워 마라
　너희들은 자랑스런 투사의 자식이다
　좋은 옷 입고프냐 맛난 것 먹고프냐
　아서라 말아라 투사 아들 너로다
　아 다시 못 올 흘러간 내 청춘
　푸른 옷에 실려 간 꽃다운 이내 청춘

　본디 가사에서 '군인'을 '투사'로만 바꾼 노래였다. 우연의 일치
였을까. 어쩌면 강 중사가 신 상사의 노래를 떠올린 순간에 시위
대에서 그 노래가 흘러나온 게 아니라, 거꾸로 시위대에서 그 노
래가 나와 신 상사를 떠올렸을 수도 있었다.

강 중사는 갈피를 잡을 수 없었다. 하지만 더 헤아릴 겨를은 없었다. 언제든 어디서든 명령을 따라야 할 군인이었고 그 순간에 주어진 임무는 저들에게 돌격해 들어가 가차 없이 진압하는 작전이었다.

한낱 중사가 국면에 영향을 끼칠 길은 없었다. 공수부대원들은 임무 완수를 위해 저마다 더 무자비하자고 다짐했다. 경찰이 뒤로 빠지고 얼룩무늬 공수부대가 다시 전면에 나서 진용을 갖추며 앞으로 나아가자 시위대가 일순 정적에 잠겼다.

공수부대는 천천히 나아갔다. 신호와 함께 일제히 흩어지며 곤봉과 대검을 휘둘렀다. 강 중사는 늙은 군인의 노래, 아니 늙은 투사의 노래 탓에 쭈뼛거렸지만 칼을 휘두르며 돌격하는 공수부대원 대다수가 오전에 진압할 때보다 한층 강도를 높였다.

민중의 반응은 예상 밖이었다. 강력하게 맞섰다. 총검이 다가오면 흩어졌지만 곧바로 다시 나타났고 그때마다 남녀노소 가릴 것 없이 사람들 손에는 저마다 무엇인가를 들고 있었다.

인도에 깔린 벽돌을 깨어 두 손에 쥐었다. 돌멩이, 화염병만도 아니었다. 각목과 쇠파이프에 낫과 쇠스랑까지 들었으며, 버스 정류장 입간판을 옆으로 들고 나타난 사람들은 길가의 대형 화분과 공중전화 상자로 바리케이드를 쳤다.

공수부대 장교들이 장갑차를 투입했다. 교육받은 대로 전속력으로 돌진했다. 그러다가 보도 난간에 부딪혀 멈춰 서자 흩어지던 시위대가 곧바로 몰려와 장갑차 위로 올라탔다.

한 사람이 장갑차 뚜껑을 열었다. 불붙은 짚더미를 든 사람이 올라갔다. 강 중사는 아찔한 생각이 스치며 처음으로 시위대에 적개심을 느꼈다.

베트남의 광기가 꿈틀거렸다. 다시 호랑이 눈썹을 갖추자고 마음을 다잡았다. 그때만 하더라도 베트남 전장의 그날보다 더 연호의 삶에 짙은 그림자를 드리운 사태가 벌어지리라곤 짐작조차 할 수 없었다.

특전사는 3공수도 다시 투입했다. 병력이 늘어나자 공수부대는 자신감이 붙었다. 하지만 아무리 세차게 돌격 작전을 펴도 시위대는 겁에 질려 허둥대기는커녕 어느새 전열을 재정비하며 맞섰다.

공수부대는 시간이 갈수록 난폭했다. 시위대를 쫓아가도 골목에서 놓치기 일쑤여서 더 그랬다. 자존심에 금이 가며 화가 치민 공수부대원들은 시위자를 쫓는 과정에서 마주치는 모든 사람의 콧잔등을 짓뭉개고 머리를 내리쳐 피범벅을 만들었다.

더러는 공수부대에 살려달라고 애원했다. 이마에서 피가 줄줄 흐르는 사람들이 속출했다. 공수부대원 일부는 여대생은 물론, 여고생들도 잡아서는 옷을 마구 벗기고 군화로 짓밟으며 머리채를 잡아 트럭으로 던져 올렸다.

오후 7시가 넘을 무렵에 가랑비가 내렸다. 날이 어두워지면서 사태는 다소 진정되었다. 하루 내내 시위를 잔인하게 진압하느라 지친 공수부대는 철수하는 길에서 눈에 띄는 여자들 모두를 곤봉과 대검으로 위협하며 줄줄이 연행했다.

주둔지인 조선대에 들어서서도 마찬가지였다. 폭행은 그치지 않았다. 조선대 넓은 운동장까지 끌려온 연행자들에게 공수부대원들은 다가서서 분풀이 폭행을 서슴지 않으며 고래고래 소리쳤다.

"이 개 같은 연놈들. 부모가 비싼 등록금 내고 대학에 보내주었으면 공부나 할 것이지 빨갱이 물이 들어? 너희들 데모 놀이 때문에 우리가 얼마나 개고생하고 있는지 아느냔 말이다."

12

계엄당국은 통금시간을 전격 밤 9시로 당겼다. 미처 집으로 돌아가지 못한 사람들이 줄줄이 잡혀 왔다. 그날 밤 두세 명 단위로 흩어져 순찰을 돌라는 명령이 떨어졌을 때 일부 공수부대원들은 '칭기즈칸의 행복'을 만끽할 기회로 삼았다.

젊은 여성을 발견할라치면 희희 웃어댔다. 외딴 곳에선 총검으로 을러대 겁탈도 했다. 강 중사는 공수부대 일부의 만행에 곧바로 베트남 풀숲에서 매복하다가 '밥이다 밥'이라고 환호한 맹호부대 분대장이 떠올랐으면서도 그들의 난폭함과 잔인성을 방관했다.

이미 적개심이 바이러스처럼 돌고 있었다. 전염성이 강했다. 시위대 가운데 최소한 예닐곱 명이 숨졌을 터이기에 이미 그들은 공수부대를 적으로 인식하리라 짐작한 강 중사도 이제부턴 자기 의지와 무관한 국면을 맞았다고 판단했다.

밤 9시 통금이 시작되고 30분정도 지나서였다. 조선대 주변을 둘러보고 돌아오는 길이었다. 트럭 앞에 타고 있던 강 중사의 눈에 길 옆 숲으로 누군가가 재빨리 몸을 숨기는 모습이 들어왔다.

강 중사는 주둔지 근처라서 불안했다. 운전병에게 정지 명령을 내렸다. 차를 돌려 전조등을 비춰보라고 하자 옷에 귀티가 물씬 묻어나는 젊은 여자가 눈이 부신 듯 작은 손으로 얼굴을 가리는 모습이 나타났다.

아니나 다를까. 공수부대원들이 그냥 갈 리가 없었다. 뒤에 타고 있던 병사들이 곤봉을 들고 트럭에서 쏟아지듯 우르르 내렸다.

운전석 옆자리에 타고 있던 강 중사도 서둘렀다. 그들을 저지하기 위해서였다. 하지만 강 중사의 생각과 달리 트럭에서 바삐 내린 이유에는 막연한 호기심도 깔려있었다.

그런데 기세 좋던 병사들이 주춤했다. 곤봉과 대검을 잔인하게 휘두르던 모습과 딴판이었다. 그녀는 자신을 에워싸고 아래위로 징글징글 훑어보는 공수부대 병사들을 도도한 눈빛으로 둘러보며 마치 선언문을 낭독하듯이 빠르고 힘 있게 외쳤다.

"여러분, 내가 누군지 알고 이러는 건가요? 우리 시아버지가 쓰리스타, 3성장군이거든요. 당신들 후회할 겁니다."

제법 낭랑했다. 강 중사가 가까이 다가섰다. 여자가 입은 검붉은 원피스는 저녁부터 내리던 비에 젖어 가슴과 허리 아래로 몸의 굴곡이 확연히 드러났다.

"호? 그러서, 3성장군의 며늘님? 그런 분께서 여긴 왜 납셨나."

"외할머니가 돌아가셔서 외가에 온 거예요. 시아버지가 3성장군 맞아요. 외사촌 동생이 여기 대학에 다니고 있어 찾아온 겁니다. 외숙이 내게 찾아봐 달라고 부탁한 것도 3성장군 며느리이기 때문이란 말입니다. 그러니까 지금이라도 그냥 가게 해주면 아무에게도 책임 묻지 않겠습니다."

병사들이 움찔했다. 3성장군의 며느리가 맞다면 조심할 일이었다. 하지만 그냥 물러설 수는 없었는지, 아니면 비에 젖은 그녀에게 끌렸는지 누군가 의심적은 듯 되물었다.

"책임? 무슨 책임?"

그녀는 침착하게 응시했다. 곧 깜박 잊고 있었다는 표정을 지었다. 서둘러 손가방을 열더니 30대 후반의 젊은 사내와 청와대 앞에서 찍은 사진을 내밀었다.

"자, 보세요. 내 남편은 청와대에 파견 나가있는 검사이거든요. 이 사람이 내 남편 맞아요."

"…"

"아, 우리 시아버님 부대 이름도 일러줄까요?"

모두 싱숭생숭했다. 후환이 두려웠다. 3성장군의 며느리이자 청와대에 파견된 검사의 아내가 아니어도 희롱할 여자는 많다며 그냥 보내자는 깜냥들이었다.

물론 그럴수록 벗겨보고 싶은 유혹도 커지긴 했다. 하지만 아무래도 주눅 들 수밖에 없었다. 운전병까지 일곱 병사가 서로 눈빛을 주고받으며 여자를 그냥 두고 트럭에 오르자는 합의를 이룰 때, 낮으면서도 무거운 목소리가 차갑게 들렸다.

"남편이 검사라고 했나? 그래서 어쩌라고?"

뜻밖이었다. 모두 돌아보고 의아했다. 숱한 회식 자리는 물론 아무리 험한 훈련에서도 한 점 자세가 흐트러지지 않아 '진정한 공수'라는 말까지 들어온 중사 강연호였다.

강 중사는 병사들 뒷전에 있었다. 여자의 도도한 언행을 지켜보고 있었다. 그녀가 '3성장군'을 들먹일 때는 거친 성욕으로 가득 찬 일곱 병사들을 제어할 명분이 생겼기에 다행으로 여겼다.

하지만 운명이었을까. '남편이 검사'라는 과시가 연호를 자극했다. 고급 원피스로 풍만한 몸을 감싸고 있는 여자로부터 그 말을 듣는 순간, 연호의 눈에 아내의 일기장이 돋아났다.

시아비가 3성장군이란 말도 되새겼다. 아내가 가엾게 다가왔다. 연호는 정희의 순결을 농락한 명문대 법대생이 자신의 아버지가 장군이라 자랑하며 사법고시를 보아 검사가 꿈이라고 유혹한 대목을 잊을 수 없었다.

연호는 병사들을 옆으로 밀쳤다. 여자에 뚜벅뚜벅 다가갔다. 어느새 대검까지 뽑아 든 중사를 바라보는 여자의 얼굴에서 처음으로 공포감이 스쳐갔다.

오후부터 내내 잔혹함에 떨던 참이었다. 시아비와 지아비를 재빨리 들먹인 것도 그만큼 무서워서였다. 외사촌을 찾으러 조선대로 가는 길에 곤봉과 대검에 얼굴이 피투성이 된 사람을 적잖게 보았을 뿐더러 그들로부터 계엄군이 여학생의 가슴을 도려냈다는 소문도 들은 터였다.

연호가 다가서자 분내가 풍겼다. 하얀 얼굴에 칼을 바투 들이 댔다. 거침없는 행동에 일곱 병사의 눈길이 쏠렸을 때 강 중사는 거역하면 용서하지 않겠다는 듯이 또박또박 명령했다.

"누구도 예외는 없어. 허튼 짓 말고 트럭 앞자리에 올라."

여자가 흘겨보았다. 사나운 눈 광채에 금세 시선을 돌렸다. 중사가 가리킨 대로 말없이 운전병 뒤를 따라가다가 다시 흘끗 바라본 뒤 트럭 앞자리에 올라탔다.

연호도 바로 옆에 올랐다. 트럭은 다시 출발했다. 몸이 거의 맞닿아 가랑비에 젖은 여자의 살 감촉이 연호의 허벅지를 타고 올라왔다.

분내만이 아니었다. 비릿한 체취가 싱그러웠다. 고개를 들어 뒷거울로 살펴본 여자는 아내 정희와는 사뭇 다른 분위기였다.

트럭이 대학 운동장에 들어섰다. 공수부대원들이 연행자들을 난타하고 있었다. 곤봉에 정수리를 맞아 피칠갑 된 사람들을 보고 경악한 여자의 부들부들 떨리는 몸이 강 중사의 무쇠다리로 전해왔다.

불끈 정욕이 일었다. 연호는 운전병부터 내리게 했다. 심호흡으로 욕정을 자제하며 운전석에 단둘이 남았을 때 얼굴을 돌려 되물었다.

"너, 정말이야?"

"뭐가요?"

"남편이 검사라는 말?"

"그럼요, 청와대에 파견 나간 검사, 아까 사진도 보여주었잖아요. 전화 걸어볼래요?"

여자가 새된 목소리를 높였다. 탈출구라도 찾은 듯했다. 적절한 기회를 잡았다는 듯이 전화번호에 이어 3성장군이라는 시아버지의 이름과 사령관으로 있다는 부대 이름까지 댔으나 연호는 들은 체도 않고 차갑게 말했다.

"저 운동장에 불순분자들 보이지? 저 꼴 당하지 않으려면 아무 말 말고 날 따라와."

"아. 네, 고맙습니다."

강 중사가 먼저 내렸다. 뒤따라 내린 여자의 팔을 힘주어 잡았다. 운동장을 벗어나 연행자를 모아둔 건물 쪽으로 걸어가자 창밖으로 여기저기서 비명 소리가 불거졌다.

여자가 흠칫했다. 놀란 얼굴로 연호를 보았다. 말없이 고개 저은 강 중사는 건물에 들어서더니 취조실이 있는 계단으로 올라가지 않고 곧장 1층 복도를 따라 뒷문으로 여자를 이끌었다.

뒷문을 제쳤다. 바로 산기슭이었다. 강 중사는 끔찍한 비명들에 하얗게 질렸다가 한 시름 놓은 여자를 앞세우며 말했다.

"지금 이 건물 곳곳은 모두 생지옥이야. 너도 취조당하는 소리 들었겠지?"

여자가 잠자코 고개를 끄덕였다. 불안감과 고마움이 섞인 눈치였다. 아카시아 나무가 우거진 숲길로 들어서자 사위가 이슥해지면서 여자는 조금씩 더 조마로웠다.

그래서일까. 비 젖은 오르막에서 발을 헛디뎠다. 여자의 몸이 뒤로 쓰러지면서 강 중사의 몸으로 안기듯 들어왔다.

강 중사가 황급히 손을 내밀었다. 넘어지는 여자의 몸에 균형을 잡아주었다. 그런데 강 중사가 뒤에서 여자를 부둥켜안은 모양새였을 뿐만 아니라 엉겁결에 두 손 모두 가슴을 잡고 있었다.

강 중사의 손에 물컹한 살이 잡혔다. 마른 아내의 가슴과 달랐다. 출렁이는 젖무덤이 짙은 체취로 그의 머릿속을 어지럽혔다.

앞세워 오르다가 미끄러졌기에 몸도 밀착했다. 풍만한 살과 밀착된 연호의 몸은 이미 반응을 보였다. 넘어지며 당황해서 뒤돌아본 그녀의 얼굴이 강 중사의 얼굴에 바투 가까워져 서로의 눈동자마저 볼 수 있었다.

모두 순간에 일어난 일이었다. 여자는 가슴을 잡은 중사의 손을 뿌리치려 했다. 하지만 강 중사는 손을 빼고 싶지 않고 싱그러운 아늑함에 잠겨 오히려 몸을 더 밀착했다.

"손 놓아요!"

"쉬! 걱정 마, 살려주려고 산으로 올라온 거야."

"…"

"이곳 지형도를 살폈는데 여기서 좀 더 올라가 능선 뒤로 넘어가면 민가들이 나올 거야. 집에 자가용차가 있겠지?"

"그래요."

"전화를 걸어 자동차를 갖고 와달라고 해. 가급적이면 광주 도심으로는 들어가지 말도록."

사뭇 친절했다. 여자가 안도했다. 연호의 내면에 어떤 욕망이 꿈틀대고 있는지 눈치채지 못한 여자가 얼굴을 다시 돌려 무서움이 사라진 고운 눈매로 물었다.

"고맙습니다. 이름을 알려주세요."

"그건 왜이지?"

"보답하려고요."

"굳이 그럴 필요 있겠어? 정 보답하고 싶으면 지금 해도 되잖아?"

강 중사는 멈칫했다. 자신도 모르게 엉뚱한 말이 툭 튀어나왔다. 스스로에 놀라 황망했지만, 어쩌면 이게 자신의 정직한 모습일지 모른다는 생각이 퍼뜩 들었다.

"어떻게…"

강 중사는 대답하지 않았다. 손에 힘을 주었다. 그때까지도 안고 있던 여자의 몸이 강 중사의 얇은 군복으로 더 밀착해 왔다.

"이러지 말아요."

"여기서 소리 지르면 자칫 저 아래 군인들이 떼로 몰려올 수 있어."

강 중사는 자신이 낯설었다. 자신의 비열함에 메스꺼움마저 밀려왔다. 그럼에도 어떤 권력감이 온몸을 돌더니 자기 안에 있는 누군가가 야비하게 한마디를 더했다.

"내 말대로만 하면 살 수 있어. 분명히 약속할게."

누군가가 자신을 끌어가는 느낌이 들었다. 여자의 눈이 다시 동그랗게 커졌다. 저항하려는 기색을 본 강 중사는 결심한 듯이 한 손을 가슴에서 떼어 등 지퍼를 빠르게 내렸다.

어둠 속에서 하얀 살결이 단숨에 드러났다. 젖은 살 향기가 코끝으로 깊숙이 들어왔다. 백지처럼 얼굴이 하얗게 변한 여자가 흘러내리는 옷을 두 손으로 거머쥔 채 종전까지의 자못 귀족적인 태도를 바꿔 두 손 모아 기도하듯 낮은 소리로 빌었다.

"제발 살려주세요. 저 남편이 있는 유부녀입니다."

"알아, 알아, 남편이 검사라고 했잖아."

"정말이라니까요."

"그래 안다고. 내가 널 죽일 사람 같아? 걱정 마. 대신 잠자코 있어. 저 아래서 군인들이 달려오면 어쩌려고 그래."

까맣게 커진 동공이 다소 줄어들었다. 시선에 담긴 불신은 더 커졌다. 강 중사를 쏘아보는 듯싶더니 눈빛을 바꾸고는 억지 미소마저 애처롭게 지으면서 '거래'를 시도했다.

"저를 무사히 보내주시면, 그쪽 진급은 제가 보장해 드릴게요. 장담합니다."

하지만 잘못 짚었다. 강 중사의 충동에 더 불을 지폈다. 여자의 말이 끝나자마자 강 중사는 바투 다가서며 두 손으로 붉은 원피스의 양쪽 어깨를 잡고 이내 아래로 내렸다.

여자는 부들부들 떨었다. 강 중사는 다리를 걸어 눕혔다. 바지를 내리고 들이대는 순간에 여자가 격렬히 저항했지만 공수부대에서 몸을 단련한 강 중사의 완력을 이겨낼 수 없었다.

강 중사는 순결을 뺏긴 아내를 떠올렸다. 이왕 보복에 나섰다면 제대로 하자고 독기마저 발산했다. 정희와 달리 여자의 몸이 매끄럽고 토실토실하다는 느낌이 들 때는 정체 모를 서러움과 적개심이 동시에 몰려왔다.

"너를 죽여 여기 파묻을까? 그러면 내가 안전할 수 있겠지. 하지만 그럴 생각은 없어. 부디 날 너무 원망하지 마. 네 남편과 같은 검사 녀석이 내가 사랑하는 여자의 정조를 유린했거든. 미안하지만 네가 검사의 아내로 대표해서 그 죄를 씻은 거야. 잘 생각해 봐. 너, 내가 아니었으면 아까 그 병사들에게 윤간당했을 거야. 아까처럼 집안 자랑하면 어찌 되겠어. 윤간당하고 여기 파묻힐 수도 있겠지."

"…"

"오늘 일을 네 남편에게 말하든 말든 마음대로 해. 다만, 내 경험으로는 남편이 모르는 게 나을 거야. 네 남편도 이미 숱한 서민의 딸들 몸을 돈과 권세로 가졌을 거야. 나로선 네가 몸을 섞은 두 번째 여자이지만 오늘 일을 잊겠어. 너도 그랬으면 좋겠어. 그냥 동네 산책하다가 미친개에게 재수 없이 물렸다고 생각해. 그리고…"

"…"

"어서 가! 내 마음 변하기 전에 어서!"

"…"

"참, 이거 줄게. 필요할 거야. 저 언덕만 넘어서면 전등을 켜도 계엄군이 모를 거야."

강 중사는 자신의 손전등을 건넸다. 여자가 중사를 똑바로 쏘아보았다. 증오의 눈빛 한쪽에 연민인지 경멸인지 알 수 없는 색채가 스쳐갔다고 강 중사는 기억했다.

여자가 손전등을 받았다. 다른 손으로 옷을 여민 채 돌아섰다. 다소 휘청거리다가 잰걸음으로 산길을 올라가는 여자의 뒤편으로 밤하늘이 짙게 내려왔다.

강 중사는 그날 밤 내내 뒤척였다. 희열과 죄책감이 교차했다. 아내를 농락한 검사 지망 대학생에 통렬한 복수라고 합리화했지만 이내 의문이 꼬리를 물며 고개를 들었다.

그가 실제 검사가 되었는지 모를 일이었다. 더구나 그 검사의 아내가 그녀일 가능성은 거의 없었다. 평상시라면 언감생심이었을 강간을 다름 아닌 자신이 저지른 사실 앞에 연호는 몸서리쳤다.

그러다가도 체취가 아른거렸다. 장미꽃 향기처럼 짙었다. 미끄러운 살갗 촉감을 비롯해 모든 감각이 곤두설 때는 죄책감보다 뿌듯한 성취감이 앞서기도 했다.

치졸한 계산도 이어졌다. 그녀에게 자신은 숱한 군인 가운데 한 명일 터였다. 강 중사는 그녀의 얼굴을 세세히 보았지만 그녀는 연호의 생김새도 정확히 기억 못할 게 분명했다.

자신이 강간했다는 증거도 없다. 그녀도 강간 사실을 숨기리라 확신했다. 그 확신은 참으로 교활했지만 바로 그만큼 죄책감이 스며드는 틈을 주기도 했다.

강 중사는 심지어 자신이 그녀에게 은인이라는 생각도 했다. 집단 윤간으로부터 구했다고 스스로에 우격다짐했다. 하지만 어느 순간에는 버젓이 강간을 저질러놓고 생명의 은인을 자처하는 꼴이 더없이 구접스러웠다.

진실마저 모호하게 다가왔다. 조금 전의 기억조차 엇갈렸다. 그녀를 겁만 주려고 했다가 심장 어디선가 복수의 불길이 미진 듯이 타올랐다고 생각했다.

헌데 아니었다. 아무래도 처음부터 그녀를 노린 것 같았다. 그녀가 서민의 딸이었다면 틀림없이 윤간당하고 비참하게 살해된 뒤 근처 숲에 암매장 당했을 가능성이 높을 터에, 권세 있는 집안의 여자라고 해서 예외를 주는 것은 옳지 않다고 판단했던 기억도 스쳐갔다.

조선대 뒷산으로 올라갈 때는 귀가시키려 했다. 그런데 정말 그랬는지 자신이 없었다. 겁만 주곤 몰래 풀어주겠다는 생각이 정말 진실인지 가닥이 잡히지 않아 잠을 이루지 못하고 뒤척일 때 막사 밖에서 자신을 찾는 소리가 들렸다.

"연호 씨, 저예요, 조금 전에 산에서 만난 검사의 아내."

심장이 사늘해 왔다. 그새 자신의 이름까지 어떻게 알아냈을까. 덜컥 겁이 났지만 감미로운 목소리에 끌려 나가자마자 막사 옆에서 기다리고 있던 검은 신사복의 남자가 권총을 관자놀이에 들이댔다.

"네놈이냐? 하찮은 중사 새끼가 겁도 없이. 장군의 맏며느리이자 검사의 아내를 강간해?"

"그런 적 없소. 오히려 나는 생명의 은인이란 말이오."

"뭐가 어째? 생명의 은인?"

"내가 아니었으면 저 여자는 이미 이 세상이 아니란 말이오."

"너 같은 새끼완 더 말을 섞을 필요도 없어."

사내는 그 말과 함께 방아쇠를 당겼다. "쾅!" 소리가 났다. 연호는 자신의 머리가 구멍이 뚫린 채 줄줄 피 쏟는 모습을 보며 뭔가 이상하다는 생각이 들면서도 홀로 고단하게 살아갈 아내의 얼굴이 떠올라 부르댔다.

"정희, 정희!"

그런데 소리가 나오지 않았다. 피가 얼굴로 쏟아져 내렸다. 눈을 번쩍 떴을 때, 옆자리에 누워있던 하사가 자신을 흔들어 깨우고 있었다.

"강 중사님, 악몽을 꾸셨나 봐요. 진정하세요."

연호는 한숨 돌렸다. 자신이 저지른 강간이 꿈인 듯싶어 안도했다. 하지만 곧바로 총알이 머리에 구멍을 낸 대목만 꿈임을, 자신이 저지른 강간범죄는 엄연한 사실임을 깨닫고는 암담했다.

겨우 잠들고 이내 악몽을 꾼 셈이다. 불안감에 더 잠들 수 없었다. 자신이 짐승처럼 범한 겁탈의 죄책감은 금남로에서도 짜득짜득 이어지다가 더 큰 범죄를 저지르고 나서야 비로소 뭉개버릴 수 있었다.

13

그 더 큰 범죄는 살인이었다. 한두 명이 아니었다. 최소한 열 명 넘는 살인을 범하고서야 강 중사는 자신의 성폭행을 스스로에게도 덮을 수 있었다.

본디 강연호는 길바닥 개미도 피해 걸을 만큼 감수성 예민한 소년이었다. 톺아보면 모두 숙명이었다. 연호가 아내의 '과거'를 알고 공수부대를 자원할 때 이미 오월의 금남로가 예정되어 있었는지도 모를 일이었다.

5월 20일 아침에 출동할 때 장교들의 태도가 달라졌다. 전날과 달리 '무자비한 진압'을 닦달하지 않았다. 공수부대가 자제하면서 오전에는 큰 충돌이 없었지만 인도를 가득 메운 사람들이 한결같이 계엄군을 살천스레 쏘아보아 분위기는 갈수록 심상치 않았다.

"전라도 것들은 다 죽여도 괜찮아."

둘러보던 고참 하사가 누런 가래침을 뱉으며 말했다. 평소 강 중사가 경멸했던 그는 출동 전부터 득의양양했다. 사생활이 난삽하던 그가 메기처럼 두툼한 입안으로 아침 국밥을 욱여넣으며 병사들에게 지난밤에 '영계'를 발가벗겼노라고 자랑할 때 연호는 자신을 비로소 객관적으로 볼 수 있었다.

덜컥 겁이 났다. 자신이 저지른 비열한 범죄가 뇌리에 뱅뱅 돌았다. 공수부대가 어젯밤에 여기저기서 저지른 성폭행이 알려지면서 분노가 끓어오르고 있는 것은 아닐까 은근히 불안했다.

그녀는 정말 3성장군의 며느리일까. 검사 남편에겐 정말 발설하지 않을까. 그런데 만약 분함을 도저히 이기지 못해 시아버지에게 전화로 알렸다면, 혹시 지금쯤 헌병 체포조가 다가오고 있진 않을까 초조감마저 스며들었다.

오후 늦게부터 상황이 달라졌다. 인도에 서있던 사람들이 하나둘 차도로 들어섰다. 박달곤봉을 악패듯 휘둘러도 시위대가 생동생동 불어나는 풍경에 공수부대원들은 긴장하지 않을 수 없었다.

강 중사는 내내 죄책감과 희열감이 교차했다. 아직도 몸 끝에 그녀의 촉감이 남아있었다. 사랑하는 아내를 위한 보복이라는 자기기만으로 성폭행을 저질러 놓고 악몽을 꾸며 맞은 5월 20일 하루 내내 강 중사와 11공수는 시위대를 진압했다.

도무지 수그러들지 않는 저항에 조금씩 허겁해져서일까. 강 중사도 미친 듯이 곤봉을 휘둘렀다. 공수부대의 유혈 진압에 당당히 맞서 억세게 싸우는 민중들이 부르짖는 구호도 갈수록 더 뜨거워졌다.

"군은 38선으로 복귀하라."

"살인마 전두환은 물러가라."

"내 자식 살려내라."

공수부대가 시위대와 피로 물든 공방전을 한창 벌일 때다. 운수 노동인들이 머리를 맞댔다. 잔혹한 진압에 부상당한 사람들을 급히 태워 병원에 간다는 이유만으로 피투성이가 되도록 맞은 택시기사들이 앞장섰다.

운수 노동인들은 각자가 겪은 공수부대 만행을 증언했다. 소통은 결단으로 이어졌다. '차량 시위'를 벌이기로 뜻과 용기를 모은 운수 노동인들은 오후 늦게 택시와 버스를 끌고 전남도청으로 나아가면서 전조등을 밝히며 경적을 울렸다.

불을 켠 차량이 등장하자 금남로가 술렁술렁했다. 곧 박수를 치고 환호했다. 거리의 민중들은 서로 어깨동무를 하며 구호를 더 높이 외쳤고 더러는 천천히 나아가는 차 위로 올라가 태극기를 흔들었다.

강 중사는 위협을 느꼈다. 장교들도 갈팡질팡하는 모습이 뚜렷했다. 우려했던 대로 차량 행렬은 대형버스를 앞세우곤 공수부대의 저지선을 돌파하려고 갑자기 빠르게 질주해 왔다.

공수부대는 잽싸게 길옆으로 흩어졌다. 도로 옆에 놓인 대형 화분대를 옮겨 막았다. 동시에 최루탄을 마구 쏘면서 시위 차량들로 돌진해 차 유리를 깨고 차 안에 있는 사람들을 무자비하게 폭행했다.

공수부대는 저지선을 지켜냈다. 하지만 경찰이 맡은 쪽은 달랐다. 달려오는 버스에 당황한 경찰들은 마구 최루탄을 쏘아대 차 안에서도 한 발이 터졌다.

탑승자 모두 차 밖으로 뛰쳐나갔다. 운전대를 잡은 사람도 제정신이 아니었다. 그 결과로 대형버스가 아무런 제동도 없이 그대로 경찰들을 덮치면서 사상자가 생겼다.

도청 앞만이 아니었다. 시내 곳곳에서 시위가 격해졌다. 공수부대의 만행에 모르쇠를 놓고 계엄군의 시각만 앵무새처럼 보도한 광주MBC 건물이 불길에 휩싸였고, 광주KBS 건물에도 시위대가 들어가 방송이 중단되었다.

땅거미가 짙어지며 11공수는 숙영지로 복귀했다. 조선대로 들어가는 길목에서 시위대가 차량에 돌을 던졌다. 트럭이 멈춰 서자마자 공수부대원들이 우르르 쏟아지며 돌 던진 사람들을 잔인하게 짓밟아댔다.

물론 모든 공수부대가 만행을 저지르진 않았다. 한 50대가 곤봉에 머리를 맞아 허연 뼈가 드러났을 때다. 강 중사는 신학대를 졸업하고 입대한 일병이 그 남자를 업고 골목길로 사라지는 모습을 보았지만 못 본 체했다.

그는 날이 밝아서야 복귀했다. 중대장은 노발대발했다. 문제의 일병이 어젯밤 무엇을 하고 왔는지 자세히 조사한 뒤 보고하라는 명령을 받고 강 중사는 추궁할 수밖에 없었다.

"박달곤봉에 맞은 분이 저의 아버지 나이셨습니다. 그대로 두고 가면 죽을 것 같았습니다. 머리에 출혈이 심했거든요. 업고 골목으로 들어가 민간인 집 문을 아무리 두드려도 아무도 열어주지 않았습니다. 골목을 돌아서니 작은 교회가 보이기에 그곳에 맡겼습니다. 내려놓고 밝은 곳에서 보니 머리가 15센티 이상 찢어졌습니다. 목사님이 공수부대 옷을 입고 밤중에 혼자 귀대하는 것은 위험하다고 하더군요. 교회에서 밤을 보냈습니다."

강 중사는 십분 공감했다. 어깨를 토닥여 주었다. 일병의 진술을 정리해 중대장에게 보고하면서 강 중사가 덧붙였다.

"밤중에 혼자 귀대할 수 없었다는 말이 신빙성 있습니다. 신학대생이라 교회에서 보낸 것으로 이해해 주시면 감사하겠습니다."

중대장은 이맛살을 찌푸렸다. 강 중사를 못마땅히 훑어보았다. 무슨 말을 하려다가 참는 표정이 역력했지만 말없이 일병을 데려오라고 지시했다.

"너!"

"네! 일병 이경남."

"비상계엄 하에서 부대 이탈은 즉결 처형감이다. 네놈이 밤새무슨 짓을 하고 왔는지 들었다. 신학대생이라 하니 특별히 눈감아 준다."

강 중사는 안도했다. 중대장이 강 중사를 흘끔 보았다. 동시에 벌끈 일어나 이 일병의 가슴을 발로 냅다 차더니 뒤로 넘어진 몸에 마구 발길질을 해대며 소리쳤다.

"이 새꺄. 여기는 전쟁터야. 정신 차려! 똑바로 행동하란 말이야. 새꺄!"

강 중사에게 들으라고 한 말이었다. 연호는 중대장의 말을 기꺼이 접수했다. 그 정도로 끝나 다행이라 여기며 쓰러진 채 고통을 참느라 이를 악물고 있는 이 일병을 일으켜 세워 밖으로 데리고 나왔다.

"강 중사님! 그분 부상이 심해 어찌 될지 모르겠습니다."

"…"

"교회에 있을 때 대학생들이 살해된 학우들의 시신을 끌고 가며 울부짖는 소리를 들었습니다. 강 중사님, 우리가 지금 뭐 하는 겁니까?"

이 일병이 하소연을 늘어놓았다. 강 중사는 간담이 서늘했다. '우리가 지금 뭐 하는 겁니까'라는 말은 마치 자신이 어젯밤 저지른 성폭행을 캐는 듯했다.

강 중사는 걸음을 멈췄다. 잠시 생각했다. 이 일병 앞으로 돌아선 강 중사는 주먹을 날리고 엉덩방아 찧은 졸병에게 내뱉었다.

"너, 이 새끼! 중대장이 뭐라던? 여기는 전쟁터이니까 살고 싶으면 정신 차리라고 했지!"

"정신, 차리겠습니다."

"좋다, 군복 갈아입고 출동 준비 갖춰!"

이 일병은 코피를 닦으며 뛰어갔다. 강 중사는 그의 뒷모습을 물끄러미 보았다. 이 일병을 호되게 훈계하는 순간에 정작 자신도 이곳이 정말 전쟁터인지 짙은 의문이 들었다.

5월 21일 아침에 강 중사는 다시 전남도청으로 출동했다. 금남로 풍경은 어제와 확연히 달랐다. 밤새 무참한 주검들을 여기저기서 발견하고 서로 정보를 나눈 민중들의 눈은 저마다 분노로 이글거렸다.

봄바람에서 피 냄새가 났다. 베트남전의 '미친 맹호'에게 든 직감이었다. 금남로에 나부끼는 태극기 아래 몽둥이와 철근을 손에 들고 서있는 사람들이 안쓰러워 보였다.

　더러는 트럭과 버스에 올라타고 있었다. 공수부대와 가까운 거리에서 대치했다. 그 사이에 분수대가 자리 잡고 있었지만 트럭이나 버스가 언제 대열로 돌진해 올지 모를 형편이었다.

　강 중사와 공수부대원 모두 정면을 주시했다. 장교들은 내내 무전기를 들고 어딘가와 소통하고 있었다. 강 중사는 차량들이 제발 가만히 머물고 있기를 갈망했지만 시내버스 하나가 돌진해 오다가 가로수를 들이받고 멈췄다.

　공수부대는 좌시하지 않았다. 버스가 멈추자마자 뛰어들었다. 박달나무 진압봉을 휘두르며 버스 주변의 시위대를 쫓다가 중년 남자를 잡아채 무자비하게 두들겼다.

　곧바로 피투성이가 되었다. 다른 대대의 낯선 신참이 나섰다. 신출내기가 사내를 골목에 끌어다 놓고 돌아올 때 그의 목에 대검을 바짝 들이민 하사관은 평소에도 병사들을 험하게 다룬 김 중사였다.

　"죽고 싶어? 너! 아군이야 적군이야?"

　강 중사가 뛰쳐나갔다. 대검 든 김 중사의 팔을 낚아챘다. 돌아본 김 중사의 눈빛은 매서웠지만 상대가 강 중사임을 파악하고는 느릿느릿 대검을 거두며 쏘아본 뒤 딱히 신참만 겨냥하지 않은 듯이 경고했다.

　"한 번만 더 이 따위 짓을 하면 너부터 쑤셔버리겠어."

　강 중사는 섬뜩했다. 아군이라기보다 적군에 가까운 모습이었다. 연호와는 줄곧 다른 대대에 속해있어 오랜만에 얼굴을 마주한 김 중사를 도대체 누가 저렇게까지 망가트려 놓았는가 싶어 절레절레 고개를 흔들었다.

다행히 시위대에서 대화를 요구하고 나섰다. 계엄군과 협상이 시작됐다. 강 중사는 타협이 이뤄지지 않을 때 그 결과는 불을 보듯 명확했기에 제발 파국만은 피할 수 있기를 간절히 소망했다.

대치 상황에서 연호의 가슴을 울컥케 한 일이 일어났다. 중년 여인이 저지선에 다가왔다. 아무리 보아도 술집에서 일할 성싶은 젊은 여성들과 함께 시위대에 뭔가를 나눠주다가 누군가와 이야기를 나누곤 돌아서서 달걀과 빵을 들고 공수부대 쪽으로 왔다.

"우리가 저쪽 사람들 주려고 돈을 거둬 마련했는데요. 그런데 저쪽 착한 사람들이 '우리는 많이 먹었다'며 여기 군인들 좀 갖다 주라네요, 군인들도 배고플 것이라면서요. 드실래요?"

눈초리는 살짝 겁에 질렸다. 하지만 목소리는 담담했다. 머리에 이고 있던 달걀 다섯 판을 조심스레 공수부대원들에게 건네자 병사들은 서로 먹겠다고 야단을 피웠다.

장교들은 도끼눈을 떴다. 하지만 곧 못 본 체했다. 강 중사는 달걀을 먹어대는 공수부대원들을 딱한 눈길로 바라보는 민중들을 둘러보며 압도당하는 느낌을 받았다.

곧이어 타협이 불발됐다는 소식이 들려왔다. '신군부'는 유혈 진압에 '사과'할 뜻이 눈곱만큼도 없었다. 이미 장교들이 모든 병사에게 실탄을 지급해 놓은 상황이었기에 발포 명령이 떨어지면 곧장 방아쇠를 당겨야 했다.

어찌해야 할까. 강 중사는 난감했다. 금남로를 가득 메운 민중에게 무차별 발포할 때 벌어질 사태가 끔찍하게 그려졌다.

내내 망설일 순 없었다. 강 중사는 어쩔 수 없다고 스스로를 설득했다. 여기서 공수부대가 무너지면 자신이 저지른 강간도 드러날 수밖에 없고, 그 이전에 죽음을 맞을 수도 있다는 계산이 저절로 생기면서 베트남에서 그랬듯이 호랑이 눈썹으로 바라보지고 결기를 다졌다.

시위대가 끝내 이길 때를 가정해 보았다. 그때까지 살아남은 11공수는 모두 군사법정에 설 수밖에 없다. 국군으로서 마땅히 지켜줘야 할 국민을 되레 피투성이로 만들고 성폭행까지 저질렀으며, 민주주의를 요구하고 나선 주권자들을 폭행하고 살해한 사실을 공수부대원들 모두 모를 리 없을 터였다.

그래서라도 상관의 명령을 따라야 했다. 더욱이 불복종은 즉결처분 대상이다. 공수부대원들은 자신에게 명령을 내린 군 지휘관들과 이미 공동운명체가 되어있었기에 자신들이 살아남기 위해서라도 환상은 금물이었다.

정오가 지나서였다. 시위대 대표가 공수부대 철수를 정식 요구했다. 하지만 장교들의 완강한 태도를 확인한 대표들이 시위대로 돌아가고 협상 가능성이 사라졌다는 소식이 퍼지면서 민중들은 술렁였고 금남로는 출렁였다.

강 중사는 전두환 장군도 위기를 느끼리라 어림짐작했다. 지금까지 언행으로 미뤄 장군이 물러날 리 없었다. 계엄사령관까지 체포하고 특전사는 물론 군부의 주요 지휘권을 장악한 신군부는 자신들이 감행한 일에 조금의 의문이나 후퇴도 생사를 좌우할 문제로 인식할 수밖에 없을 터였다.

올 것이 다가오고 있었다. 마침 시위대가 관광버스를 몰아 분수대를 돌았다. 계엄군이 포진하고 있는 도청광장까지 버스가 무모하게 들어오자 공수부대가 운전하던 사람을 조준 사격해 사살했다.

버스는 분수대 옆에 멈춰 섰다. 눈앞에서 벌어진 사살에 민중은 격분했다. 시위대가 아시아자동차 공장에서 꺼내 온 해병용 장갑차를 몰아 돌진하자 분수대 뒤에 자리 잡고 있던 공수부대 장갑차는 당황한 나머지 급히 후진했다.

강 중사 옆 중대의 병사가 장갑차에 말려들었다. 강 중사와 부대원들이 멈추라고 아우성쳤지만 늦었다. 뒤를 살피지도 않고 빠르게 후진한 장갑차 궤도에 발부터 하반신 전체가 깔린 병사는 상체가 위로 들려지며 입에서 붉은 피를 쏟아냈다.

처참한 순간이었다. 공수부대원들조차 눈을 돌렸다. 직접적 원인은 급하게 뒤로 뺀 공수부대 장갑차의 실수였지만, 동료의 짓이겨진 주검을 본 부대원들은 시위대를 모조리 죽여버리자며 격앙했다.

대대장이 무전기를 들었다. "내 새끼들 다 죽는다"고 악악거렸다. 대대장은 지금 당장 철수 명령을 내리든지 아니면 발포를 명령하든지 둘 중 하나를 빨리 내려달라며 거칠게 항의했다.

오후 1시 정각이었다. 도청 옥상의 스피커에서 애국가가 울려 퍼졌다. 돌연히 퍼지는 애국가를 따라 시위대 일부가 경건하게 합창하던 바로 그 순간에 발포 명령이 떨어졌다.

강 중사는 평정을 잃었다. 예감했음에도 머릿속이 하얗게 변했다. 일순 머뭇대던 강 중사와 부대원들은 차마 시위대를 조준하지 못하고 총을 조금 높여 수백여 발을 일제히 쏘아댔다.

장교들은 민감하게 반응했다. 시위대 위쪽으로 총을 쏘는 병사들에게 달려들었다. 장교들은 발로 마구 걷어차고 뒤통수를 때리며 너도 나도 욕설을 퍼부어댔다.

"이 비겁한 새끼들! 장갑차에 깔려 죽은 전우를 생각하라."

"너희 눈엔 저놈들이 양민 같은가? 착각 마라! 적이다!"

"지금 장난치나? 당장 조준 사격해! 쏘란 말이야!"

마침내 모든 총구가 내려갔다. 수많은 민중이 총탄을 맞고 쓰러졌다. 발포가 10여 분 내내 이어지면서 금남로는 삽시간에 지옥으로 변했고 도로 곳곳에 민중의 붉은 피가 실개울처럼 흘렀다.

삽시간에 일어난 참사였다. 강 중사는 끝내 대량 유혈사태로 막이 내렸다고 생각했다. 그런데 총알이 비 오듯 퍼붓고 피가 냇물을 이룬 바로 그 금남로에 다시 1000여 명의 민중이 모여들었다.

대여섯 명의 청년이 앞섰다. 대형 태극기를 들고 애국가를 합창했다. 전일빌딩을 비롯해 도청 주변의 건물에 배치되어 있던 저격수들의 조준 사격에 모두 총을 맞고 쓰러졌다.

몇몇 사람들이 뛰쳐나왔다. 쓰러진 이들을 수습할 때였다. 또 다른 젊은이들이 태극기를 들고 뛰쳐나오며 "계엄령 해제하라", "전두환은 물러가라"고 부르짖었지만 어김없는 조준 사격으로 그들 또한 사살됐다.

똑같은 참극이 되풀이됐다. 그때마다 사람들이 쓰러져 갔다. 장갑차 위에 올라 웃옷을 벗은 맨몸으로 온 힘을 다해 "대한민국 만세"를 외친 청년도 곧바로 저격당했다.

예상 밖 상황이 이어졌다. 베트남의 '미친 맹호'도 몸이 옹송그려졌다. 민중들이 기꺼이 태극 아래 몸을 던지는 장엄한 모습에 긴장한 장교들은 기관총을 투입하고 헬기까지 동원해 총탄을 퍼부으며 해산에 나섰다.

그럼에도 민중은 물러서지 않았다. 더러는 무기를 찾아 나섰다. 계엄군은 광주 시내의 총기를 이미 회수해 놓았지만 화순, 나주, 해남, 영암의 경찰서와 무기고를 습격한 민중들은 빠르게 무장했다.

사상자가 이미 백여 명을 넘어섰다고 강 중사가 추산하던 오후 세 시쯤이다. 도청 앞 공수부대원들에게 첫 총알이 날아왔다. 베트남에서 옹근 2년 내내 전장을 누빈 강 중사도 머리칼이 쭈뼛해질 만큼 금남로 상황은 또 다른 국면을 맞았다.

시위대에서 총성이 끊임없이 울렸다. 길바닥에 바짝 엎드린 강 중사는 총알이 날아온 쪽을 살폈다. 공수부대원들은 총을 쏘는 청장년들의 모습이 눈에 들어오자마자 바로 정조준 해 방아쇠를 당겼다.

총격전은 한 시간 넘게 벌어졌다. 아끼던 부하를 잃은 강 중사도 이성을 잃었다. 금남로와 베트남 밀림이 포개지면서 그의 내면 깊은 곳에서 잠자고 있던 '미친 맹호'가 귀환했다.

조준 사격을 시작했다. 강 중사가 방아쇠를 당길 때마다 피를 뿌리며 쓰러졌다. 격렬한 시가전이 끝없이 벌어지자 놀란 장교들은 긴급히 상부에 연락했고 '작전상 후퇴'가 결정됐다.

곧바로 '도청 철수' 명령이 떨어졌다. 강 중사는 비로소 제정신이 들었다. 대체 무슨 일이 벌어진 것인가를 짚을 겨를도 없이 조선대로 철수하던 11공수는 언제 어디서 총알이 날아올지 모른다는 두려움 또는 변명으로 여기저기 기관총을 난사했다.

그것은 광란이었다. 명백한 패배를 심리적으로 받아들이기 어려웠다. 하지만 시위대의 끈질긴 추격에 공수부대는 본거지인 조선대도 버리고 무등산 깊은 골짜기까지 서둘러 퇴각할 수밖에 없었다.

멀리 도시에서 불길이 일었다. 세무서가 불탔다는 정보가 들려왔다. 캄캄한 무등산에서 공수부대원들이 도심의 불길을 바라보며 금남로에서 저지른 학살극을 되돌아보다가 하나둘 쓰러지듯 잠이 든 그날은 '부처님 오신 날'이었다.

5월 22일 날이 밝았다. 새삼 쫓겨난 현실을 인식한 공수부대 일부가 흥분했다. 더러는 후퇴할 때 끌고 온 대학생들을 사정없이 폭행하고 더러는 숲으로 들어가 거침없이 총살한 뒤 암매장도 서습지 않았다.

강 중사는 모든 것이 악몽 같았다. 허무하게도 오월의 산하는 한없이 푸르렀다. 11여단의 공수부대원들은 영혼이 사납게 망가진 채 무등산 골짜기에서 22일부터 24일까지 사흘을 머물렀다.

군 수송기가 식량을 날랐다. 대부분은 천막 아래서 다 잊고 싶다는 듯이 잠을 청했다. 강 중사는 공수부대가 피로 물들인 도시를 바라보며 자신이 저지른 강간과 살인의 순간들이 감쳐 바닥 모를 심연으로 가라앉아 갔다.

불쑥불쑥 죄책감이 압도해 왔다. 그때마다 잊으려고 애썼다. 장교들은 돌아가며 사병들을 모아놓고 교육할 때마다 확인되지 않은 풍문을 마치 사실처럼 들려주었고, 그것이 강 중사가 죄의식을 벗어나는 데도 큰 도움을 주었다.

"이건 전쟁이다. 저 폭도들이 대열에서 뒤처진 공수부대원을 칼로 난자하고 시신을 질질 끌고 다녔다. 전사한 전우들의 원수를 너희들이 갚지 않으면 누가 갚는단 말인가? 지금 광주 시내는 빨갱이들이 장악하고 있다. 명심하라. 우리 특전사가 무너지면 대한민국이 무너진다. 대한민국이 무너지면 어찌 되나? 너도 나도 다 죽고 고향의 부모 형제들도 죽는다. 알았나! 정신 차려라, 이 새끼들아. 너희는 공수부대란 말이다!"

과연 장교들은 달랐다. 병사들에게 지금 어떤 말이 필요한지 꿰뚫고 있었다. 광주를 빨갱이들의 소굴로 몰아간 장교들의 교육을 반복해 들으면서 공수부대 병사들은 금남로의 시위대에 적개

심이 타올랐다

물론, 강 중사는 조금 달랐다. 20대 초반의 병사가 아니었다. 도시 전체를 '빨갱이 소굴' 운운하는 장교들의 선동에 냉소를 보냈지만, 그럼에도 '특전사가 무너지면 대한민국이 무너진다'는 협박은 서른두 살의 맹호부대 출신 베레모 중사에게 다가왔다.

공수부대는 이미 숱한 민중을 죽였다. 그러고도 마무리하지 못한다? 그렇다면 특전사는 물론 나라 전체가 내란에 휩싸일 수 있다고 본 강 중사는 대한민국을 수호하자고 스스로에 다짐했다.

나름 생각을 정리하자 비로소 숙면할 수 있었다. 5월 24일 아침이 밝아왔다. 강 중사가 오랜만에 식욕이 당겨 게걸스레 먹어댈 때 무등산에서 철수하니 배낭과 장비를 모두 챙기라는 이동 명령이 떨어졌다.

14

연호의 회상에 철민은 뜨악했다. 연호는 그녀를 윤간과 살인에서 구했다는 확신을 지니고 있었다. 심지어 그녀는 대학생일 때 짙은 화장에 미니스커트를 입고 나돌아 다녔을 터이고, 그러다가 편히 살려고 검사 나부랭이와 결혼했을 것이라고 추정한 뒤 그 귀신 씻나락 까먹는 소리를 진실이라 믿고 있었다.

어릴 때부터 연호를 만나왔다. 속속들이 안다고 여겼지만 한낱 겉이었다. 그 사람이 맞나 싶을 정도로 연호는 자신이 저지른 죄를 마치 제3자가 저지른 것처럼 생각하고 마치 추억처럼 더듬는 자기합리화의 종결자이자 거기서 더 나아가 자칭 '대한민국 수호자'였다.

철민의 시선을 의식한 어느 날은 궤변을 늘어놓았다. 저 혼자 술병을 마구 비워댄 객기 이상이었다. 자신이 겁탈한 그녀는 검사에게 성적 만족감을 느끼지 못했던 차에 비로소 욕망을 충족시켰으리라고 연호가 으스댈 때 철민은 더 참지 못하고 기어이 아스팔트에 녀석의 얼굴을 꽂았다.

어쨌든 11공수가 무등산을 떠날 때 중사 강연호는 개운했다. 11공수가 이동할 곳은 광주 외곽의 송정리 비행장이었다. 군이 확고히 걷어쥔 곳에서 부대 전열을 가다듬고 다시 광주로 들어가 전남도청을 탈환할 셈이었다.

산을 내려오니 군용차량 수십 대가 집결해 있었다. 장갑차를 앞세워 비행장으로 출발했다. 언제 무장한 시위대와 맞부딪칠지 모른다는 중대장의 설명에 모두 긴장하며 M16총기를 두 손으로 꼭 거머쥐었다.

이미 무등산에서 나올 때 개인당 560발의 실탄을 받았다. 트럭에 오른 직후엔 실탄을 장전하라는 명령까지 받았다. 달리는 트럭에서 사방을 경계하며 가던 중에 강 중사의 앞 차량에 탄 공수부대원 하나가 눈에 띄는 청년을 조준해 총을 쏘았다.

결코 '자위'라 할 수 없었다. 그럼에도 장교들이 모르쇠를 놓자

무장 심해졌다. 모내기하던 농부를 조준해 쓰러트리더니 물놀이 하던 어린이와 운동장에서 뛰놀던 초등학생까지 쏘아 죽였다.

무등산에서 겨우 정신을 추슬렀던 강 중사는 분노했다. 일부이지만 국군 아닌 살인집단처럼 보였다. 하지만 곧바로 자신이 저들을 나무랄 자격이 있는지 의문이 들면서 파렴치한 강간범이자 숱한 시위대를 조준한 살인범 주제에 양심적인 군인이라도 되는 듯이 행세하는 자신이 가증스러웠다.

그럼에도 살인하며 시시덕거리는 부대원들이 몹시 낯설었다. 어떤 위험한 징후도 없는데 민간인에 조준 사격을 해댔다. 강 중사는 무뜩 그들을 쏘아 죽이고 싶은 충동마저 일어난 사실에 스스로 놀라 힘겹게 참으면서도 과연 계엄군의 만행을 내내 감수해야 옳은지 갑갑했다.

자신이 저지하고 나설 때를 가정해 보았다. 거친 반발이 나올 터였다. 특히 강 중사보다 앞서 베트남에 참전한 김 중사를 둘러싸고는 흉흉한 소문이 나돌고 있었기에 언제 어디서 무슨 보복을 할지 몰랐다.

하지만 더는 참을 수 없었다. 강 중사는 한껏 고함을 질렀다. "애먼 민간인 살상은 삼가라"는 고성은 그 순간에 벼락 치듯이 11공수 대열로 떨어진 포성과 총성에 묻혔다.

모두 본능으로 트럭에서 뛰어내렸다. 포탄은 연이어 터졌다. 곳곳에서 비명과 신음이 터져 나왔지만 강 중사도 다른 공수부대원들도 부상자들에 눈 돌릴 틈조차 없었다.

저마다 쏟아지는 총알을 피해야 했다. 숨을 고르고서야 대응사격에 나섰다. 11여단 선두에서 나아가던 장갑차와 뒤따라가던 지휘관 탑승 차량들은 잇따라 포탄을 맞고 파괴되었다.

강 중사는 베트콩과 싸울 때처럼 머릿살이 팽팽해졌다. 길 옆 도랑을 파고들며 응사했다. 총격이 금남로의 수준과 달라 상대가 정규부대라는 판단이 서는 순간 혹시 아군일 수 있다는 의문이 퍼뜩 들었다.

자신이 조준한 병사의 군복이 눈에 들어왔다. 과연 아군이었다. 베트남에서 잊을 만할 때마다 일어났던 아군끼리의 오인 총격임을 확신했기에 강 중사는 목청껏 쉴 없이 외쳐댔다.

"아군이다. 아군!"

"사격 중지! 아군이다."

다른 공수부대원들도 아군임을 확신했다. 두 손을 동그랗게 모으고 "우린 특전사"라고 소리쳤다. 날아오던 포탄이 멈추고 총성도 빠르게 줄어들다가 교전이 뚝 멈추며 적막이 찾아왔다.

땅을 칠 일이었다. 아군에 치명적 기습을 당한 꼴이다. 강 중사가 일어나 주변을 살펴보았을 때, 금남로에서 강경 진압에 앞장섰던 중대장은 포탄에 맞아 형체를 알아보기 어려울 만큼 처참한 모습이었다.

대대장은 비명을 질러대고 있었다. 왼쪽 팔이 날아간 상태였다. 정확히 20명을 대검으로 찔렀다고 자랑하던 장교도, 조준 사격으로 자기 손에 죽은 빨갱이들만 30명에 이른다던 김 중사도 처참한 시신이 되었다.

한 순간에 11명이 죽고 40여 명이 중경상을 입었다. 상대는 광주를 봉쇄하고 있던 계엄군이었다. 매복해서 외곽을 감시하던 광주보병학교의 1개 중대 병사들은 앞마을에서 총성이 들리다가 장갑차와 트럭이 줄을 이어 나타나자 '무장한 폭도'로 여겨 기습 공격을 벌였다.

특전사로선 울화통 터질 일이었다. 평소 일반부내를 우스개로 삼아온 공수부대였다. 그런데 겨우 1개 중대에게 자타가 공인하는 국군 최정예부대의 고위 장교와 사병들이 무력하게 죽음을 맞았다.

공수부대는 애꿎은 마을 사람들을 분풀이 대상으로 삼았다. 인근 민가로 난입했다. 먼저 눈에 띈 청년 3명을 사살했고 총소리에 놀라 하수구에 숨은 아주머니에게도 총을 난사했다.

숱한 주민이 총상을 입었다. 양계장에선 칠면조 250여 마리가 떼죽음을 당했다. 조금 전까지만 해도 함께 지냈던 공수부대원들의 하얀 뼈가 드러난 시신, 철모에 가득 찬 피, 잘려 나간 대대장의 팔을 보고는 모두 이성을 잃었다.

강 중사는 허탈감에 사로잡혔다. 애먼 학살과 만행에 동참할 수 없었다. 계엄군 사이에 벌어진 오인 총격전으로 빚어진 무서운 참사를 민간인 학살로 '응징'하는 놀라운 일이 10여 년 전의 베트남 아닌 대한민국에서 자국 국민을 대상으로 전개되고 있었다.

그럼에도 만행을 만류하지 않았다. 아니 못 했다. 참담한 현장에서 분풀이를 막고 나설 때 자칫 '배신자'로 몰려 눈먼 총을 맞을 수 있다는 공포감이 베트남의 경험과 겹쳤다.

11공수는 만신창이로 광주 외곽에 도착했다. 대기에 들어갔지만 출동과 취소가 반복돼 쉴 수도 없었다. 강 중사는 아군의 포탄과 총탄에 숨진 공수부대의 장교와 동료, 부하들을 떠올리며 새삼 자신이 지금 무엇을 하고 있는지 짚어보았다.

무력감과 서러움이 엄습했다. 군화도 며칠째 벗지 못하다가 처참히 찢어진 시신들이 눈에 밟혔다. 제대를 앞둔 병사도 아군의 손에 개죽음을 당했고, 광주 시내에서도 '시민군'에게 죽음을 맞았다.

분명히 장교들은 시위대를 모두 '좌경분자'라 했다. 그런데 도청 앞에서 마주한 시위대는 애국가를 합창했고 '대한민국 만세'를 제창했다. 조선대 주둔지로 연행해 온 '빨갱이'들에게 본때를 보여주겠다며 김 중사가 자백하라고 고문을 할 때 자신이 '특전사 예비역 장교'라고 밝혔음에도 끝내 비정하게 버려진 사나이의 억울한 시신이 아른거렸다.

강 중사는 얽힌 매듭을 풀고 싶었다. 자신이 베트남에 간 까닭부터 짚었다. 직업군인을 선택할 때엔 고모가, 특전사에 지원하는 과정에는 아내가 끼어있었지만 그래도 베트남 참전부터 지금까지 줄곧 제 깐에는 빨갱이들로부터 나라를 지키자는 뜻이 있었다.

그런데 남도의 광주가 그 믿음을 흔들고 있었다. 시위대가 과연 '빨갱이'인지 의혹이 점점 커졌다. 당장 자신이 계엄 상황을 이용해 성폭행한 여성이 빨갱이인가에는 단호히 고개를 흔들지 않을 수 없었던 강 중사는 자신이 무슨 일을 저질렀는지 새삼 인식할 때마다 딛고 있던 땅이 꺼지는 듯했다.

다행히 강 중사의 숨겨진 재능이 발동했다. 정당화가 그것이다. 강 중사 안에 숨어있던 괴물은 지금 조국은 국난을 맞았음을, 베트남은 공산화했고 국가 영도자는 서거했기에 북괴가 남침할 위기임에도 계엄군을 적대시하는 세력은 빨갱이이거나 최소한 빨갱이에 물든 자임에 틀림없음을 끊임없이 일러주었다.

괴물은 국난기에 희생이 없을 순 없다고 속삭여 주었다. 강간조차 안다미씌우며 정당화했다. 11공수여단의 주둔지인 조선대 주변을 얼쩡댄 여성의 책임이 크거니와 오히려 강 중사가 아니었다면 윤간을 당한 뒤 파묻혀 영원히 생사조차 확인할 수 없게 되었을 가능성이 백 퍼센트라고 괴물은 확인해 주었다.

강 중사는 뒤범벅된 내면을 정돈했다. 괴물이 결정적 조언자였다. 그럼에도 가슴 한 자락에서는 한물간 카빈과 M1소총 따위로 무장하고 도청과 시내를 사수하겠다며 국군 최정예 공수부대에 맞서려는 사람들이 안타까웠다.

하지만 달리 길이 없었다. 미국 항공모함이 부산에 들어왔다는 소식도 들렸다. 강 중사는 이제 휴전선의 불안도 사라졌기에 전두환 장군이 이끄는 신군부가 피비린내 나는 '진압 작전'에 들어가리라 예상했다.

실제로 전방을 지켜야 할 20사단도 광주로 왔다. 5월 25일 저녁 배식에 쇠고기가 푸짐하게 나왔다. 강 중사를 비롯해 공수부대원들은 쇠고기도 쇠고기이려니와 마침내 소탕 작전에 들어간다는 신호임을 직감했기에 한껏 배불리 먹으며 미련을 떨쳐버렸다.

5월 26일 오전에 지휘관 회의가 열렸다. 11공수와 3공수·7공수는 각각 특공대를 편성했다. 27일 자정에 진압 작전을 개시키로 했지만 공수부대 특공대는 오후 6시 30분에 얼룩무늬 공수 군복을 일반 전투복으로 갈아입고 헬기에 올라 시내 침투가 쉬운 주남마을로 이동했다.

밤 9시에 특전사령관 정호용 장군이 나타났다. 조국의 미래가 달린 작전이라며 격려했다. 강 중사가 포함된 특공대는 개인당 실탄 140발과 수류탄으로 무장하고 밤 11시 정각에 주남마을을 출발했다.

연호는 새삼 정희와 두 아이가 떠올랐다. 무엇보다 죽지 않아야 했다. 유혈사태가 앞으로 어떻게 귀결될지 꼭 지켜보고 싶었던 까닭은 자신이 너무 뒤죽박죽인 현실을 마주하고 있어서였다.

특공대는 37명으로 구성됐다. 대대장을 비롯해 장교가 4명이었다. 강 중사는 전남도청 바로 옆의 관광호텔과 전일빌딩을 목표로 은밀히 침투해 들어갔다.

탱크 소리가 광주의 밤을 울렸다. 목표 지점으로 다가가던 강 중사는 '시민군'의 절박한 절규를 들었다. "광주 시민 여러분, 지금 계엄군이 쳐들어오고 있습니다. 사랑하는 우리의 형제자매들이 계엄군의 총칼에 죽어가고 있습니다"로 시작한 호소는 도청 옥상의 스피커를 통해 시내 곳곳으로 메아리처럼 울려 퍼졌다.

카랑카랑하되 애절했다. 몰래 침투하던 상 중사도 울연했다. 방송은 이어 우리 모두 계엄군과 끝까지 싸우자는 호소와 함께 비장한 결기를 밝혔다.

"사랑하는 광주 시민 여러분. 우리는 끝까지 광주를 사수할 것입니다. 여러분 우리를 잊지 말아주십시오. 우리는 최후까지 싸울 것입니다."

강 중사는 사위를 둘러보았다. 도시는 칠흑에 잠겨있었다. 많은 사람이 방송을 들으리라 생각한 강 중사는 제발이지 집에서 나오지 말라고 간절히 소망했다.

도청을 사수한다? 그 다음은 죽음밖에 없을 터였다. 현실은 탱크 행렬이고 전방부대까지 동원한 정규군이었으며 더구나 미군 항공모함이 뒤를 받쳐주고 있었다.

게다가 한국은 베트남과 달랐다. 무엇보다 지리적 요건이 결정적이다. 베트남처럼 밀림이 있는 것도 아니고 휴전선 아래 삼면이 바다이기 때문에 싸우다가 도피할 이웃 나라도 없었다.

이윽고 강 중사는 도청 가까이 도착했다. 5월 27일 새벽 2시였다. 탱크 굴러오는 소리가 멀리서부터 들려왔기 때문에 전남도청과 전일빌딩, 관광호텔 모두 안이 거의 비어있으리라 예상했고 그러기를 소망했다.

남아있으면 결과는 확실했다. 탱크 소리가 들려올 때 도청에서 빠져나오면 될 일이었다. 분수대와 금남로를 떠나 아무 곳이나 숨는다면 얼마든지 살 수 있었기에 그것은 확실한 죽음에서 벗어나는 더 확실한 길이었고 삶의 본능이자 명령이라고 생각했다.

특공대가 분수대에 다다랐을 때였다. 분수대 앞쪽 화단에서 카빈 총성이 울렸다. 특공대는 모두 M16총으로 무장했기에 특공대는 반사적으로 카빈 총성이 울린 쪽으로 집중 사격했다.

화단 뒤에 있던 두 명은 곧 사살됐다. 잼처 전일빌딩으로 전진했다. 강 중사는 건물 안에서 총을 든 시민군을 발견하면 곧장 조준 사격을 할 수밖에 없기 때문에 그들이 가만히 바닥에 엎드려있기를 간절히 바라며 진입했다.

마지막까지 남아있는 용기는 좋다. 다만 '사수'는 말기를 소망했다. 계엄군과 마주치면 순순히 손을 들어주기를 바라며 건물 안으로 들어갈 때부터 벽 곳곳에 마구 총을 쏘아 위협사격을 했다.

다행히 첩보와 달랐다. 전일빌딩과 관광호텔에는 소수만 남았고 대부분 도청에 모여있었다. 예상보다 일찍 전일빌딩과 관광호텔을 제압한 강 중사와 특공대는 11공수 본부에 임무 완수를 보고했다.

본부는 만족하지 않았다. 문제는 전남도청이라며 3공수 특공대의 진압작전을 지원하라는 명령이 떨어졌다. 임무를 마치고 관광호텔 지하에 놓여있던 맥주를 꺼내 흠뻑 들이키던 11공수 특공대는 전열을 다시 갖추고 나아갔다.

도청 안에선 총성이 요란했다. 그런데 분수대를 지날 때 총알이 날아왔다. 전일빌딩 뒤편의 시민군 선전활동 본부가 있는

YWCA 건물 2층 창문에서 시민군들이 카빈총을 내놓고 사격해왔다.

예상 못한 공격이었다. 강 중사 바로 옆에 있던 병사 두 명이 쓰러졌다. 각각 어깨와 다리에 관통상을 입고 고통을 호소하는 동료를 본 특공대는 2층으로 유탄발사기를 쏘며 달려가 건물로 진입했다.

YWCA '소탕'에 한 시간이 길렸다. 특공대는 숨을 고른 뒤 다시 도청으로 갔다. 3공수가 이미 장악한 도청 곳곳에 시민군의 시신이 널브러져 있었고 더러는 이미 저항능력을 상실한 부상자를 확인 사살하는 광란의 살풍경도 들어왔다.

강 중사는 도청 안으로 들어갔다. 붉은 피가 계단을 타고 흘러내렸다. 강 중사의 눈에 피투성이로 쓰러진 채 배에서 반투명한 창자가 꾸역꾸역 터져 나오고 있는 청소년이 띄었다.

강 중사는 가슴이 아팠다. 눈길을 돌릴 수 없었다. 멈춰선 채 애동대동한 얼굴을 가련하게 들여다보고 있을 때 죽은 줄만 알았던 그의 눈이 살며시 떠졌다.

아직 살아있었다. 온힘을 다해 가늘게 뜬 눈빛이 애처로웠다. 강 중사는 달려가 교련복 바지를 입은 10대의 몸 상태를 살피며 안타까움에 속삭였다.

"대체 어떤 놈이냐? 너를 여기로 끌어들여 이리 개죽음 시킨 놈이."

그 순간이었다. 고등학생이 입술을 움직였다. 안간힘을 다해 무

엇인가 꼭 전하려는 말을 들으려고 강 중사는 무의식중에 귀를
바투 갖다 대었다.

"개죽음… 아니야… 불쌍한… 개는 바로… 너야."

섬뜩하고 애잔했다. 지독한 세뇌였다. 아직 귓불에 솜털이 보이
는 청소년을 철저히 세뇌시킨 빨갱이들에게 분노가 일었다.

"널 이 지경으로 만든 놈, 그 빨갱이들을 쏘아야 하는데."

"그놈은… 그… 놈은…바로."

10대는 말을 마치지 못했다. 숨이 멎었다. 까맣고 맑은 눈을 부
릅뜬 채 생명을 잃은 청소년의 등 뒤로 꺾인 팔이나마 가지런히
모아 가슴에 올려주었다.

그 순간 권총을 발견했다. 아직도 손에 꼭 쥐고 있었다. 강 중
사는 청소년이 죽어서도 손에서 놓지 않으려는 권총을 가까스로
빼어주며 공수부대를 도시에서 몰아냈던 평범한 사람들, 민중의
저력에 온몸이 서늘해 오면서도 저세상에선 빨갱이 없이 평화롭
게 살기를 기원했다.

빨갱이들의 세뇌는 어디서나 집요했다. 베트남 기억이 새로웠
다. 강연호가 뜻하지 않은 상황에서 또래의 여성 가슴을 칼로 찌
르기 직전에 그녀가 던진 말이 전남도청에서 처절한 최후를 맞은
10대의 마지막 말로 연상됐다.

"오케이, 유아 푸어 머셔너리."

무슨 말인지 정확히 몰랐었다. 곧바로 단도를 찔렀기 때문이다.
그날 저녁에 '축하주'를 건네받을 때 퍼뜩 생각나 한국에 있을 때

미군부대에서 일했다고 자랑하는 상병에게 물었다.

"'푸어 머셔너리'가 무슨 뜻입니까?"

"그건 왜 묻지?"

"아까 죽은 월남 여자가 저에게 말했거든요."

"그렇게만 말하든?"

"아뇨, 정확히는 '오케이 유아 푸어 머셔너리'였습니다. '오케이'
와 '유아'는 알겠는데, 정작 중요한 그 다음 말을 잘 모르겠네요."

"넌 고등학교를 졸업했다며 그 쉬운 말도 모르니? 푸어는 '불쌍
한'이라는 말이지. 머셔너리는 용병이라는 뜻이야. 그러니까 너를
'불쌍한 용병'이라고 욕한 거지."

"용병이라면."

"용병도 몰라? 돈 받고 제국주의 앞잡이가 된 군인이라는 뜻이
야. 신경 쓰지 마. 나도 많이 들은 말이야. 처형 직전의 베트콩들
은 그렇게라도 생각해야 지들의 개죽음이 합리화되거든."

새삼 강 중사는 참담했다. 10대의 부릅뜬 눈을 감겨주었다. 콧
잔등이 시큰해 와 어금니를 사리물며 주위를 둘러본 뒤 일어서면
서 총알이 한 발만 남아있는 권총을 재빠르게 바지주머니에 집어
넣었다.

권총은 베트남에서부터 갖고 싶은 무기였다. 그 참담한 순간에
도 흐릿한 기쁨이 스며들었다. 나중에 알았지만, 시민군이 총기를
배분할 때 M1소총이 너무 무겁다고 한 고등학생들에게 더러 권
총을 지급했다.

권총을 주머니에 넣고 일어설 때였다. 하늘에 헬리콥터가 나타났다. 고성능 확성기로 경고를 반복하며 피로 물든 도청 주변의 도심을 빙글빙글 돌았다.

"계엄군은 끝까지 저항하는 폭도들을 진압했습니다. 시민들은 위험하니 아직 집 밖으로 나오지 말아야 합니다. 일부 잔당들이 주택가에 침입하려 합니다."

"폭도들은 무기를 버리고 투항하면 생명을 보존할 수 있다. 하지만 거부하면 사살된다."

헬리콥터에서 전단지가 쏟아졌다. 하얀 전단지가 검붉은 시신 위로 떨어졌다. 바로 옆에선 도청을 진압한 3공수 특공대들이 대열을 갖춘 채 반동 자세로 몸을 흔들며 '무쇠 같은 우리와 누가 맞서랴'에 힘을 주어 군가를 부르고 있었다.

금남로는 고요했다. 화약 냄새가 실안개처럼 감돌았다. 텅 빈 거리에 다시 굉음이 들리더니 탱크 14대가 줄을 이어 금남로를 오가며 무력시위를 벌였다.

공수특공대는 임무를 완수했다. 강 중사와 특공대는 비행장으로 복귀했다. 광주 민중의 증오 담긴 시선을 의식해 공수부대는 전면에서 물러나고 20사단과 보안대가 나서서 대대적인 체포와 고문을 이어갔다.

강 중사는 비로소 군화를 벗고 휴식을 가졌다. 틈틈이 정신무장 교육이 있었다. 싱글벙글 웃으며 들어온 장교가 내놓고 '시민군'을 조롱할 때 그가 손에 든 증거는 '투사회보'라는 신문이랄까 유인물이었다.

장교는 유인물을 두 손으로 활짝 펴서 보여주었다. 눈과 입 두루 냉소를 머금었다. 폭도들은 미군 항공모함이 부산에 들어오자 자기들을 도우러 왔다고 길길이 날뛰었다며, 빨갱이들이 결정적 상황을 오판한 어리석음은 두고두고 '전사'에서 회자될 거라고 이죽댔다.

하지만 신바람 난 장교의 교육은 모순이었다. 유인물은 그들이 '폭도'가 아니었음을 밝히는 증거였다. 미 항공모함이 부산 앞바다에 들어왔다고 시위대에 알리며 미국이 계엄군의 포위로부터 자신들을 구해주리라고 기대했던 사람들이 어떻게 빨갱이란 말인가.

그럼에도, 아니 그래서 강 중사는 거듭거듭 자위했다. 자신은 명령을 따라 북괴로부터 조국을 지켰노라고 마음을 다잡았다. 광주 폭동이 서울까지 번졌으면 베트남 꼴이 됐으리라는 장교들의 잇따른 교육이 제 나라 국민을 상대로 살인과 강간을 저지른 강 중사와 공수부대원들의 황량한 내면에 다시 평화와 안정을 찾아주었다.

임무를 완수한 11공수는 광주를 떠났다. 화천의 본대로 들어서자 아늑했다. 비로소 집을 찾아 달려오는 두 남매를 품으며 이제부터 가족을 지키겠노라고 아내에게 다짐한 강 중사는 자신 때문에 광주의 숱한 가족들이 처참히 파괴됐다는 사실을 조금도 의식하지 못했다.

15

그해 여름 강연호는 상사로 진급했다. 강간과 살인의 봄은 잊었다. 상사 계급장을 달 때 꺼림칙한 괴로움에 시달리지 않을 만큼, 스스로도 의식적으로 감출 필요가 없을 만큼 이미 망각의 심연으로 깊이깊이 가라앉혀 두고 있었다.

연호의 삶은 그 이전과 자못 달랐다. 군에서 '모범군인'으로 공인받아서가 아니었다. 강연호는 정희를 끔찍이 챙기는 애처가로 변신했으며 어린 아들 지만과 딸 지혜에게도 아버지로서 다정다감하고 성실했다.

군인으로서 자세도 확고했다. 강직하고 청렴했다. 병사들에겐 곰살갑게 자상하고 이해심 많은 상사로 한 발 한 발 보무당당히 걸어갔다.

화천 생활에 익숙할 무렵에 부대가 이동했다. 11공수여단이 아예 전라남도에 터 잡았다. 1982년 6월, 정들었던 화천을 떠나 전남 담양으로 이동할 때 아내와 두 아이도 함께 이사했다.

담양은 산천이 빼어났다. 하지만 화천을 떠날 때부터 어딘가 께름칙했다. 까맣게 잊고 있던 밤의 기억들이 심연에서 스멀스멀 올라와 강 상사의 두터운 자부심 밑을 파고들었다.

화천 시절 강 상사는 의식하지 못했지만 '광주'라는 말을 피해 왔다. 그런데 담양의 도로 표지판 곳곳에 '광주'가 보였다. 그때마다 성폭행을 저지른 산, 마구 총을 쏘아댄 거리가 아른거리며 자신이 저지른 일들이 처자식에게 들통날까 싶어 조마조마했다.

더구나 광주에서 저항의 기운이 점점 번져갔다. 학살의 진상을 밝히라는 운동이 힘을 얻어갔다. 묻은 불이 일어나듯이 시간이 흐를수록 군부정권에 적대적 흐름이 커지면서 강 상사는 아들이 중학교에 들어가기 전에 광주로부터 멀리 떠나고 싶었다.

강 상사는 일반부대로 전출을 신청했다. 심신이 지쳤다고 사유를 밝혔다. 특전사는 강 상사가 베트남전과 광주 진압작전에서 혁혁한 공을 세웠기에 전출을 만류했지만 같은 이유로 연호는 아무렇지도 않다는 듯이 행세하기가 여간 힘든 게 아니었으므로 물러서지 않았다.

그 무렵 대학생들의 시위는 나날이 거세지고 있었다. 나라가 다시 수렁에 빠질까 우려도 했다. 하지만 강연호는 광주와 같은 상황에서 더는 사람을 죽이는 일에 가담하고 싶지 않았거니와 전방에서 북괴로부터 조국을 지키는 데 몰입하고 싶었다.

전출을 둘러싼 줄다리기는 효과가 있었다. 특전사의 후광도 입었다. 강 상사는 1987년 1월 1일부터 고향 연천에 자리한 포병연대의 주임상사로 일하게 되었을 때 이 또한 금의환향이 아닐까 싶었다.

장년의 연호는 주임상사로서 최선을 다했다. 한탄강을 언제든 볼 수 있어 행복했다. 다만 대학생 박종철의 고문치사에 이어 이한열의 최루탄 치사로 정국은 다시 소용돌이 속으로 빨려들어 갔다.

전두환 대통령이 또 군을 동원한다는 소문이 짜했다. 계엄령이 임박해 보였다. 하지만 집권여당의 대표인 노태우 장군이 6·29선언을 통해 대통령직선제를 받아들이면서 시위는 빠르게 가라앉았다.

강 상사는 한숨을 돌렸다. 광주의 참극이 재현될까 언짢았던 까닭이다. 연호는 전두환 대통령이 결국 군을 동원하지 않은, 아니 못한 까닭은 과단성 있다는 그조차도 광주에서 민중의 힘을 실감해서라고 추정했다.

실제 계엄을 선포하면 예측 못할 사태가 벌어질 수 있었다. 서울에서 광주와 같은 저항이 일어난다고 가정만 해도 끔찍했다. 강 상사는 전남도청을 끝까지 사수한 사람들이 결국은 승리한 것이 아닐까라는 생각마저 들다가 고개를 좌우로 흔들며, 노태우 장군이 직선제로 꼭 대통령에 당선되어야 나라가 안정된다고 자신을 추슬렀다.

다행히 정국은 잘 수습되었다. 김영삼·김대중은 과연 사욕이 많았다. 강 상사가 맹호부대에서 대대장으로 모셨던 노태우 장군이 대통령에 취임하고 5년 임기 내내 강 상사는 국가를 지킨다는 자긍심이 확고했다.

물론 군대이다 보니 돌출 사건을 피할 수는 없었다. 하지만 융통성 있게 대처했다. 언젠가 육사 출신의 새파란 소위가 영내식당에서 보란 듯이 반말로 불러댔을 때도 강 상사는 소위의 코앞까지 다가가 조용히 충고했다.

"육사 출신이라고 들었는데 훌륭한 선배들에게 하사관과 어떻게 지내야 하는지부터 배우게나. 진심으로 귀관을 위해서 해주는 말일세."

강 상사의 눈빛은 다사로웠다. 여유가 묻어났다. 어기뚱한 소위는 철없는 막내아우를 다독이듯 미소 짓는 상사의 위엄에 아무 말도 하지 못했다.

강 상사는 후배 하사관과 병사들의 존경을 받았다. 그 또한 사병들을 어머니처럼 챙겨주었다. 어느덧 10대에 들어선 아들, 딸과도 틈틈이 한탄강을 거닐며 많은 시간을 함께 할 수 있었다.

다만 우국의 마음은 깊어갔다. 고향이지만 막상 군인으로 휴전선과 맞닿다 보니 분단이 새롭게 다가왔다. 남과 북으로 갈라져 적대시하며 서로의 경제에 부담이 될 정도로 국방비를 쏟아붓는 꼴이 때로는 통탄스러웠다.

참으로 심각한 민족적 낭비였다. 중국·일본과 비교해도 그랬다. 남과 북을 이으며 흐르는 한탄강을 오래 바라볼 때면 언제 통일이 이뤄질 수 있을지 궁금했다.

그럼에도 평화롭고 행복한 시간이 이어졌다. 하지만 1993년 들어서면서 흐름이 달라지기 시작했다. 그해 2월에 대한민국 대통령에 취임한 김영삼은 '군부독재 청산'을 내걸고 수많은 고위 장성들의 옷을 한칼에 벗겼다.

하나회 숙청이었다. 강 상사는 정치에 흔들리지 말자며 자신이 속한 부대 업무에 집중했다. 그런데 1993년 6월에 연천 차탄의 예비군 훈련장에서 폭발 사고가 일어나 참혹한 시신들을 마주해야 했다.

강 상사가 소속된 부대는 아니었다. 멀리서도 큰 폭음이 들릴 정도였다. 대형 폭발사고를 직감한 강 상사는 사태 수습을 도우러 포연이 올라오는 부대까지 누구보다 먼저 차를 몰아 갔다.

막상 사고 현장을 본 강 상사는 주춤했다. 갈기갈기 찢어진 시신들이 널브러져 있었다. 13년 전인 1980년 5월 광주 전남도청에서 목격한 이후 처음 마주한 참혹한 광경이었다.

자신의 몸이 과거와 달리 반응했다. 시신을 보고 처음으로 그만 군복을 벗고 싶은 충동이 일었다. 어느새 40대 후반에 접어들어 하사관으로서는 늙었다는 사실을 깨달은 것도 그날이었다.

다만, 기억에서 올라온 광주를 새롭게 볼 수 있었다. 과연 그 참사는 불가피했던가. 강 상사의 마음에 의문이 꼬리를 물 때, 퇴임한 대통령 노태우가 5000억 원의 비자금을 다른 사람의 계좌를 통해 챙겨놓은 사실이 드러났다.

아무래도 믿어지지 않았다. 강 상사가 월급을 한 푼도 안 쓰고 1만 6천여 년 모아야 할 거금이었다. 맹호부대 출신의 존경하던 장군이 국민의 손으로 대통령 자리까지 올랐는데 대체 무엇이 부족하여 5000억 원이나 챙겼단 말인가.

노태우 장군은 전직 대통령으로 기자회견을 열었다. 비자금 5000억 원을 시인했다. 퇴임 뒤에 정치자금과 공적자금으로 활용할 생각이었다며 "국민 여러분들께 면목도 없고 고개 숙여 사죄

드린다"고 언죽번죽 밝혔다.

볼썽사납게 노태우는 눈물까지 훔쳤다. 강 상사는 대통령보다 재구대대장 노태우에 배신감을 느꼈다. 노태우는 결국 대한민국 전직 대통령으로는 처음으로 검찰에 출두해 조사를 받게 되었고 결국에는 구속 수감되고 말았다.

전두환 장군 비자금도 입길에 올랐다. 강 상사는 설마 했다. 그해 그러니까 1995년 12월에 전 장군이 검찰에 출두하라는 소환장을 받고선 서울 연희동의 집 앞 골목에서 절대 응하지 않을 것이라며 성명을 발표하고 경상남도 합천의 고향으로 내려갈 때, 연호는 얼마나 당당하면 저럴까 싶어 내심 박수를 보냈다.

그런데 상황은 급전했다. 검찰은 곧장 합천으로 갔다. 전두환 장군이 묵고 있는 내실로 들어가 체포해 감옥에 가두는 모습을 보며 그도 수천 억 원을 챙겼다는 뉴스를 믿기 시작했다.

강 상사는 군 생활에 회의를 느꼈다. 불길한 예감도 적중해 갔다. 이른바 '광주사태'에 본격적인 진상조사가 들어가면서 강 상사는 자칫 자신도 군사재판을 받을지 모른다는 불안감이 커져갔고 서둘러 전역 지원을 했다.

돌아보니 1968년 입대 이후 28년 만이다. 청장년을 모두 군에 바친 셈이다. 군인 강 상사가 존경해 온 장군들, 박정희·전두환·노태우의 실상이 드러나면서 자신이 살아온 삶도 예전과 다르게 다가왔다.

전역 명령은 서운할 만큼 빨리 나왔다. 부대 하사관들이 퇴임

자리를 마련했다. 강 상사는 마치 어제 일처럼 귀에 익은 신 상사를 생생히 추억하며 '늙은 군인의 노래'를 불렀다.

민망하게도 연호는 목이 메었다. 신 상사가 그리워서만은 아니었다. 스무 살에 군에 들어가 마흔여덟 살까지 다시 못 올 청춘이 사라졌다는 사실을 절감하며 정체 모를 서러움에 젖어들었다.

후배들 반응은 다양했다. 더러는 감동의 눈빛을 더러는 '기회주의자의 퇴임'이라는 투의 냉소를 보냈다. 상사 강연호는 후배 하사관들을 둘러보고 자신과 달리 좋은 시대에 군 생활을 하게된 후배들에 안도한다며 정년까지 나라 지키는 본분에 충실하길 기원하는 충심을 담아 경례했다.

손을 내리며 바로 의문이 들었다. 자신이 내뱉은 '좋은 시대'란 무엇일까 싶었다. 강연호는 자신도 알게 모르게 민주화가 역사의 올바른 방향임을 직감하고 있었다는 느낌과 함께 지금의 난국도 군이 제자리를 잡아가는 과정이라는 생각이 어렴풋이 들었다.

아무튼 군복을 벗자 홀가분했다. 다만 누구도 믿을 수 없었다. 전두환·노태우는 물론, 김영삼 대통령이나 야당의 김대중 모두 권력욕에 가득한 정치인으로만 보였고, 개인적으로도 딱히 그를 도와줄 친지가 없었기에 애오라지 자신의 힘으로 가족을 먹여 살릴 수밖에 없었다.

다행히 군인연금이라는 '안전핀'은 마련한 터였다. 최악이 되더라도 처자식을 굶기진 않을 수 있었다. 아들이 아직 독립을 못했기에 연호는 아내 정희가 살뜰히 모은 돈을 밑천으로 연천 전곡읍에서 식당을 열었다.

그 시절 아들 지만은 연호의 자부심이었다. 아들은 결혼 이듬해인 1974년 태어났다. 총기가 넘쳤고 초등학교 입학하자마자 기대 이상으로 공부에 두각을 나타냈다.

연년생으로 딸 지혜를 낳았다. 착실했지만 오빠만큼은 아니었다. 좋은 옷 입히지도 맛난 것 먹이지도 못했지만 아내의 각별한 보살핌으로 지만은 보란 듯이 1993년 서울 명문대에 합격했다.

지혜는 고교 시절부터 취업 준비에 나섰다. 하사관 아비의 마음을 눈치챘다. 연호는 육군상사 월급으로는 서울 사립대학에 유학 보낸 아들 하나 가르치기도 힘들었기에 딸에겐 대학 진학을 적극 권하지 않았다.

지혜는 얼굴도 성격도 엄마를 닮았다. 어디서도 눈에 띨 만큼 청순했다. 졸업하자마자 포천의 큰 가구 회사에 사무직으로 취업한 지혜를 사장의 외동아들이 보고는 한눈에 반했다.

외둥이는 그때까지 오토바이를 타고 다녔다. 대학을 나온 뒤에도 내내 아비와 엇나갔다. 그런 아들이 갓 고등학교를 졸업하고 들어와 잡무를 보는 신입사원 지혜를 본 뒤 몰라보게 달라졌다.

불량했던 아들은 날마다 공장에 나왔다. 마음을 다잡은 듯했다. 아들의 언행과 말단사원 지혜를 1년 동안 유심히 살피던 사장은 자칫 다른 남자가 나타날까 싶어 혼사를 서둘렀다.

갑작스런 진전에 지혜는 거부감을 느꼈다. 연호의 아내도 그랬다. 딸이 결혼하기엔 너무 이르고 나이도 아홉 살이나 많아 망설인 것은 연호도 마찬가지였다.

하지만 부잣집 외아들이라 욕심이 났다. 아내 정희처럼 딸을 고생시키고 싶지 않았다. 직접 만나 이야기 나눠보니 딸을 각별히 사랑하는 모습이 역력하기에 먼저 정희를 설득하고 이어 지혜를 다독였다.

지혜는 1996년 2월 결혼했다. 강연호는 결혼식 날 눈시울 적셨지만 편했다. 지혜를 시집보내고 아들 지만도 졸업 학년이어서 그해에 군복을 벗는 결단도 상대적으로 쉽게 할 수 있었다.

지혜는 그해 12월에 아들을 낳았다. 연호는 손자를 안으며 환희에 잠겼다. 딸 지혜의 몸에서 태어났다는 생각이 들어서인지 더없이 귀엽고 신비롭기도 했다.

사위 이름은 신증산. 사돈이 가구 공장을 세운 해에 태어났다. 당시 박정희 정부가 기업을 적극 지원하며 내세운 '수출증산' 구호에서 아들 이름까지 따왔다.

사위와 딸은 금슬이 좋았다. 연년생으로 1남 1녀를 낳았다. 아기 이름은 둘 다 지혜가 지어 사위가 서부렁섭적 동의했는데 아들은 부모의 성을 모두 살려 '신강산'으로 딸은 지혜를 빼닮아 '슬기'로 정했다.

연호는 첫 손주 강산이 늘 아른거렸다. 강산을 보러 포천의 딸 내외 집을 무시로 들락거렸다. 아내로부터 너무 손자만 편애하지 말고 손녀에게도 정을 주라고 주의를 받았지만, 떡두꺼비 강산이 듬직하게 다가오는 걸 난들 어쩌겠냐고 얼버무렸다.

군 전역 뒤 찾아온 무력감도 말끔히 가셨다. 귀염둥이 강산이 모든 것을 바꿔주었다. 딸 내외가 종종 늦은 저녁에 두 남매와 함께 식당으로 찾아오면 기쁨에 들떠 문을 일찍 닫은 채 단란한 가족 모임을 가졌는데 그 행복한 나날 앞에 무엇이 기다리고 있을지, 그 소박한 시공간 안에 무엇이 숨어있는지 전혀 의식하지 못했다.

16

초꼬슴은 1997년 겨울의 외환 위기였다. 국제통화기금의 개입은 연호의 삶에도 큰 변화를 일으켰다. 포천에서 가장 튼실하던 사돈의 가구 회사는 구제금융 국면을 잘 버텨내는가 싶더니 2000년에 들어서자마자 끝내 부도를 내며 빚더미에 올라앉고 말았다.

사위 증산은 귀공자처럼 컸다. 유복하게 자랐기에 어려움을 이겨내지 못했다. 어느 날 늦은 저녁에 자동차를 타고 와서 "내일 갑자기 아내와 함께 꼭 가야 할 곳이 있다"며 강산·슬기 남매를 맡아달라고 했다.

연호는 손주 얼굴을 보아 기뻤다. 강산을 안고 볼을 비볐다. 서둘러 차에 올라타는 사위에게 연호가 '그럼 내일 저녁에 오는 거냐'고 물었음에도 듣지 못했는지 곧장 떠났다.

강산은 연호에 안긴 채 손을 흔들었다. 어린 슬기는 정희의 품에서 아빠를 부르며 울먹였다. 연호는 아내가 '사위의 얼굴색이 좋지 않다'며 지혜에게 무슨 일이 생긴 것은 아닌지 자글거릴 때서야 비로소 어딘가 어색한 느낌을 받았지만 강산의 천진스런 눈과 마주치면서 빠르게 잊었다.

다음 날 연호는 식당에 나가지 않았다. 손주 남매를 데리고 한탄강을 산책했다. 어린 강산은 할아비 손을 잡고 강변길을 걷다가 새끼손가락 크기의 아기 생쥐가 죽어있는 모습을 발견하고는 눈물마저 글썽였다.

연호는 자신의 어린 시절을 보는 듯했다. 닮은꼴에 흐뭇했다. 당시 할머니가 던진 말씀 그대로 자신도 강산에게 '사내 녀석이 그렇게 마음이 약해서 어쩌려고 그러냐'는 말이 나오려다가 앞니에서 멈췄다.

두 손주와 산책을 마친 연호는 아내가 일하는 식당으로 갔다. 정희가 반갑게 강산과 슬기를 맞았다. 밥상을 차리면서도 지혜로부터 아무 전화도 없다며 정희가 고개를 갸웃거릴 때 경찰이 식당 문에 들어섰다.

"강지혜 씨 아버님이 누구시죠?"

"내가 아비입니다만."

"그러시군요. 아버님, 저와 잠깐 같이 가시죠."

"무슨 일이오?"

"가보시면 압니다."

"내가 왜 경찰차를 타야 하오? 우리 지혜에게 무슨 일이 일어났소?"

"글쎄 가보시면 압니다."

"이것 봐, 내가 30년 복무한 군인이야. 대체 무슨 일이오? 알아야 할 것 아니오?"

경찰은 난처한 표정이었다. 무슨 말을 하려다가 꾹 닫았다. 연호의 어깨 너머로 슬기를 안은 채 불안하게 바라보던 정희를 본 경찰은 속삭이듯 말했다.

"잠깐 따라 나오세요. 말씀드리죠."

연호는 정희와 눈이 마주쳤다. 불길한 예감이 강습했다. 이미 얼굴이 창백해진 아내에게 눈에 힘을 주어 마음을 안정시켜 준 뒤 식당 문을 나가자 경찰이 굳은 얼굴로 말했다.

"어젯밤 한탄강으로 승용차가 뛰어들었습니다."

"?"

"그 안에 따님이 타고 있었습니다."

"뭐요? 그 아이는 운전을 못하는데?"

"운전석엔 남편이 타고 있었어요."

연호의 머릿속이 하얘졌다. 다리가 후들거려왔다. 나지막한 소리로 "그래서 어찌 됐소?"라고 물으며 '제발, 제발 살아만 있어다오'라고 누군가, 어딘가에 애원하듯 빌었다.

"신고를 받고 바로 출동했지만 신고 자체가 너무 늦었습니다."

너무 늦다? 연호는 멍하니 경찰만 바라보았다. 연호는 어렴사리 정신을 차리고 아내에게 말해야 할까 잠깐 고심하다가 손주들을 고려해 일단 홀로 경찰차에 올랐다.

경찰은 영안실로 안내했다. 연호의 발길이 허공을 딛는 듯했다. 베트남과 광주, 연천의 폭발사고 현장에서 숱한 시신을 보아온 연호지만 경찰이 하얀 천을 걷을 때 나타난 지혜의 하얀 얼굴을 보자마자 무릎이 꺾였다.

쓰러지듯 두 손으로 차디찬 얼굴을 감쌌다. 비보를 들은 아내는 실신했다. 경찰이 조사에 나선 결과, 사위의 유서만 발견되었고 거기엔 '아내를 데려간다'고 적혀있었다.

연호는 격분했다. 죽어서도 딸을 소유하려는 사위 놈의 욕심이 읽혀졌다. 동반자살이라는 미명아래 딸을 살해한 사위의 영정을 박살 내려다가도 곧바로 딸을 잃은 슬픔에 잠겨 허우적거렸다.

연호는 모두 자기 책임이라고 생각했다. 부잣집 며느리로 보내고 싶은 욕심 탓이었다. 너무 이르다며 결혼을 마지막 순간까지 미적대던 지혜에게 적극 권한 자신이 너무 역겨워 국제통화기금으로부터 돈을 빌려 쓰며 빚어진 사태라는 생각은 미처 할 수 없었다.

연호는 눈물로 딸을 화장했다. 한탄강에 뿌렸다. 어린 손주 남매는 엄마와 아빠의 하얀 뼛가루를 종주먹에 쥐고 차마 뿌릴 수 없다는 듯이 꼭 쥐고 있었다.

사돈 내외는 충격을 버텨내지 못했다. 일 년 사이에 뇌출혈로 잇따라 숨졌다. 연호 내외는 참담함 속에서도 딸이 남긴 강산과 슬기를 잘 키워 지혜의 애달픈 한을 풀어주겠노라고 다짐했다.

딸의 죽음으로 연호 내외의 일상은 침울했다. 그런 가운데 아들 지만이 위안을 주었다. 대학을 졸업하고 학군장교로 군 복무를 마친 아들은 딸을 먼저 보낸 이듬해인 2001년에 서울 광화문에 자리한 큰 신문사의 기자가 되었다.

연호는 모처럼 기뻤다. 아들이 기자 시험 준비를 할 때 반신반의했기에 더 그랬다. 더구나 아들이 들어간 신문사는 그동안 박정희·전두환 장군은 물론 국군을 틈날 때마다 매도하는 언론들과 확연히 달랐다.

아들이 들어간 신문은 전통도 있었다. 오랜 역사에 더해 서울 한복판에 자리한 고층 사옥도 번듯했다. 연호는 아들로부터 최종 합격했다는 전화를 받은 그날, 식당에 온 손님들 모두에게 식비를 받지 않았다.

어리둥절한 손님에게 내놓고 자랑했다. 모두 연호 내외를 축하해 주었다. 평소보다 한 시간 일찍 식당 문을 닫고 아내 정희가 특별히 마련한 파전을 안주로 막걸리를 마셨다.

아들이 보고 싶었다. 하지만 서울에서 혼자 생활해 온 아들은 그날도 오지 않았다. 출근 준비를 해야 한다는 말에 수긍은 하면서도 어딘가 허전했기에 지혜의 죽음으로 부쩍 늙은 아내에게도 막걸리를 따라주며 사발을 부딪쳤다.

즐거움에 술잔을 나눌 때 슬기와 눈이 마주쳤다. 연호 내외는 식당 한쪽에 손주들이 놀 공간을 마련했다. 그래 봐야 칸막이를 하고 골판지를 두껍게 깐 뒤 돗자리를 놓은 방이지만 식당을 꾸려가야 할 내외로서는 일하는 동안에 어린 손주들을 그곳에 머물게 할 수밖에 없었다.

할배와 눈이 마주친 슬기가 뒤뚱뒤뚱 뛰어왔다. 생글생글 웃는 슬기의 눈동자엔 딸 지혜가 스며있었다. 뒤따라 달려온 강산과 슬기를 양쪽 무릎에 앉히고 아내를 바라볼 때 연호의 눈썹도 정희처럼 뜨거운 이슬이 맺혔다.

막걸리가 들어가자 더 애잔해졌다. 지만과 지혜의 엇갈린 살매가 안타까웠다. 연호는 자신이 무리해서라도 지혜를 대학에 보냈으면 끔찍한 일도 일어나지 않았으리라는 생각에 새삼 서러웠다.

기자가 되어서도 아들은 집을 찾지 않았다. 이미 대학에 들어가면서 부모를 멀리했다. 취업 준비에, 기자 적응에 바쁘리라 여기며 서운함을 씻어가던 어느 날 곧 결혼한다며 신부를 인사시키러 가겠노라고 전화를 걸어왔다.

아들은 제 할 말만 했다. 신부는 현역 장군의 맏딸이라고 했다. 식당이나 집으로 찾아가기보다는 아무래도 전곡읍 중심에 있는 제과점이 낫겠다며 장소도 일방적으로 정한 뒤 그날만은 옷을 품위 있게 입고 나오라더니 딸깍 끊었다.

연호는 어쩐지 움츠러들었다. 별 둘 장군과 사돈이 된다는 실감이 나지 않았다. 처음 '현역 장군' 말을 들었을 때 얼핏 1980년 광주가 스쳐갔지만 곧 사라지고 장군과 만날 자리가 까칠한 아들이 의식되어 감당하기 벅찼다.

아내는 아들의 일방적 언행이 괘씸했다. 곧장 전화를 걸어 나무라더니 얼굴이 더 일그러졌다. 전화를 끊고는 '우리가 아들을 잘 못 키운 것 같다'며 식당 행주를 잡고 통곡했다.

연호는 아내의 심경을 십분 이해했다. 아들이 이미 숱한 상처를 준 탓이다. 학군장교가 되어 첫 휴가 때 찾아온 아들과 식당에서 저녁을 먹은 뒤 기분이 좋아진 연호가 '늙은 군인의 노래'를 불렀을 때 지만이 던진 말은 세월이 지나도 문뜩문뜩 비수처럼 파고들었다.

"아버지, 이제 청승 떠는 노래는 그만 불러요."

"응?"

"아들아, 내 딸들아 서러워 마라? 왜 말아야 합니까. 좋은 옷 입고 맛난 것 먹고 싶은 건 아이들의 자연스런 본능 아닙니까? 그걸 못 해준 것은 부모로서 자랑할 일은 아닙니다."

"그래?"

"그렇게 언짢아하실 일이 아니잖아요. 말이 나온 김에 더 하죠. 자랑스런 군인의 자식이다? 군인 아들딸들 가운데 좋은 옷 입고 맛난 것 먹고 큰 아이들도 많습니다."

심장이 쿵 내려앉았다. 귀엽던 아들의 눈빛은 하사관을 깔보는 장교의 눈길 그대로였다. 연호는 아내가 마침 식당 주방에서 설거지를 하느라 못 들었기에 다행이라 생각하며 아무 대꾸 없이 소주잔을 따라 비웠다.

발칙했으나 미안함이 더 컸다. 잘난 아들이 고맙기도 했다. 그래서 아들의 일방적 전화에 상처받은 아내를 달래며 '얼마나 똑똑한 아들인가'를 강조했지만 자신의 허전함도 바닥 모를 만큼 깊어갔다.

며칠 뒤 아들이 일러준 시간에 맞춰 제과점을 찾았다. 아들은 한 시간 늦게 들어왔다. 일제 승용차에서 커다란 색안경에 짙은 화장을 하고 아들과 함께 내린 '예비 며느리'는 고개를 까닥하는 듯 인사를 하더니 가만히 앉아있다가 묻는 말에만 단답형으로 말했다.

상견례는 서울의 유명 호텔에서 했다. 사돈은 별 둘을 단 장군 정장을 입고 등장했다. 딸 지혜를 시집보낼 때도 사위가 부잣집이어서 어딘가 꿀리는 느낌이었지만 그때와도 자못 달라 더없이 불편했다.

연호 내외와 사돈의 차이는 뚜렷했다. 장군은 인사를 나눈 뒤부터 딴전만 피웠다. 자신의 사돈이 하사관 출신이라는 사실을 노골적으로 탐탁지 않게 여기는 기색에서 연호는 그가 어떤 유형의 장교였는지 단숨에 파악하고 굳이 말을 섞고 싶지 않았다.

아들의 장모는 사학재단 딸이었다. 설핏 상냥해 보이기도 했다. 하지만 정희를 바라볼 때면 마치 가정부를 바라보는 듯 도도한 눈길이 느껴졌다.

사돈 가족만이 아니었다. 아들부터 제 부모를 내놓고 무시했다. 연호와 정희는 거의 고문당하듯이 상견례를 했고 보름 뒤에 아들 결혼식을 치렀다.

지만이 돌린 청첩장엔 부모 이름이 없었다. 신혼여행은 미국으로 갔다. 귀국일에 맞춰 아내가 식당 문을 닫고 하루 내내 음식을 만들어 놓았지만 아들은 신문사 일이 바빠 바로 출근해야 한다며 전화만 달랑 걸어왔다.

지만은 서울 강남의 처가로 들어갔다. 정희는 아들을 빼앗긴 느낌이 들었다. 그 뒤에도 연호 내외는 기자 아들은 물론 며느리를 도통 볼 수 없었다.

결혼 첫해 추석에 온 '행차'가 마지막이었다. 첫 설날부터 오지 않았다. 며느리는 연호 내외에게 아버지·어머니라 부르지 않다가 어쩔 수 없을 때에 "저기요"로 말을 뗐다.

정희는 자주 눈물을 흘렸다. 비단 아들이 괘씸해서만은 아니었다. 연호와의 결혼생활에 만족하지 못한 정희는 그 보상을 아들에게 받기 위하여 지나치게 경쟁심을 북돋으면서 자신부터 남편을 홀대한 후과를 톡톡히 받고 있다는 후회감이 몰려왔다.

남편 연호는 단순하고 무지했다. 하지만 순수한, 아니 순진한 남자였다. 본디 감성이 예민함에도 그토록 자랑스레 여기는 아들에게 개무시당하는 늙은 연호가 가여워 눈시울 적실 때가 적잖았다.

정희가 슬픔에 잠길 때마다 남편은 다독여 주었다. 아들이 잘 살면 그것으로 충분하다며 위로했다. 하지만 연호가 자다가도 한밤중에 눈을 번쩍 뜨곤 무의식중에 '바보 같은 놈'이라고 토해내거나 끙끙 냉가슴 앓는 신음을 못 들은 척 들으며 정희는 속절없이 늙어갔다.

　무정한 아들과의 인연은 사실상 끊어졌다. 그래도 연호는 늘 자랑스러워했다. 동물들도 새끼를 정성 들여 키우지만 내보낸 뒤 어떤 짐승도 '효도'를 요구하지 않는다며 아내를 토닥이기 일쑤였다.

　물론, 정희는 가만있지 않았다. 연호가 그 말을 반복하자 새된 소리로 잘랐다. 정희는 그래서 짐승과 사람이 다른 것이라며, 짐승이 좋으면 당신이나 그렇게 살라고 쏘아붙인 뒤 식당 주방을 치우며 눈을 슴벅였다.

　강연호는 아내의 냉갈령을 웃어넘겼다. 나이가 들어가며 쓴 소주가 달콤할 때가 잦아졌다. 식당에 아들이 다니는 신문을 종일 내놓았고 혹시라도 녀석의 이름이 들어간 기사가 나왔나 싶어 1면 머리기사부터 마지막 지면까지 샅샅이 훑었다.

17

　신문 읽기는 연호의 가장 중요한 일과가 되었다. 식당에서 짬날 때마다 펼쳤다. '강지만 기자'의 기사가 실렸을 때는 빨간 색연필로 테두리를 친 뒤 손님들 눈에 잘 띄도록 접어놓기도 했다.

　정희는 아들이 다니는 신문을 거의 보지 않았다. 정치적 성향도 그 신문과 달랐다. 강연호는 아내의 구독 거부가 정성을 다해 키운 아들 지만에 대한 배신감 때문으로만 이해했는데 그만큼 김

정희를 모른다는 자기고백에 지나지 않았다.

정희는 1970년대 여성 노동인이있다. 자신이 천박한 자본주의 사회에 살고 있다는 사실을 뼛속 깊이 체험했다. 베트남전쟁에 참전하고 퇴임할 때까지 반공교육만 받아온 군인이되 심성은 더없이 착한 남편 연호와 굳이 정치적 논쟁을 벌이고 싶지 않았을 따름이다.

실제로 먹고살기도 바빴다. 아내는 상고 출신의 대통령들을 좋아했다. 하지만 연호는 군부를 숙청해 반발감이 컸던 김영삼은 물론이고 김대중도 노무현도 와닿지 않았다.

대통령이 된 '민주투사' 김영삼은 외환위기를 불러왔다. 그보다 더 민주투사라는 김대중은 재임할 때 아들들이 뇌물로 구속됐다. 노무현이 대통령 시절에 그의 아내가 뇌물을 받았다는 신문 기사를 읽으면서는 이른바 '민주'나 '진보'를 내세운 대통령들의 무능과 위선을 확인할 수 있었다.

강연호가 다시 태극기 아래에 선 까닭은 노무현 정부 시절에 울뚝밸이 치밀어서였다. 베트남전 전우들 사이에 한 신문의 칼럼이 입소문으로 퍼졌다. 민중이 돈을 모아 창간했다지만 연호와 전우들이 보기엔 한낱 '빨갱이 신문'의 논설위원이 베트남전 참전 군인들의 강간과 살해를 적시하며 대통령이 마땅히 사과해야 옳다고 주장했다.

내심 연호는 위기감을 느꼈다. 그만이 아니었다. 재향군인회 차원에서 아예 그 논설위원의 집을 찾아가 본때를 보여주어야 한다는 의견이 모아졌다.

연호는 맹호부대 전우들과 집결지로 갔다. 연천에서 가기엔 제법 먼 거리였다. 재향군인회 유도에 따라 서울 사당동의 좁은 시장 골목길을 씩씩거리며 지나 '빨갱이 논설위원' 한민주가 거주하는 아파트로 올라갔다.

재향군인회는 유인물을 살포했다. 연호도 행인들의 손에 건네주었다. 유인물에는 '빨갱이는 북으로 가라'는 큼직한 제목과 함께 문제의 글을 쓴 논설위원의 이름, 사진, 아파트 동·호수까지 담았다.

아파트 경비들이 들머리를 막았다. 저지를 뿌리치고 승강기에 올랐다. 초인종을 누르고 현관문을 두들겨도 안에서 아무 반응이 없자 연호의 가슴에선 따지고 싶은 말이 메아리쳤다.

'우리가 제국주의 용병이었다? 월남에서 강간과 살해를 저질렀다고? 일부가 그랬을 뿐이다. 그래도 사죄해야 한다면 좋다. 우리가 월남에서 목숨 걸고 싸울 때, 너는 뭐 했지? 맹호부대에 대학생 놈들은 재학생이든 졸업생이든 찾아볼 수 없었단 말이다. 월남에 참전한 사람들 거의 절대다수가 가난한 집안에서 태어난 거 알고 있니? 학비가 없어 대학에 갈 수 없었던 사람들이었다. 우리 전우들이 목숨을 잃어갈 때 너희는 대학에서 대마초 피우고 술 마시며 연애질하지 않았던가? 여공들을 농락하지 않았던가? 우리가 월남에서 싸울 때 대학교에 다녔던 모든 사람에게 너희들은 장발에 대마초를 피우고 생맥주를 마셔대며 여공들의 정조를 유

린했으니 사죄하라고 한다면, 너는 어떻겠냐 말이다.'

강연호는 정말 궁금했다. 논설위원 집에선 아무런 반응이 없었다. 연호는 그가 집 안에 숨은 채 앞에 나서지도 못하는 비겁쟁이라고 예단해 거침없이 발로 문을 차며 열라고 소리쳤다.

어느새 경찰이 몰려왔다. 해산을 종용했다. 주택가에서 소란은 범법이라는 말은 납득할 수 있었지만, 목숨 걸고 조국을 위해 몸바친 참전 군인들을 파렴치한 범죄자로 모욕하는 빨갱이가 경찰의 보호를 받는 조국의 현실에 분통이 터졌다.

결국 논설위원을 만나지 못하고 해산했다. 베트남에서 자신이 저지른 일이 켕겼지만 분노가 압도했다. 지하철을 타고 집으로 돌아오는 내내 베트남에 갈 때나 지금이나 대학 나온 놈들에게 멸시당하고 있다는 모멸감이 밀려왔다.

울화는 쉽게 가라앉지 않았다. 식당으로 가지 않고 한탄강을 산책했다. 여울을 바라보며 걷다가 자신이 과격한 행동에 나선 까닭은 어쩌면 그 논설위원이 가장 아픈 곳을 찔러서가 아닐까라는 의문이 목에 깊숙이 박힌 가시처럼 남았다.

애써 툴툴 털고 일상으로 다시 돌아간 어느 날이다. 식당에 들어온 손님이 여운을 남겼다. 연천에는 군부대가 많아 의무 복무하는 아들이나 애인을 찾아 면회 오는 사람이 많았다.

그런데 곱게 늙은 분이었다. 군부대에 가끔 손주를 보러 오는 할머니도 있었다. 그분은 처음 왔을 때 어탕국수를 너무 맛있게 먹었다며 아내에게 음식값으로 100만 원이 든 봉투를 건네고 갔다.

돈 때문은 아니었다. 눈빛을 잊을 수 없었다. 따뜻함이 온몸에 배어있는 할머니의 다사로운 눈길과 마주쳤을 때, 어쩐 일인지 자신이 두 여자에게 저지른 죄가 난데없이 떠올랐다.

왜 그랬을까 짚어도 보았다. 아무런 연관성이 없는 까닭이다. 두 여자도 저렇게 곱살하게 늙어갔으리라는 생각이 스쳐갔기 때문일까 싶었지만 그분이 더 찾아오지 않으면서 더는 염두에 두지 않았다.

연호는 간간이 태극기를 들고 집회에 동참했다. 위기의식도 한몫했다. 더러는 베트남을, 더러는 광주를 들먹이며 '학살의 진실'을 규명한답시고 대한민국을 위해 목숨을 걸었던 군인들에게 하이에나처럼 떼 지어 달려드는 무리와 맞서야 한다고 다짐했다.

더구나 그들은 모두 대학물 먹은 자들이었다. 아들 지만의 신문을 읽으며 그들이 '종북세력'임을 알았을 때 치가 떨렸다. 연호는 비록 전역했지만 '연천의 호랑이'답게 빨갱이들과 싸워가자고 결기를 세우며 그것이 자신은 물론이고 맹호부대의 명예를 올곧게 지키는 길이라고 확신했다.

그래서 이명박 정부가 들어설 때 안도했다. 베트남과 광주의 과거를 더는 캐지 않으리라 믿었다. 현충일 추념사에서 '다시는 부끄러운 역사를 되풀이하지 않아야 한다'며 전우들을 모욕한 노무현은 아내가 수십억 원을 챙긴 사실이 수사 과정에서 드러나자 자살했다.

연호는 실소했다. 이미 실망한 전두환과 노태우만이 아니었다.

김영삼도 김대중도 노무현도 가족이 거액을 챙긴 사실이 드러나는 꼴을 보며 대한민국 대통령들은 죄다 가짜라는 생각이 들면서 자신이 충성해 온 나라에 희망은 있는지 허탈감마저 들었다.

아무튼 이명박은 경제를 살리겠다고 공약했다. 해마다 7퍼센트 성장을 이뤄 세계 7대 강국을 이루자는 호소는 미덥기도 했다. 가난한 집안에서 대기업 회장까지 오른 사람이었기에 그가 선거 과정에서 구호로 내건 '국민 성공시대'도 기대할 만했다.

그런데 아니었다. 식당 경기는 조금도 나아지지 않았다. 이명박은 대기업 중심으로 세금을 깎아주면 아랫목이 따뜻해짐에 따라 윗목도 따스해진다고 호언했지만 임기 내내 한 뼘의 온기도 느낄 수 없었다.

이명박에 실망할 때 각하의 딸이 나섰다. 박근혜는 경제를 살리겠다고 자신했다. '국민 행복시대'를 공약하며 대통령으로 당선되었을 때 행복까진 아니더라도 자신과 같은 서민들의 삶이 나아지지 않을까 다시 기대했다.

강연호는 여전히 박정희를 존경하고 있었다. 비록 엽색행각에 실망은 했지만 각하는 반만년 역사상 최고의 지도자였다. 아무래도 대기업 회장 출신인 이명박보다 '서민 대통령'인 박정희의 딸은 '경제 민주화'까지 약속한 만큼—박근혜 후보가 경제민주화와 복지를 공약하면서 연호는 처음으로 '민주'와 '복지'라는 말에서 부정적 어감을 씻어낼 수 있었다—적어도 서울 강남에 사는 부자들만 더 잘사는 정책은 펴지 않으리라 믿었다.

연호는 박근혜 대통령에 기대감으로 식당을 꾸려갔다. 식당에는 아들이 다니는 신문만 비치되어 있지 않았다. 이명박 정부 시절에 그 신문사가 텔레비전 방송사까지 개국하면서 연호 내외는 하루 내내 그 방송을 틀어놓았다.

몇 차례 아들이 화면에 나오기도 했다. 그 뒤로 연호보다 정희가 더 출연자를 의식했다. 두 내외 모두 연락이 뚝 끊긴 아들이 그리웠지만 '저 잘 살면 된다'며 접을 때마다 허탈감과 상실감에 하릴없이 눈시울 적셔야 했다.

그런데 터무니없는 방송이 나왔다. 박근혜 대통령이 취임한 첫해 오월이었다. 늘 그랬듯이 식당에 고정해서 틀어놓은 방송에 탈북한 '인민군 특수부대 장교'라는 자와 남한의 어느 대학 역사학 교수가 출연해 말살에 쇠살을 주고받았다.

"5·18 때 북한군 600명 규모의 1개 대대가 광주에 침투했습니다. 전남도청을 점령한 것도 시민군이 아니라 북한 게릴라입니다. 망월동 5·18 묘역의 신원 미상자 70여 명의 묘가 있잖습니까? 바로 북한 특수부대원들의 묘입니다."

"그렇습니다. 북한에 '인민군 영웅들의 렬사묘'가 있는데요. 광주에 투입됐다 사망한 북한군 특수부대원들의 가묘입니다."

한 시간 내내 방송이 이어졌다. 강연호는 기가 막혔다. 어쩌자고 전통 있는 신문사에서 만든 방송이 저 따위 허무맹랑한 거짓말을 내보내나 싶었다.

아들에게 당장 전화를 걸고 싶었다. 하지만 할 수 없었다. 아내가 저 사람 이야기가 사실이냐고 물었을 때, 연호는 마침 손님이 없었던지라 식당 냉상고에서 막걸리를 들고 나와 한 잔을 들이켜고 반문했다.

"당신 생각엔 저게 사실 같아?"

"아닌 것 같지. 그런데 방송에 나와 너무 당당하고 구체적으로 주장하니 혹시나 싶네."

"당신처럼 똑똑한 여자조차 혹시나 히니 정말 큰 문제야."

"내가 무슨 똑똑하긴."

"나보다 늘 낫잖아."

"그런 말은 당신에게 처음 들어보네."

"늘 그리 생각해 왔어. 그런데 저 방송을 들으니 그날 도청 앞에서 시위대를 진압할 때가 연상되는군. 우리 계엄군이 휘두른 곤봉에 맞아 피투성이로 쓰러진 청년을 부축하던 한 중년 사내가 내게 뭐라고 쏘아댔어. 어떤 말이었을 거 같아?"

"글쎄, 착하게 생긴 사람이 왜 여기 있는 거요, 그러지 않았을까."

"이봐, 김정희 여사, 내가 진작 말했지, 나 착한 사람 아니었다고."

"그래 맞아, 나도 착하게 생긴 사람이라고만 했잖아. 그래, 알았어, 그 사람이 뭐라 했는데?"

"이러더군. 당신들 혹시 이북에서 온 사람들 아니오? 국군이 어찌 제 나라 국민을 이토록 피투성이로 만들 수 있소?"

"어머? 그래서 그 사람 어떻게 됐어."

"사내가 울분을 터트리며 눈 부라릴 때 난 뜨끔했지. 그런데 윤석이 알지? 그 녀석이 옆에서 그 말을 들었나 봐. 곧바로 '까불지 마라'며 정수리를 내리치더군."

"세상에… 윤석 씨가?"

"뒤로 쓰러졌는데 이마로 피가 쏟아졌어."

"그래서?"

"공수부대가 다시 대오를 갖추러 되돌아가는 상황이었거든. 거리에 혼자 떨어지면 위험해 나도 어쩔 수 없었어. 그 사람 어찌 되었나 모르지. 그러니까 요점은."

"그때 현장에 북한군이 있었다면 광주 사람들에겐 바로 계엄군이었다는 거지?"

"맞아. 과연 우리 똑순이 여사네 그려. 그런데 지금 와서 저런 헛소리를 방송에서 내보내고 있네. 전두환이도 노태우도 수천억 원씩 해먹은 도둑놈이었다는 사실이 죄다 드러났는데도 말이야."

"사람들 생각 잘 안 바뀌잖아."

"악몽 같은 그 나날에 내가 맞부딪친 사람들이 정말 북한군 특수부대였다면 얼마나 좋겠어?"

"…"

"그렇다면, 그렇다면 차라리 내가 저지른 일에 보람이라도 느낄 수 있을 텐데. 다 부질없는 생각이겠지."

"당신 착한 마음 잘 알겠는데… 그만 잊어버려. 아무래도 안 되

겠어. 앞으로 저 방송 틀어놓고 있지 말자. 공연히 전기값도 나가
고 말이야. 그만 다 잊고 손주들 재롱이나 즐기며 살아."

"고맙네, 우리 김정희 여사."

"왜 이래? 심란하게."

"나를 너무 믿는 거 아냐?"

"그렇게 슬픈 눈으로 쳐다보지 말래도."

18

푸른 오월의 붉은 기억들이 주마등처럼 스쳐갈 때였다. 마침내 518버스가 민주묘지 앞에 정차했다. 버스에서 내려 묘지 길목에 들어서자마자 가늘게 내리던 비가 돌연 장대비를 쏟았다.

우산을 썼지만 빗줄기가 강렬했다. 신발은 물론 바지 무릎까지 흥건하게 젖어들었다. 비 오는 겨울날의 이른 오전에 인적 드문 길을 따라 연호는 철민에 기대며 용기를 내어 걸어갔다.

처연히 걸음을 옮겼다. 철민은 침묵을 지켰다. 연호는 옮기는 한 걸음 한 걸음마다 '5·18특별법'이 제정되면서 도망치듯 전역한 자신을 집어삼킬 듯이 달려든 어둠발을 되새겼다.

잔인하게도 그 시작은 소소한 행복이었다. 늙어가는 연호 내외의 삶에 중심은 두 손주였다. 노인 연호는 특히 강산을 편애해서 녀석이 어린 시절에는 고사리손 잡고 한탄강을 시시로 걸어 다녔지만, 학교에 들어간 뒤부터는 또래 친구들과 사귀느라 뜸해졌다.

강산은 동생 슬기와 달리 열심히 공부하지 않았다. 정희도 지만을 키울 때처럼 학업에 신경 쓰지 않았다. 연호가 손주에게 큰

신문사 기자인 외삼촌을 본받아 공부를 잘해야 한다고 다독일라
치면 아내는 대단히 싫은 기색을 보이다가 활짝 웃으며 말했다.

"강산아, 공부 잘해야겠지만 그보다 착한 사람이 되는 게 중요
하단다. 알았지?"

손주를 두고 연호 내외는 티격태격했다. 중학생 때 강산이 '나
의 미래'라는 그림 숙제를 받아 왔다. 어떤 그림을 그릴까 연호는
내심 기대했으나 식당 일 하는 모습을 그렸을 때 처음으로 화를
냈다.

그런 연호를 정희는 탐탁지 않아 했다. 강산은 고교 2학년 말에
취업반을 선택했다. 연호는 아무런 상의도 없이 덜컥 결정한 손주
에게 '나중에 저승에서 너희 엄마를 만날 때'를 들먹이며 다그쳤다.

"할배가 널 꼭 대학까지 가르칠 거야. 그렇지 않으면 죽어서 네
엄마를 내가 어떻게 보니? 강산아, 할배 부탁이니 제발 지금부터
라도 진학 공부를 하렴."

"하지만 할아버지, 저보다 슬기가 공부를 잘해요."

"그래서?"

"우리 집 형편으로 두 사람 모두 가르칠 수 없잖아요. 똑똑한
슬기만 보내세요."

"걱정 마라. 너 그런 생각으로 취업반으로 간 게냐? 할아비가
너희 둘 대학 가르치는 것 아무 문제없으니 대학 갈 공부하거라."

"그럼 슬기도 대학 보내실 거죠?"

"슬기가 가겠다면 그러마."

"좋아요. 슬기 대학까지 보내주신다고 약속하신 거예요?"

강산은 취업반과 대입공부를 병행했다. 준비가 늦어서인지, 뜻이 없어서인지 그해 입학에 실패했다. 군에 입대하기 전에 대학 입학금이라도 벌겠다고 여기저기 알아보던 강산은 서울의 지하철 공사에 취업했다며 입술이 귀밑까지 다다르도록 기뻐했다.

연호는 고졸의 손자가 대견했다. 믿어지지 않아 아내에게 재차 물었다. 아내가 엷은 미소로 지하철공사의 하청업체에서 계약직으로 일한다고 알려주었을 때, 강산은 계약직으로 열심히 일하면 정규직이 될 수 있다고 거들었다.

연호는 한시름 놓았다. 사실 은근히 걱정하고 있었다. 놀다가 입대하면 자칫 손주가 할배인 자신의 길을 걸을지 모른다고 우려했기 때문이다.

강산이 첫 월급을 탄 날 저녁을 샀다. 식당 문을 일찍 닫고 네 식구가 불고기 집으로 갔다. 연호가 식당 차림표에서 '와인 가져오시면 잔을 서비스해 드립니다'는 안내문을 읽을 때, 강산이 짐짓 미소를 지으며 물었다.

"할아버지, 와인 드시겠어요?"

연호는 쓸데없는 소리라며 손사래 쳤다. 그런데 강산이 와인 잔을 요청하더니 가방을 열었다. 선물로 연호 내외의 내복과 슬기의 장갑을 건넨 강산은 할아버지·할머니도 드셔보시라고 사 왔다며 칠레산 붉은 와인을 꺼내 들었다.

정희는 콧잔등이 시큰했다. 부잣집에 아들 빼앗긴 슬픔이 가시는 듯했다. 연호는 손자의 술잔에 와인을 따라주었고 아직 고등학생인 손녀에게도 찔끔 따라 넷이 붉은 와인을 부딪쳤다.

"할아버지, 할머니 오래 사세요."

"오냐. 너도 건강하거라."

"할머니 할아버지 사랑해요."

"그래, 그래, 우리 슬기도 공부 잘하고."

강산은 서울 노원에 지하방을 얻었다. 연천에서 출퇴근은 무리였다. 월급날에는 어김없이 칠레 와인을 사 들고 와서 불고기를 사며 슬기에게 용돈을 주었고, 아내는 일주일에 한번씩 지하철을 타고 가서 쪼그마한 냉장고에 반찬을 담아주고 왔다.

그런데 강산이 취업하고 석 달이 지난 성탄절 새벽이었다. 연호 내외가 자는 방으로 누군가 잠입했다. 연호가 잠이 깨어 어떻게 대처할까 궁리할 때 괴한이 얼굴까지 바투 다가오더니 손전등을 밝혔다.

앳된 얼굴이었다. 그런데 어디선가 본 듯했다. 공수부대 특공대의 총격으로 쓰러져 있던 청소년이라는 사실을 깨닫자마자 10대의 손에 든 권총이 눈앞에 나타나면서 거침없이 방아쇠가 당겨졌다.

"아아악."

눈을 떴을 때 한밤이었다. 몸은 흥건히 젖었다. 맥없이 누운 채 느닷없는 꿈이 불길하고 불안해 뒤척거리다가 다시 잠들었다.

두서너 시간이 흘렀을까. 전화기가 요란하게 울렸다. 6시를 가리키는 벽시계를 바라본 연호는 꼭두새벽에 걸려오는 전화에 불현듯 간밤의 악몽을 기억했다.

연호가 미적대자 부엌에 있던 정희가 들어왔다. 전화를 무심코 받던 목소리가 크게 출렁였다. 전화기를 던지듯이 끊은 정희는 넋나간 얼굴로 두 손을 허우적대며 말했다.

"어떻게요. 서울… 경찰이라는데요. 강산이가… 위독하다네요."

연호의 눈앞이 노래졌다. 정희는 부르르 몸을 떨었다. 간신히 정신을 차리고 바삐 집을 나왔지만 택시를 잡을 수 없어 발을 동동 구르다가 파출소에 전화를 걸어 도움을 받았다.

연호의 심장이 방망이질 쳤다. 정희는 딸 지혜를 떠올렸다. 어지간해서는 경찰이 '위독'이라는 말을 쓰지 않는다는 사실을 잘 알고 있던 연호 내외는 점점 절망감에 젖어 들었다.

병원이 가까워오자 공포가 몰려왔다. 어둠이 채 가시지 않은 겨울하늘 아래 병원은 을씨년스러웠다. 연호가 아내의 손을 꼭 붙잡고 악몽을 떨쳐버리려는 듯이 고개를 좌우로 흔들며 병원 출입문에 들어서자 들머리에 있던 형사가 용케 알아보고 다가왔다.

"신강산 군 보호자이시죠?"

"우리 강산이 살아있죠?"

"진정하시고 저를 따라오세요."

"부모는 없고 내가 할배요. 우리 강산에게 무슨 일이 일어난 거요?"

"지하철 안전문을 수리하다가…"

"수리하다가 어찌 됐소?"

"음, 사고가 났습니다."

"다치기만 한 거요?"

"…"

"살아있느냐 말이오?"

"말씀드리겠습니다. 마음을 굳게 잡고 들어주십시오."

"…"

"애석하게도 사고 순간에 숨이 끊어졌습니다."

연호는 어지러웠다. 하지만 정희를 보호해야 했다. 다리에 힘을 주고 버티며 휘청대는 정희를 두 손으로 잡은 채 도무지 믿을 수 없어 입을 뗐다.

"아니, 대체 멀쩡한 아이가 어떻게?"

"어르신, 지하철 역 안전문 아시죠? 스크린도어라고 하는. 그 안쪽에서 새벽 작업을 하다가 들어오는 전동차와 부딪쳤습니다. 119가 최대한 빨리 도착했지만 살릴 방법이 없었습니다."

"그럴 수가…강산이가…"

"그럼 확인해 주시지요."

그 순간 정희가 실신했다. 간호사가 달려왔다. 정희를 급히 응급실로 옮기고 주사를 놓아 잠들게 한 뒤 연호는 경찰을 따라 영안실로 갔다.

"사실 안 보시는 것이 좋을 것 같지만, 그래도 절차가 남아있어서… 아무튼 어르신, 정신줄 놓으시면 안 됩니다."

경찰이 변명하듯 중얼거렸다. 사랑스런 강산의 얼굴은 알아보기 힘들만큼 훼손되었다. 막연히 지혜의 마지막을 확인할 때를 떠올렸던 연호는 머리 뒤쪽이 푹 꺼진 채 처참히 짓이겨진 손주의 냉동된 시신 앞에서 심장이 얼어붙는 듯했다.

쓰러지는 연호를 누군가 잡아주었다. 연호는 겨우 버텨냈다. 손주의 시신을 다시 확인하려고 다가설 때 조금 전에 연호를 잡아주었던 사람이 차갑게 내뱉었다.

"넌 고맙다는 말도 못 하니?"

"…"

"나를 봐, 강연호."

젊은 여자 목소리였다. 연호가 고개를 돌렸다. 가슴에 칼이 꽂히고 두 귀와 코가 잘려나간 여자가 피투성이로 바투 다가왔다.

"너, 너는…"

"그래, 오랜만이구나. 네놈이 내 심장에 대검을 마구 찔러댔지. 그때 내 나이가 바로 네놈 손주 나이였다."

피칠갑 여인이 자기 젖무덤에 박힌 칼을 뽑았다. 연호를 찌를 때 아슬아슬 피했다. 하지만 머리나 가슴이 반쪽이거나 팔 또는 다리가 잘린 사람들이 총을 겨누며 연호를 포위해 있었고 그들은 하얀 원피스에 붉은 피가 서서히 퍼지는 여성의 지시를 받고 있었다.

연호의 온몸이 으쓸으쓸 떨렸다. 두리번거릴 때 관자놀이에 차가운 총구가 닿았다. 고개를 돌리자 창자가 구불구불 흘러나오는 청소년이 권총을 겨눈 채 쏘아보고 있었다.

"마지막 한 발, 바로 너 같은 놈을 죽이려고 남겨둔 거야."

연호는 자신이 쏘지 않았다고 변명하려 했다. 하지만 목소리를 잃은 상태였다. 모질음을 쓰다가 눈을 떴을 때 하얀 제복의 간호사와 낯선 대머리 사내가 함께 들여다보고 있었다.

"깨어나셨군요."

"내가…"

"잠깐 실신하셨습니다. 의사가 진찰했는데 이상은 없으십니다."

"집사람은."

"여기…"

아내의 아득한 목소리였다. 옆 병상에 누워 눈물을 쏟고 있었다. 연호가 강산의 죽음이라는 도저히 믿어지지 않는 현실과 견주면 간밤의 악몽에 이은 흉몽도 얼마든지 꾸겠다 싶을 때 옆에서 지켜보던 사내가 자신은 서울지하철공사의 하청업체 관리자라며 서류를 내밀고 조심스레 말했다.

"어르신 애통하시지요. 저희가 어찌 심정을 모르겠습니까."

"…"

"정말 유감스럽습니다. 그런데 어르신. 이런 사고는 저희 회사 팀장에게도 일어났답니다. 2년 전인가요. 신문이나 방송에서 보셨겠지만 저희 기술팀장도 스크린도어를 고치다가 회송 열차에 부딪혀 사망했어요. 유족들은 이성을 잃지 않으시고 저희 제안에 따라 장례를 치렀습니다. 물론 보상금과 위로금도 충분히 드렸고요."

"여보쇼, 사람이 죽었는데 보상금과 위로금을 충분히 드렸다니! 그게 말이 되는 소리요?"

"아, 오해십니다. 그런 뜻이 아니라 유족들이 섭섭하지 않게 해 드렸다는 말씀이었습니다."

"…"

"그리고 아버님, 이 서류에 도장을 찍어주셔야 손주님 장례를 치를 수 있거든요."

"이보쇼, 늙은이들이 둘 다 기절했다가 방금 깨어나지 않았소. 뭐 그리 급하다고 이러는 게야."

연호는 병실을 나왔다. 관리자에게 사고 현장을 봐야겠다며 앞서 걸어갔다. 눈에 넣어도 아프지 않을 손자가 생명을 잃은 지하철 역은 평소에도 젊은이들이 가장 많이 오가는 곳인지라 붐볐다.

"강산 군이 사고를 당할 때는 이른 새벽이라 한산했습니다. 다행히 지하철을 이용하시는 시민들이 많이 목격하진 않았습니다."

"뭐? 다행히?"

"아, 오해십니다. 저는 너무 사고현장이 처참해서…"

"당신, 관리자라 했지? 부하직원이 죽었는데 그 따위 말이 나와?"

연호는 관리자의 멱살을 잡았다. 따라온 경찰이 끼어들었다. 연호는 손을 풀며 관리자의 두 눈을 똑바로 바라보고 어떻게 사고가 났는지 폐쇄회로를 보여달라 요구했다.

관리자가 내키지 않은 듯 틀어준 폐쇄회로에 강산이 나타났다. 울컥하며 보다가 사고 장면에선 심장이 찢어지는 듯했다. 연호는 도대체 소음 속에 수리하는 아이에게 전동차가 들어오는지 안 오는지 알려주는 사람도 없었냐고 소리쳤다.

관리자는 침묵했다. 경찰도 말이 없었다. 다시 폐쇄회로에 눈을 돌린 연호는 처참하게 쓰러진 강산의 손에서 하얗게 빛나는 무엇인가를 발견했다.

"아이 손에 저건 뭐요?"

"아, 손전등입니다."

"손전등?"

"스크린도어 수리할 때 자세히 비춰보라고 회사에서 지급한 물품이지요."

"그런데 지금 저 모습은."

"그러게요. 쓰러져 생명이 끊어진 뒤에도 손으로 꽉 잡고 있었습니다."

"…"

"안타깝습니다."

"안타깝니 뭐니 번지르르한 말 마쇼. 전동차와 부닥친 순간 얼마나 충격이 컸으면 저렇게 굳었겠소?"

"죄송합니다. 어르신."

"죄송하다면 다요? 멀쩡한 내 손자가 죽었단 말이오. 나 베트남 참전용사요. 우습게 보지 마시오. 내 손자가 처참하게 죽은 책임 누가 질 거요? 누가 질 거난 말이야!"

"…"

"손전등은 어딨소?"

"네?"

"저 아이가 죽어서도 쥐고 있는 손전등 말이오."

"아, 저희가 바로 손가락을 펴서 빼놓았습니다."

"어딨소."

관리자가 자기 책상으로 갔다. 빼닫이를 열더니 비닐에 싼 손전등을 꺼냈다. 연호가 받아 비닐봉투에서 꺼내 들자 전등 앞 유리에 피 묻은 흔적이 너무 선연해 심장이 싸늘해 왔다.

"이건 내가 가져가겠소."

관리자가 경찰을 바라보았다. 경찰은 고개를 끄덕였다. 연호는 하얀 불빛을 처음 보았을 때부터 그랬지만 손전등을 받으면서도 마치 모든 것이 과거 어느 순간의 반복처럼 다가왔다.

왜 그럴까 짚던 순간이다. 까맣게 잊었던 기억이 한숨에 솟구쳤다. 공수부대가 무등산 계곡에 도피해 강 중사가 밤하늘의 별들을 바라보고 누웠을 때다.

한낮에 시위대를 조준한 죄의식에 사로잡혔다. 강간의 범죄까지 더해졌다. 그러면서도 자신이 그녀를 살려준 은인이기도 하다고 자위하며 그날 그 순간의 희열감에 젖어있을 때 어디선가 공수부대원 두 명이 으밀아밀 속닥대는 소리가 들렸다.

"우리가 빨갱이들로부터 조국을 지키려고 이런 개고생하고 있다는 걸 사람들이 알아줄까."

"뭔 소리야. 개고생?"

"왜? 이거 개고생 아닌가?"

"난 그 예쁜 년 따먹은 길로 이번 작전은 만족이다. 대만족. 너도 그럴 텐데?"

"하긴. 내 인생에서 언제 그런 청순한 글래머를 따먹을 수 있겠어."

"그보단 정말 그년 미친 거 아냐? 한밤중에 왜 계엄군이 주둔한 뒷산에서 여기저기 손전등을 비췄을까?"

"제정신이 아니었던 것 같지? 근데 너무 아깝지 않냐. 얌전히만 있었어도 굳이 죽이진 않았을 텐데 말이야."

"제 명을 재촉한 거지. 생각이 짧든가. 죄다 고발하겠다는 년을 어떻게 살려둘 수 있겠어."

"헌데 너 물린 손은 괜찮으냐?"

"괜찮긴. 아직도 그년 이빨 자국이 선명해. 네 얼굴은 어때?"

"정말 앙칼진 년이었어. 발악하며 손톱으로 깊게 할퀸 것 같아. 쓰라리지만 너나 나나 훈장으로 생각해야지. 안 그래?"

"하긴 그래. 아무튼 산에 올라 손전등 켜진 곳을 수색하라 한 중대장이 나는 너무 고맙더라고."

"중대장은 우리가 파묻은 걸 모르는 것 같지?"

"쉿. 목소리가 너무 커. 중대장은 걱정 마. 모르는 척하던데 뭘. 내가 젊은 여성이기에 조사하고 아무런 용의점이 없어 하산시켰다고 보고했더니 미묘한 미소를 지으며 쳐다보더라."

"그래서?"

"그러더니 그냥 한숨 한 번 쉬고 말더군."

"미묘한 미소?"

"경멸이 담긴 것도 같고 내 보고를 경시하는 것 같기도 했는데, 아무튼 다 안다는 눈치였어."

"좋아, 그런데 정말 파묻기 아까운 년이었어. 눈앞에 아직도 탱탱한 몸이 삼삼해."

목소리가 귀에 걸쳐 다른 중대 사병이 확실했다. 강 중사는 숨이 막혀왔다. 그녀를 겁탈하고 내심 미안함을 덜고자 선뜻 손전등을 건네주던 정경이 밤하늘에 나타났다.

몸 안이 벌레가 기어가는 듯 근시러웠다. 언덕을 넘은 다음부터 사용하라고 더 강조하지 않았던 자신이 원망스러웠다. 그녀가 방향감각을 잃고 헤매다가 자신이 준 손전등 탓에 참변을 당했다는 생각에 숨이 멎는 듯했지만 이내 다른 여자이리라고 스스로에 우격다짐했던 기억을 비로소 되찾았다.

강 중사는 그날 그 순간을 완전히 잊었다. 망각한 사실조차 모르고 지내왔다. 하지만 이름도 모를 두 공수부대원이 숨죽여가며 나누었던 들썩한 목소리가 생생하게 귓전에 들려왔다.

늙은 연호는 새삼스레 놀랐다. 두 공수부대원이 암매장한 이야기를 까맣게 지운 자신이 산득했다. 그 목소리를 아예 못들은 듯 몽따고 자신이 그녀를 살려준 은인이라도 되는 양 스스로를 합리화해 온 삶이 한없이 모멸스러웠다.

무엇을 한 것일까? 생뚱한 자신에게 물었다. 손주의 피 묻은 손전등에서 그날 밤의 기억이 솟구침에도 여태 두 부대원이 강간하고 파묻은 그녀가 자신이 범한 여자가 아닐 가능성이 높다며 아예 망각의 검은 늪에 밀어 넣어왔다.

어떻게 기막힌 기만이 가능했을까. 기억을 톺아보다 실마리를 찾았다. 여자의 죽음으로 이제 자신은 '완전 범죄'를 저지른 셈이라며 음흉스레 젖어들었던 당시의 안도감을 알아차린 찰나에 그럼에도 정말 다른 여자였을 수도 있다며 노쇠한 뇌 어디선가 소곤대는 자신의 지독한 교활함을 마주하곤 새파랗게 질렸다.

옴쏙한 강연호는 손전등을 든 채 비틀거렸다. 관리자가 얼른 부축했다. 강산의 손전등으로 솥에 닥지닥지 달라붙은 검댕처럼 시커먼 자신의 머릿속을 들여다본 노인은 자신이 받아 마땅한 벌을 손자가 대신 안았다는 자괴감이 몰려왔다.

연호의 얼굴에 핏기가 솔래솔래 빠졌다. 하청업체 관리자는 싹싹했다. 서둘러 병원으로 다시 차를 태워주고는 아직 병상에 누워있는 아내와 함께 영양제주사도 맞고 푹 쉬셔야 한다며 부부의 일일 입원수속까지 마쳐주었다.

다음 날 일찍 병실로 회사 대표라는 사람이 나타났다. 보험금과 위로금을 최선을 다해 준비했다고 밝혔다. 이어 손주를 하루라도 빨리 차가운 냉동실에서 꺼내주셔야 옳지 않겠느냐며 연호 내외의 감성을 사근사근 자극했다.

뒤늦게 나타난 아들 지만도 합의를 권했다. 아들은 냉정했다. 조카의 참혹한 죽음에 눈물은커녕 슬픈 기색조차 보이지 않아

내심 어이없다기보다 놀란 연호 내외에게 지만은 위로한답시고 말했다.

"힘들 겁니다. 하지만 그럴수록 아버지가 냉철하셔야 합니다. 이 마당에 뭘 더 바라는 건 아니잖아요? 어서 장례 치르죠. 저세월호 유족들 보세요. 단순한 교통사고를 놓고 종북 좌경 단체들이 의혹을 부추기자 단식투쟁을 벌이지 않나 솔직히 이건 유족 꼴이 아니잖아요. 정부 일각에선 지금 '국가유공자보다 몇 배나 더 좋은 대우를 해달라는 것'이라고 개탄해요. 더러는 '시체 장사'한다고도 해요. 그런 비난받지 않으시려면 회사 쪽 제안 받아들여요. 보상금도 그만하면 됐잖아요? 회사도 몰상식한 사람들이 아니거든요."

연호는 지만이 서운했다. 다분히 형식적인 위로조차 한마디뿐이었다. 이어 다짜고짜 아비에게 다가와 "뭘 더 바라는" 운운하며 세월호 유족들을 들먹이곤 '시체 장사'라는 말을 꺼냈을 때는 화마저 치밀었다.

하지만 꾹 참았다. 제 딴에는 나를 위해 하는 말이라고 여겼다. 지만이 다니는 신문을 날마다 읽은 터라 세월호 유족들의 '시체 장사'라는 말에 익숙해 있어서이기도 했다.

연호는 행여 '시체 장사'라는 오해를 받고 싶지 않았다. 강산을 위해서라도 그랬다. 아들이 회사 대표에게 받아 훑어보고 내밀기에 연호가 바로 지장을 찍어준 서류는 '보상금을 받은 뒤엔 더 이상 회사에 책임을 묻지 않겠다'는 내용의 '불처벌 의사 확인서'였다.

하얀 재가 된 강산을 한탄강에 뿌렸다. 딸 지혜의 품에 안겨주고 싶었다. 연호는 악몽과 흉봉이 번갈아 암시해 주었듯이 자신이 저지른 죄 때문에 생때같은 강산이 애먼 지혜에 이어 참사를 당했다는 생각이 짙어갔다.

이제 지혜가 남긴 유일한 핏줄이 슬기였다. 연호는 아내와 강산의 보상금을 어찌할까 상의했다. 아내가 슬기 명의로 연천에 작은 아파트라도 사두고 남는 논은 정기예금으로 쪼개 넣어 대학 등록금으로 쓰자고 제안했다.

연호는 흔쾌히 동의했다. 저승의 강산도 마음 편하리라 여겼다. 연천 전곡읍의 아파트 가격은 서울과 비교할 수 없을 만큼 저렴해서 구입이 가능했다.

슬기는 졸지에 오빠를 잃고 낙심했다. 학교 성적도 흔들렸다. 연호 내외는 슬기를 불러 '오빠의 피 묻은 돈으로 네 명의의 아파트를 사놓았고 남은 돈도 정기예금으로 은행에 넣어두었으니 4학년 내내 등록금 걱정 없이 다닐 수 있다며 대학에 들어가는 것이 오빠를 위한 길'이라고 일러주었다.

강산은 연호의 유일한 희망이었다. 날마다 술을 마셔야 잠들 수 있었다. 더는 태극기부대에 동참할 힘을 잃고 틈만 나면 강산의 하얀 재를 뿌린 한탄강을 바라보며 하염없이 눈물지었다.

그러다가 '헬 조선'이란 말을 퍼뜩 실감했다. 강산에게 대한민국은 뭐란 말인가? 그런 의문이 파고들면서도 한탄대교에 펄럭이는 태극기를 보면 여전히 가슴 어딘가가 아련했다.

19

    노인 강연호에게 세상은 조금씩 낯설어 갔다. 늙은 아내나 앳된 슬기가 없었다면 어느 순간 자살했을지도 모른다. 손주를 잃고 절망에 잠겨있던 그해 겨울 눈보라가 몰아치는 날 초로의 부부가 둘 다 검은색 정장으로 식당에 찾아오면서 연호의 삶은 다시 고비를 맞았다.

    흰 수염을 기른 남자는 어디선가 본 듯한 얼굴이었다. 머리칼이 거의 하얀 여자의 두 눈에선 눈물이 반짝였다. 눈시울이 불그스름하고 눈두덩이 퉁퉁 부어오른 여자가 서류봉투를 말없이 내밀었다.

    "뭡니까?"

    "저희 어머니가 돌아가시면서 남긴 유서입니다."

    "그런데 왜 저에게 이걸…"

    "읽어보시면 압니다."

    "당신들 누구요? 어디서 온 사람들이오."

    "그런 말씀, 이해합니다. 그런데 지금 꼭 읽으셔야 합니다. 시간이 없습니다."

    "글쎄."

    "제발 읽어주세요. 그럼 아십니다. 저희는 나갔다가 한 시간 뒤 다시 오겠습니다. 그 사이에 꼭 읽으셔야 합니다."

    대답도 듣지 않고 나갔다. 연호는 잠시 망설였다. 한 시간 뒤에 다시 오겠다는 말과 두 사람의 침울했던 분위기가 어떤 편지인가 궁금증을 자아냈다.

이윽고 서류봉투를 열었다. 편지와 유서가 나왔다. 두툼한 편지는 '어느 버커리의 고백'이라는 제목 아래 가지런하고 맑은 글씨체로 쓰여있었다.

남세스럽고 부끄러우나 편지를 남깁니다. 수신인은 사랑하는 딸과 사위, 그리고 또 한 사람입니다. 오랜 세월 함께 한 두 사람과 달리 또 한 사람에겐 아무런 사랑도 주지 못했어요.

세 사람 앞에 진실을 고백하렵니다. 한 많은 노파의 참회록이기도 해요. 무릇 여인에게는 죽을 때까지 가슴에 담고 저세상으로 가져가야 할 사연이 있다고 익히 들었지요. 죽음을 앞둔 골방 버커리가 되고서야 그것이 얼마나 절절한 말인가를 실감하네요. 한편으론 그것이 또 얼마나 어려운 일인가를 절감하고 있답니다.

얼마나 많은 진실이 그렇게 묻혔을까요. 안타까움이 다시 눈물로 이어지는군요. 죄 많은 여인의 이야기를 굳이 적는 까닭을 나무라지 말아요. 어쩌면 이승에 미련이 커서일지 모르겠어요.

저 박선영은 1925년 경기도 연천에서 태어났어요. 아버지는 전곡의 가장 큰 부자였지요. 아버지와 어머니는 금슬이 좋았어요. 다만 자식 복은 없었나 봐요. 제 앞으로 낳은 두 아들과 제 뒤로 낳은 딸과 아들 모두 네 명이 이태를 넘기지 못했거든요.

그래요. 대지주 집 외동딸이었습니다. 당연히 금지옥엽으로 컸겠지요. 보통학교에 들어가서도 주목을 받을 수밖에요. 게다가 학급에서 1~2등을 놓치지 않았거든요. 특히 책을 읽고 글쓰기를 좋아했어요.

소작인 아이들이 저를 따라다니면서도 어려워했답니다. '공주'가 된 즐거움을 한껏 누렸지요. 일본인 사내애들도 저와 눈이 마주치면 공연히 얼굴을 붉혔어요. 그래서 솔직히 그 시절이 식민지라는 사실도 온전히 의식하지 못했어요.

그 가운데 두 명이 내 삶에 깊은 영향을 끼쳤답니다. 먼저 이기석, 소작인의 아들이었음에도 그 아이는 나를 따라다니지 않았어요. 먼발치에서 어쩌다 눈길이 마주치면 미소만 보냈어요.

기석은 나처럼 책 읽기를 좋아했지요. 기석과 언제나 1, 2등을 나눴는데요. 내가 1등이면 2등은 어김없이 기석이었고, 그 반대도 마찬가지였습니다.

졸업하고 기석은 서울로 유학을 갔지요. 아버지와 천도교가 학비를 도왔어요. 저도 당연히 유학하고 싶었지요. 하지만 아버지가 저를 외지로 보낼 수 없다며 완강히 반대하셨어요. 당신은 제게 읽고 싶은 책은 언제든 사주겠다고 달랬지요.

아버지는 본디 유학자 집안의 장손이었어요. 하지만 나라가 망하는 현실을 결코 외면하지 않았지요. 아버지는 동학의 후신인 천도교에서 희망을 찾았어요. 당시 경성이라 불린 서울과 연천을 오가며 활동하셨는데요. 서울에서 '신여성'들의 모습을 보며 저의 유학에 선을 긋고 계셨다고 하더군요.

하지만 공부는 더하라고 말씀하셨지요. 아버지의 서재를 자유롭게 이용했어요. 향 내음이 밴 당신의 시재에 들어서면 언제나 탁자 위에 월간 〈신인간〉이 쌓여있었어요. 그 사이에 이돈화의 『신인철학』이 있었어요. '새로운 인간'이라는 뜻에 이끌려 『신인철학』을 정독했지요.

책을 읽을 때마다 흐뭇해하시던 아버님의 얼굴이 그립군요. 저에게 큰 영향을 준 '새로운 인간'의 철학은 사람의 참된 가치를 깨달아 진정한 자기실현을 하고 세상을 개벽하라는 제안이 담겨있었어요.

『신인철학』의 뿌리는 의암 손병희가 제창한 '인내천'이었어요. 사람이 곧 하늘이라는 가르침은 저에게 큰 울림을 주었지요. 그런데 그 책을 쓴 이돈화가 친일의 길로 돌아섰다는 이야기가 들려올 때 크게 실망했어요. 그럼에도 손병희가 정립한 인내천과 그에 기반을 둔 경천·경인·경물의 철학은 곧 저의 좌우명이 되었답니다.

방학이 되면 기석은 연천에 왔어요. 그때마다 저에게 책을 선물했지요. 설렘 속에 세월은 흘렀지요. 기석이 보통학교 교사로 돌아왔어요. 기품 넘치는 장부로 나타난 기석의 헌걸찬 모습에 새삼 가슴이 두근댔던 기억은 언제나 새롭습니다.

내 삶에 깊이 들어온 또 한 학우가 강유연입니다. 학교에서 싸움을 제일 잘했지요. 유연의 말이라면 학우들이 모두 꼼짝 못 했어요. 단 한 명, 공부를 제일 잘한 기석만은 예외였지요. 둘은 서로에게 간섭하지 않더군요.

학창 시절 유연은 가끔 내 가방을 대신 들어주었어요. 점점 그 애의 친절이 불편해지더군요. 졸업하고 기석이 유학 갈 때 유연은 소작하던 홀어머니를 도왔어요. 껄렁껄렁한 동창들과도 어울려 다녔지요.

기석과 나는 가끔 한탄강을 산책했답니다. 지금 세상과 달리 그때만 해도 나란히 걷지 못했어요. 열 걸음 정도 제가 떨어져 걸었지요. 저는 기석의 뒷모습만 보아도 행복했어요. 가끔 인적이 없는 곳에선 나란히 걷기도 했습니다.

그 길에서 우연히 유연을 마주친 적이 있어요. 공교롭게도 기석과 떨어져 가다가 가까이 걸을 때였는데요.

"남녀칠세부동석이라 했거늘 이 어인 일이오."

유연은 짐짓 눙치며 웃고 가더군요. 그런데 스쳐가는 그의 눈에서 적개감이 불길처럼 타올랐어요. 불길한 예감이 들었지요.

그러다가 해방을 맞았어요. 기석의 예견이 적중했지요. 저와 한탄강 길을 거닐 때였는데요. 기석이 곧 해방이 되리라고 전망했어요. 저는 일본제국의 힘이 세계에서 가장 강하다는 선전을 하도 많이 들었던 탓에 믿지 않았지요.

그런데 정말이지 38선은 느닷없었어요. 기석도 예상하지 못한 일이었지요. 연천의 전곡은 한탄강이 곧 38선이 되어 갈라졌어요.

아버지의 땅은 대부분 38선 이북에 있었지요. 집은 두 채였는데요. 부모님은 강 남쪽 집에 살고 계셨어요. 저는 북쪽 집에 자주 머물렀지요. 해방 직후에는 한탄강을 건너다니기가 비교적 자유로웠어요. 점점 경색되어 가자 저의 눈치를 파악한 어머니가 나서서 교사인 기석과 혼담이 오겠지요.

그런데 끔찍한 일이 일어났습니다. 북쪽 집을 홀로 정리하고 있을 때였지요. 해질 무렵에 갑자기 유연이 찾아왔어요. 막무가내로 저를 오래전부터 사랑했다며 자기와 결혼해 달라더군요.

낌새가 점점 심상치 않았습니다. 저는 조심스레 날이 밝은 뒤 이야기하자며 돌려보내려 했어요. 하지만 유연의 눈빛이 달라지더니 저에게 달려들었어요. 견결히 저항했지만 완력을 당해낼 수 없었습니다.

유연은 몹쓸 짓을 하고 능글능글 웃으며 떠났어요. 동창 유연이 죽이고 싶도록 미웠지요. 제가 아직 집을 떠나지 않은 사실을 파악한 그는 다음 날도 찾아왔어요.

가위를 찾아 들고 맞섰습니다. 하지만 제압당했지요. 달려드는 유연의 입술을 깨물어 피가 흘렀지만 그는 전혀 개의치 않더군요. 실성한 듯 누워있는 내게 마구 떠벌렸어요. 자신이 몸 허약한 기석이 따위보다 훨씬 더 행복하게 해줄 수 있다나요.

다음 날 바로 강을 건넜습니다. 누구에게도 말 못하고 끙끙댔지요. 그러다가 그 고심에 마침표를 찍을 일이 불거졌어요. 임신이었습니다.

부모님은 노발대발했습니다. 이튿날 유연을 남쪽으로 불러들였지요. 아버지 앞에 무릎 꿇은 유연은 사뭇 당당했어요. 어렸을 때부터 일편단심 따님을 사랑했다며 결혼을 허락해 달라고 언죽번죽 말했다지요.

아버지는 그 말에 바로 찻잔을 던졌어요. 이마에 정통으로 맞았답니다. 피가 줄줄 눈 위로 흐르는데도 유연은 닦지도 않았다네요. 눈 한 번 깜박이지 않은 채 더 강력하게 딸을 달라고 했다더군요.

유연을 돌려보낸 아버지는 시름에 잠겼어요. 무엇보다 소문나는 걸 꺼려했습니다. 자칫 하나뿐인 딸내미의 인생이 망가질 수 있다고 우려하신 게지요.

해방이 되면서 신분 차별은 없어지고 있었습니다. 아버지는 결단을 내렸어요. 되우 어지러운 시국도 작용했어요. 당신이 죽은 뒤라도 유연이 정도면 제 식구만은 잘 지켜낼 수 있을 것이라며 스스로 위로했습니다.

아버지는 그렇게 분노를 삭이셨지요. 눈물 쏟는 어머니와 저를 달랬고요. 유연이 소작인이지만 본디 그의 아버지는 독립운동을 벌인 사람이라더군요. 그만하면 홀대할 집안은 아니라고 다짐하듯 말씀하셨어요.

"나도 유연이 아비도 천도교 일을 함께했다. 성격이 불처럼 뜨겁지만 속정이 깊은 사람이다. 아비가 그러니 아들도 아주 엉뚱하진 않을 게야."

실낱 희망을 담은 기대였지요. 유연의 아버지는 독립혁명가 맞습니다. 두만강을 건너 당시 식민지해방운동을 돕던 소련과 손잡았지요. 연해주와 연천을 오가며 천도교와 사회주의를 결합해 항일 독립운동을 벌였는데요. 세 번째 연해주를 갔다가 고향으로 돌아오는 길에 철원경찰서 순사부장의 정보망에 걸리셨대요. 모진 고문에도 당당히 맞서다가 숨지고 말았습니다. 순사부장은 은폐에 나섰어요. 한탄강 깊은 곳에 돌을 매달아 던졌답니다. 당시 순사였던 사람이 해방직후에 크게 반성하며 아버지에게 그 사실을 털어놓았다더군요. 아버지는 저에게 그 사실을 혼자만 알고 있으라하셨어요. 자칫 어떤 일이 벌어질지 몰라서였지요.

그 시절 연천은 처음에 소련군이 들어왔어요. 소련군은 38선을 넘어 동두천까지 진군했지요. 그러다가 미군이 들어오면서 물러나 한탄강 경계가 굳어져 갔어요. 소련군이나 미군이나 외국 군대였습니다. 저마다 입으로는 바른 소리를 했지요. 내가 겪은 두 나라 군대의 현실적 모습은 도긴개긴이었어요. 먼저 들어온 소련군이나 나중에 진입한 미군이나 조선 여성들에겐 점령군이었습니다. 민중 사이에 민요가 퍼졌지요.

"미국놈 믿지 말고, 소련놈에 속지 마라, 일본놈 일어나고, 되놈 되나온다, 조선아 조심하라."

그 노래를 코흘리개도 부르는 모습에 눈시울이 뜨거웠답니다. 아버지는 부쩍 나라 걱정을 하셨습니다. 나라가 안정되면 유연의 아버지가 고문으로 죽은 진실도 밝히자고 하셨지요. 어쨌든 러시아 소설을 탐독했던 저에게 짐승 같은 유연과 달리 그의 아버지가 러시아를 오가며 독립 혁명운동을 전개했다는 말이 그나마 위안이 되었습니다.

친정부모는 서둘러 혼사를 치렀습니다. 저의 배가 불러왔기 때문이지요. 유연은 마냥 즐거워 싱글벙글했습니다. 지줏집 외동딸을 아내로 맞은 만큼 우리 집 재산이 모두 제 것이라도 된 듯싶었나 봐요.

그 욕심은 곧 산산조각 났습니다. 결혼하고 두 달 만입니다. 38선 이북에서 전격적으로 토지개혁을 단행했어요. 지주들의 땅을 소작인들과 나누기 시작했습니다.

대대로 토지를 물려받은 지주였지만 아버지는 열려있던 분이셨습니다. 토지개혁에 저항하지 않으셨지요. 천도교인이시던 아버지는 저에게 어느 대지주가 아들을 일본에 유학 보낸 이야기를 들려주셨지요. 일본에서 사회주의 사상을 공부하고 돌아온 아들은 소작문서를 불사르고 소작인들에게 토지를 나눠주었답니다. 그 이야기를 들려주시며 자신은 그렇게 하지 못했다고 한탄했거든요.

저는 아버지의 심경을 유연에게 들려주었어요. 쇠귀에 경 읽기이더군요. 소작인들이 굶어죽는다고 호소했지만 지주가 매몰차게 거절해 아사자들이 많았던 사례를 예로 들기도 했어요. 토지개혁을 순순히 받아들이라고 권고해도 아랑곳하지 않았지요.

북조선인민위원회가 단행한 토지개혁은 당시 큰 호응을 얻었어요. 지주도 소작인이 배분받은 정도는 가질 수 있었지요. 토지개혁에 동참을 거부하며 고집을 부리던 유연은 결국 한탄강을 헤엄쳐 남쪽으로 도망할 수밖에 없었어요. 유연은 자신이 재산을 강

탈당했다는 피해 의식에 사로잡혔습니다. 실은 자기 재산도 아니고 처가인 우리 집 재산인데 말이죠.

강을 건너온 유연은 '빨갱이'를 증오했습니다. 한탄강 남쪽에서도 토지개혁 요구가 거셌거든요. 한탄강 남쪽에서나마 장인의 땅을 물려받을 기대가 컸던 유연은 그마저 빼앗길 위기감에 초조했어요. 마침 남쪽에서 서북청년회가 결성되자 적극 가담했지요.

서북청년회는 월남한 청년들의 조직이었습니다. 대부분 38선 이북에서 지주로 살았던 집안의 자제들이었지요. 토지를 빼앗기자 월남한 그들은 빨갱이라면 이를 갈았어요. 이승만 정부의 지원을 받아 불법을 저질러도 묵인되었지요.

38선이 굳어지면서 한탄강 이남의 연천은 파주로 편입되었어요. 유연은 토지개혁을 요구하는 사람들을 '빨갱이'로 단정했습니다. 그들이 한탄강 건너 이북 인민위원회로부터 지령을 받고 있다고 확신했으니까요. 유연은 강 건너 땅을 모두 빼앗긴 분풀이라도 하듯이 '빨갱이'들을 마구 잡아들이는 데 앞장섰어요. 무자비한 고문도 서슴지 않았답니다.

이듬해 출산했습니다. 아들이었는데 홍역으로 곧 잃었어요. 임신 탓에 결혼한 저로서는 유연이와 더는 혼인생활을 할 이유가 없어졌지요. 각자 방을 쓰기 시작하다가 1년이 지나면서 이혼을 결심했지요. 그런데 어떻게 눈치를 챘는지 유연이 나를 다시 강제로 범했어요. 자포자기로 그와 다시 살 수밖에 없었답니다. 불길한 예감처럼 임신이 운명처럼 다가왔으니까요.

이듬해인 1948년 8월 29일 아들을 출산했습니다. 유연은 한사코 8월 15일로 생일을 정하자고 하더군요. 저는 반대했습니다. 출생부터 거짓이 들어갈 수 없다고 했지요. 하지만 유연은 고집을 꺾지 않았어요. 그에게 대한민국 정부 수립은 38선 이북의 장인 땅을 되찾을 발판이었거든요. 그 날짜로 출생신고를 했습니다.

그렇습니다. 그 아기가 바로 강연호입니다. 내 증언에 딸과 사위가 충격을 받겠지만 분명히 고백합니다. 연호를 출산하고 젖을 물린 어미가 바로 나입니다. 내게 연호는 전부였습니다. 남편은 없는 셈 쳤지요. 어여쁜 아기와 눈을 맞추고 한 사람의 어머니로서 삶의 보람을 느끼며 잘 키워가겠노라고 다짐했습니다.

유연은 정부 수립에 힘을 받아 빨갱이들을 엄벌하겠다며 더 극렬하게 서북청년회 활동을 벌였어요. 그 무렵 이기석이 38선을 넘어왔습니다. 38선 이북에서 인민학교 교사였던 기석은 점점 김일성 개인을 영웅화하는 흐름에 적응하지 못했지요. 결국 남쪽을 선택한 겁니다.

동창인 유연은 신경을 곤두세우더군요. 나는 기석인 빨갱이가 아니라며 그가 넘어온 정치적 이유를 들려주었어요. 그러자 유연은 내게 그것을 어떻게 아느냐, 기석을 만나 밀회라도 한 거냐고 추궁했습니다.

나는 어이없었지요. 그러더니 손찌검까지 했습니다. 그 정도 폭행이야 참을 수 있었지요. 그런데 그악스런 유연은 함께 어린 시절을 보낸 동창생 기석을 기어이 빨갱이로 몰아갔어요.

유연은 서북청년회에 기석을 정식으로 신고했습니다. 강 건너 북의 사령을 받고 온 것 같다고 주장했지요. 결국 유연은 기석을 잡아 고문합니다. 그러다가 슬그머니 풀어주어 함정을 만들었지요. 며칠 뒤 그 집에 젊은 사람들이 모여있다는 첩보를 받고는 급습했습니다.

잔혹하기로 악명 떨치던 서북청년회가 들어오자 모두 담을 넘었습니다. 유연은 그 상황을 십분 이용했지요. 기석의 등을 정조준 했어요. 그날 기석을 비롯해 세 명이나 총에 맞아 숨졌습니다. 유연은 "서북청년회가 다가서자마자 달아난 것은 자신이 빨갱이임을 자백하는 명백한 증거"라고 언구럭 부렸습니다.

나는 살인마와 더 살 수 없었습니다. 아기와 짐을 싸서 친정으로 들어갔지요. 유연이 총을 들고 집으로 찾아왔을 때도 저는 단호히 맞섰어요. 살인자와 함께 살 수 없고 내 아기도 맡길 수 없다고 말했습니다. 유연이 총을 들이대고 위협하더군요. 하지만 우리 집안일을 돕던 분들이 저마다 낫, 곡괭이, 부엌칼을 들고 나서주었습니다. 아버지가 타협안을 제시했지요. 유연은 이혼해 주는 조건으로 아기를 데려가고 한탄강 이남의 아버지 땅 일부도 떼어 가졌습니다.

저는 연호를 빼앗기고 싶지 않았습니다. 하지만 그러다가 '너도 아기도 다 죽는다'는 아버지의 말에 무너졌어요. 유연이 언제 총을 들고 올지 몰라 어머니는 노상 불안해했어요. 아버지는 남은 가산을 모두 정리하시더군요. 서울로 이사를 결심하셨어요.

서울에 머물고 한 달 뒤였어요. 유연이 제주도로 가서 정식으로 경찰이 되었다는 소식이 들려왔습니다. 당시 제주는 4·3항쟁이 한창이었지요. 제주로 간 서북청년단이 경찰로 임용된 사례가 많았어요. 서북청년단 조직을 통해 그 사실을 안 유연은 선뜻 제주 항쟁 진압에 자원했어요. 악명이 자자해 더는 고향에 머물기가 머쓱한 상태였지요.

서북청년단은 제주를 피의 섬으로 만들었습니다. 이승만의 비호를 받았기에 거칠 것이 없었지요. 나는 유연의 성격을 잘 알고 있기에 그가 어떤 일을 저지를지 짐작이 되었어요. 그렇다고 해서 석 달 만에 상자에 유골이 담겨 고향에 돌아오리라곤 미처 예상하지 못했습니다.

아버지도 한때 사위였던지라 궁금했나 봅니다. 수소문해 본 결과는 예측과 어긋나지 않았지요. 경찰복을 입은 유연은 한층 거들먹거렸다네요. 제주 산간마을 수색할 때 숱한 부녀자들을 겁탈했답니다. 그러다가 모녀를 잇달아 폭행하던 현장에서 '산 사람들'에게 당했어요. 돌과 낫으로 난자당한 시신이 몹시 흉측해 현지에서 화장할 수밖에 없었다더군요.

연호는 망치로 이마를 맞는 느낌이었다. 아직 편지는 남아있었다. 하지만 여기까지 읽으면서도 그의 몸 깊은 곳에서 무엇인가 치밀어 오르며 큰 폭발음이 들려오는 듯했다.

심장이 쾅쾅거렸다. 눈 앞 사물이 유리조각처럼 깨지며 현기증이 밀려왔다. 목 뒷덜미까지 뻐근해 오자 연호는 덜컥 겁이 나 편지를 접고 의자에 기대어 심호흡을 되풀이했다.

모든 것이 가짜였다. 아버지의 진실을 마주하기 힘들었다. 철이 들고 일흔 살 가까이 오기까지 노인 연호는 할아버지와 아버지를 빨갱이들이 죽였고 조상 대대로 내려오던 논밭도 그들에게 빼앗겼다고 알고 있었다.

진실은 크게 달랐다. 믿고 있던 땅이 봄날의 살얼음판처럼 무너져 내렸다. 아버지에 대한 환상이 조각조각 깨지는 허탈감에 잠기다가 언뜻 어머니가 여태 살아있었다는 사실이 걷잡을 수 없는 궁금증으로 다른 것들을 압도해 왔다.

그랬다. 어머니는 빨갱이 손에 죽지 않았다. 연호는 거짓을 들려준 할머니가 원망스러웠다. 동시에 지금껏 살아있던 어머니가 죽어서야 소식을 보내온 사실에 배신감마저 느끼며 편지를 다시 읽어갔다.

유연은 유골로 돌아왔습니다. 그의 어머니가 한탄강에 뿌렸지요. 49일이 지난 뒤 옛 시댁을 찾았습니다. 아기 연호를 제가 키우겠고 애원했습니다. 몇 해 전까지도 소작인으로 나를 '아씨'로 불렀고, 며느리가 되어서도 함부로 말을 건네지 못했던 분은 저에게 '아들 잡아먹은 년'이라고 고래고래 소리치더군요. 마당에 들어서지도 못한 채 쫓겨났습니다.

아버지는 냉철했습니다. 연호를 데려오는 것은 사리에 맞지 않다셨습니다. 졸지에 건장하던 아들을 잃은 그분의 처지도 생각해야 옳다시더군요. 어쨌거나 대를 이으려고 절대로 연호를 내놓지 않을 거라는 말씀하셨습니다.

아버지가 연호를 깨끗이 잊으라고 강요한 까닭은 더 있었어요. 아버지는 "나도 네 어미도 외동딸이 청상과부로 사는 꼴은 못 본다"고 잘라 말하셨습니다. 연천의 유지였던 아버지는 이미 저의 혼인 흔적을 호적에서 깔끔하게 정리하셨더군요. 38선으로 갈라진 연천의 행정 구역을 재조정할 때였거든요. 분실한 호적을 새로 만드는 과정을 십분 활용해 적잖은 돈을 들였다고 어머니가 일러 주셨어요.

아버지는 애초부터 그놈은 인연이 아니었다고 설득했습니다. 저에게 다시는 연천 땅을 밟지 말라고 엄명을 내렸습니다. 연호 할머니가 생활력이 강하고 이미 떼어준 논밭도 있으니 아무 걱정하지 말라셨지요. 그보다 더 제 마음을 움직인 것은 아이가 혼란스럽지 않기 위해서라도 더는 미련 두지 말라는 말씀이었습니다.

저는 심한 우울증에 걸렸습니다. 어머니는 저에게 서울에서 새사람 만나 새 출발하라고 귀에 못이 박히도록 강권했습니다. 하지만 서울 돈암동 집에 틀어박혀 있었는데요. 일 년 넘게 그렇게 지내다가 집 근처 혜화동에 있는 천주교 성당을 나가기 시작했지요. 아들 예수를 잃은 마리아의 슬픔을 헤아리며 슬픔을 이겨갔어요.

천도교인이신 아버지는 다른 종교들에 열려있었습니다. 천도교가 일제 말기에 친일의 길로 걸어갔기에 더 그러셨겠지요. 저도 아버지의 종교적 영향을 알게 모르게 받았습니다. 천주교 성당에 나가서면서도 '사람을 하늘처럼 섬기라'는 천도교의 가르침을 잊지 않았습니다. 저의 종교는 천도교적 천주교, 천주교적 천도교입니다.

그런데 그 성당에서 기석인 줄 착각할 만큼 닮은 사람을 만났습니다. 기석과 나이 차이는 있었지요. 그도 교사였어요. 독립운동에 나선 그의 부모는 일찍 돌아가셨다는 말을 듣고 연민을 느꼈습니다. 하지만 애써 거리를 두며 그를 멀리했습니다.

그럴수록 그가 더 다가와 착잡했습니다. 물론, 호적상으로는 미혼이었지요. 하지만 엄연히 아이를 둘이나 낳았던 여자 아닌가요. 되모시로 그와 인연을 맺을 수는 없다는 생각이 들자 아예 처음부터 차갑게 선을 긋게 되더군요.

그런데 전쟁이 터졌습니다. 아버지는 서둘러 피난길에 올랐지요. 그때 그 교사가 선뜻 자청해서 우리 가족의 피난길에 동행했어요. 온갖 궂은일을 마다하지 않더군요. 이미 어머니와는 성당에서 얼굴이 익은 터였습니다. 아버지도 내심 반기는 눈치였어요. 피난길에서 어머니는 저에게 과거는 모두 잊으라고, 그 누구에게도, 더구나 사내에겐 너의 과거를 절대 입 밖에 내지 말라고 신신당부했습니다.

아버지까지 몇 차례 더 다짐을 주었습니다. 그러던 어느 날, 천막으로 지은 성당에서 미사를 마치고 돌아오는 길이었어요. 그와 마주쳤습니다.

"어제 성당에서 우연히 이야길 들었습니다."

"네? 무슨."

대수롭지 않게 되묻는 순간, 그가 무슨 이야길 들었는지 불안했습니다. 아마도 내 얼굴이 하얗게 질렸을 거예요. 그가 애처로운 미소를 지으며 토닥이듯 말했습니다.

"저와 만나기 전의 선영 씨 과거? 저 모릅니다. 자세히 알고 싶지도 않습니다. 그런데 선영 씨가 저를 자꾸 피하려 한 까닭이 그거였다면 그건 정말 아닙니다. 저는 지금 제 눈앞의 선영 씨를 사랑합니다."

숨이 막혔습니다. 과연 그가 얼마나 내 과거를 안다는 걸까, 모두 알고도 그 사랑이 변함없을까 의문이 해일처럼 덮쳐오더군요. 더 우스운 꼴 당하기 전에 이제는 털어놓아야 한다는 생각이 들었습니다.

"저는 그렇지 않아요. 제게 있었던 불행한 일 말씀드릴 때가 되었네요."

그가 단호하게 끊더군요.

"아닙니다. 저 듣고 싶지 않습니다. 진심입니다. 불행한 일이라고 하셨나요? 저와 만나기 전의 과거는 이제 툴툴 털고 벗어나세요. 이제 저는 선영 씨 마음을 알았습니다. 지금 저를 남달리 생각하시고 계신다면 저는 그것으로 충분하고 행복합니다. 저, 지금 하느님 앞에서 선영 씨를 평생 행복하게 해주겠다고 기도했습니다."

눈물이 솟아올라 왔어요. 고개를 숙이고 귀를 기울였을 뿐이었지요. 그가 내 모습을 살피더니 뭔가를 내밀었어요. 분홍색 보석 상자였지요. 상자를 열어 반지를 보여줄 때 떨리는 목소리가 들려왔습니다.

"선영 씨 청혼합니다. 저와 결혼해 주십시오."

아, 저는 그만 울고 말았습니다. 그는 다음 날 집으로 찾아왔습니다. 아버지와 어머니는 결혼을 서둘렀지요. 서로의 애틋한 마음이 바뀌기 전에 매듭짓고 싶었던 게지요. 부모님에게 그가 저보다 열 살이나 많다는 사실은 중요하지 않았습니다.

그렇게 피난지 부산에서 새 출발했습니다. 제 나이 스물여섯이었지요. 결혼해서 첫 딸을 얻으며 두고 온 아들 연호가 떠올랐어요. 하지만 애써 지웠습니다.

무엇보다 그이의 사랑이 과분했어요. 공연히 마음 아프게 하고 싶지 않았습니다. 그가 무슨 이야길 어디까지 들었는지 모르겠으나 내가 아기까지 낳은 사실은 모르는 게 분명했어요. 고통스러웠지만 결국 나는 그 사실을 평생 남편에게 이야기하지 않고 무덤까지 가져가기로 결심했답니다.

딸 키우는 데 최선을 다했습니다. 연호에게 못 준 사랑은 한이 되었지요. "연호가 안정적으로 살아가기 위해서라도 연천에 얼씬거려서는 안 된다"고 틈날 때마다 일러주신 부모님의 말씀을 부끄럽지만 곧이곧대로 믿었답니다.

경제적 안정은 쉽게 찾았어요. 38선이 휴전선으로 바뀌면서 연천군의 대부분을 남한이 확보했거든요. 이북의 토지개혁으로 빼앗긴 땅을 돌려받은 아버지는 모두 헐값에 처분했지요. 서울에 당신이 머물 집과 함께 저희 부부 명의로 번듯한 한옥을 선뜻 마련해 주셨어요. 사위에 대한 마음의 부담을 덜고 싶었으리라 짐작합니다.

세월은 정말 쏜 화살이더군요. 딸아이가 어느새 대학에 들어갔습니다. 어느 날 학교 서클 선배라며 집에 데려왔는데요. 지적으로 보였고 무엇보다 착한 인상이었습니다.

남편과는 일흔이 넘어 사별했지요. 그이는 저의 구원자였습니다. 마음 한 구석에 속죄의 눈물로 장례를 치렀지요. 텅 빈 집을 홀로 지키며 언뜻언뜻 연호가 어떻게 살고 있을지 궁금했습니다.

남편이 있을 때는 솔직히 찾아볼 생각도 못했습니다. 새삼맞게 아들을 보고 싶은 마음이 부끄럽더군요. 어떤 변명을 늘어놓아도 용서받을 수 없겠지요. 그럼에도 어느새 중년이 되었을 아들이 어떻게 살아가고 있을까 궁금했어요. 연천을 가보고 싶은 욕심을 가까스로 이겨내던 어느 날이었습니다.

딸이 아침 일찍 와달라고 전화하더군요. 사위가 신문에 쓴 글 때문에 재향군인회로부터 협박을 받았답니다. 사위는 일요일 논설위원실 당직이라 신문사로 출근하며 '경찰서장에게 연락해 보호를 요청했으니 걱정 말라'고 했다더군요. 하지만 아무래도 무섭다기에 서둘러 갔습니다.

아니나 다를까. 오후 2시가 되자 확성기 소리가 들려왔습니다.

사위 이름을 부르며 여기에 빨갱이가 살고 있다고 당장 나오라고 위협했어요. 사위를 "김정일에게 보내주겠다"고 소리치더군요.

곧이어 누군가가 아파트 문을 발로 차기 시작했습니다. 딸아이를 아이와 침실로 들여보냈습니다. 나는 정확한 상황 파악을 위해 슬슬 현관으로 다가갔지요. '도대체 어떤 인간이 함부로 남의 집을 발로 차는가' 궁금했어요. 현관문 투시경에 눈을 바투 댔습니다.

하마터면 비명을 지를 뻔했습니다. 소스라치게 놀라 본능적으로 눈을 떼고는 다시 심호흡을 하고 들여다보았지요. 현관 투시경에 가득 나타난 얼굴은 분명 첫 남편이었습니다.

그때 죽지 않았나 싶을 만큼 똑같았어요. 하지만 그럴 리가 없었거든요. 다시 깊은 숨을 쉬며 마음을 가라앉히고 확인에 나섰지요. 다시 투시경을 들여다보았습니다.

천천히 아주 꼼꼼히 살폈습니다. 남편은 아니었습니다. 무엇보다 남편이라면 70대이어야 하잖아요. 투시경 밖의 남자는 중년의 얼굴이었지요.

그런데 큰 눈매와 작은 귀, 큼직한 코와 두터운 입술까지 꼭 닮았습니다. 어인 일인가 의아심이 들었지요. 그 순간 문 밖의 군복 입은 사내가 나의 아들 연호임을 직감했습니다. 떨리는 가슴에 손을 대며 더 뜯어볼 때 확신을 준 소리가 들렸습니다.

"문 열어! 이 빨갱이들아."

목소리도 유연과 똑같았습니다. 말투도 거의 같았습니다. 그 시절 유연이가 자주 쓰던 말이었어요. 유연이 "문 열어! 이 빨갱이들아" 고함칠 때는 곧이어 피비린내가 진동했습니다.

누군가 제 심장을 쾅쾅 두드리는 듯했습니다. 그럼에도 도저히 눈을 뗄 수 없었어요. 기척이 없자 그가 투시경 앞에 눈을 대더군요. 그 험상궂은 눈매에서 저는 젖을 물리며 바라보던 아기의 도톰한 눈망울과 곱던 속눈썹을 읽어내고 기뻤습니다.

20

강연호는 다시 편지 읽기를 멈췄다. 어머니가 자신을 알아보았다는 사실이 믿어지지 않았다. 더구나 어머니가 계신 아파트에 찾아가 발로 문을 차며 위협했다는 편지 내용은 몹시 당혹스러웠다.

눈을 감고 되돌아보았다. 그날이 생각났다. 베트남의 한국군은 미군의 용병이었다며 수많은 야만과 학살을 자행한 범죄에 지금이라도 사과해야 마땅하다는 신문 칼럼에 참전 전우들은 들썩거렸다.

연호도 분개했다. 그렇지 않아도 '광주폭동'이 민주화운동으로 둔갑해 주눅이 들 때였다. 광주와는 또 달리 베트남의 빨갱이들과 목숨 걸고 싸운 전우들을 너무 쉽게 매도하는 글이라고 판단했다.

전우회에서 필자의 아파트로 쳐들어가 집회를 연다고 연락이

왔다. 연호는 선뜻 가담했다. 막상 모여서 가보니 연호가 예상했던 강남 지역은 아니었지만 그래도 고층 아파트에 살고 있어 적개심이 사라지진 않았다.

전우회가 글을 쓴 한민주의 학력과 나이를 공유했다. 연호의 또래였다. 대학이라곤 문 앞까지도 가지 못한 연호와 전우들이 베트남에서 조국을 위해 싸우고 있을 때 그는 대학을 다니고 신문기자에 이어 논설위원입네 하며 대접받고 살아왔을 터였다.

딱히 한민주의 문제만은 아니었다. 베트남 참전은 미군 총알받이에 지나지 않았다는 주장이 폭넓게 파급되어 갔다. 하지만 연호는 베트남의 숱한 전투에서 자신이 미군의 용병이라고 단 한 번도 생각하지 않았거니와 총알이 펑펑 날아오는 전장, 그래서 자기 옆자리 전우의 생명을 순식간에 앗아가는 현장에 한순간도 몸담아 보지 못한 사람들이 '총알받이'라는 말을 늘어놓을 때는 분격했다.

'좋다. 우리가 미국 용병이고 총알받이였다고 치자. 자, 그럼 누가 우리를 그렇게 만들었나? 너희 배운 놈들 아니었나?'

연호는 '배운 놈들'이 새삼 더 싫었다. 그들은 신문이나 방송에 나와 마구 떠들어댔다. 기자나 교수, 변호사 따위처럼 한 자리씩 차지하곤 태극기부대를 시들방귀로 여기며 가르치려 들었다.

그런데 욕설을 퍼부으면서도 어딘가 개운하지 않았다. 문득문득 참전의 시간들이 불편하게 떠올랐다. 그것이 '용병' 혐의의 증거처럼 밀려올 때는 울화가 치밀었고 그때마다 다부지게 도리질하며 딴청을 부렸지만 헛수고여서 공연히 뻣뻣하게 고개를 세우기도 했다.

처음 한민주의 칼럼을 읽을 때도 연호는 멈칫했다. 꼭꼭 파묻은 살인의 기억이 자동으로 떠오른 까닭이다. 하지만 이내 다시 묻어버린 연호는 평생 펜대만 굴리며 편하게 살아온 자가 베트남에서 죽은 전우들에게 함부로 들이대는 난도질을 용납할 수 없다고 마음을 다졌다.

연호는 한민주의 아파트 앞 집회에 앞장섰다. 어쩌면 자기 보호 본능이었을 수도 있다. 경비원을 제치고 그가 사는 아파트 현관문까지 다가가 뜸베질한 까닭도 자기 삶이 광주에 이어 베트남에서마저 정당화될 수 없는 국면을 맞고 싶지 않아서였다.

그런데 바로 그곳에 어머니가 살고 있었다. 증오감으로 투시경을 들여다본 기억이 났다. 그 얇은 유리 너머에서 자신을 바라보던 사람이 어머니였다는 사실, 그 글을 쓴 사람이 이부동생의 남편이라는 사실들이 마치 누군가의 장난처럼 다가와 씁쓸했고 서러웠다.

연호의 눈시울이 붉어졌다. 그날 자기 모습이 어땠을까 짚어보았다. 어머니로서는 아들의 모습이 큰 실망으로 다가왔으리라는 생각이 들면서 서둘러 편지를 다시 읽어갔다.

나는 그만 현관문 앞에서 주저앉고 말았습니다. 다리에 힘이 풀리며 무릎이 꺾이더군요. 쿵 하는 소리를 듣고 안방에 있던 딸이 놀라며 다가왔어요. 나는 손을 저어 괜찮다는 신호를 보냈습니다.

곧 전화가 걸려왔어요. 딸이 받았습니다. 전화를 끊고 다가온 딸이 소리 죽여 이야기해 주더군요. 경찰서 정보과장인데 경찰이 아파트까지 올라간 재향군인들을 끌어내고 있답니다.

혹 아들이 경찰에 다칠까 싶어 다시 투시경을 들여다보았지요. 아무도 없기에 나도 모르게 문을 열었습니다. 이미 사라졌더군요.

사위 집이 경찰의 보호를 받은 것은 그나마 노무현 정부였기에 가능했습니다. 저녁에 퇴근한 사위에게 그 이후 상황을 물었지요. 경찰이 해산만 시켰을 뿐 연행자는 없었다더군요. 그날 밤을 지새우며 스스로를 다독였습니다. 직감이 틀릴 수 있고, 비슷한 얼굴도 있으니까요.

하지만 새길수록 직감이 짙어갔어요. 왜 군복을 입고 있을까 의문도 들었습니다. 더는 애매하게 있을 수 없었어요. 다음 날 오랜만에 연천을 찾아가며 가슴이 도근도근 설렜습니다.

혹시나 해서 시댁부터 찾았지요. 예상대로 시댁이 살던 사랑 마을은 흔적도 없었습니다. 한탄강유원지로 개발되었더군요. 전곡읍사무소를 찾아갔습니다. 사랑마을 옛 주소를 알려주며 거기 살았던 사람들을 찾고 있다고 했을 뿐인데요. 대뜸 "혹시 월남 참전군인 찾으시는가요?"라고 물어왔습니다.

그 말에 가슴이 미어졌습니다. 아들이 베트남까지 갔단 말인가 싶었지요. 아들이 생사를 넘나들 무렵에 어미인 나는 무엇을 하고 있었던가요. 자책하면서도 확인하고 싶었지요.

"네, 이름이 연호라고…"

"맞아요. 강연호 씨, 참 진국입니다. 그런데 어떤 사이신가요?"

저의 심장은 파닥거렸습니다. '진국'이란 말이 얼마나 고마웠던 가요. 아파트 투시경으로 본 유연의 눈빛과 달리 아들이 마을에 서 '진국'으로 평가받다니요. 아들에게도, 돌아가신 시어머니에게 도 감사했습니다.

아들이 식당을 열고 있다는 정보도 들었지요. 식당은 찾기 쉬 웠습니다. 전곡읍이 그리 크지 않거든요. 역전을 가로지르는 거리 에서 식당 간판을 찾는 데 큰 어려움이 없었지요.

조촐한 식당을 보며 다시 가슴이 콱 막혀왔어요. 늦은 점심시 간이었지요. 그 사람이 아닐 수도 있다는 생각으로 마음을 차분 히 가라앉히고 식당 문을 들어섰어요. 오후 1시가 넘어서이겠지 요. 손님이 거의 없더군요. 주방에 있던 50대 아낙이 얼굴을 내밀 었어요. 가난이 묻어났지만 야무져 보였습니다.

이 여자가 내 며느리일까 싶었어요. 한참을 바라보았지요. 뚫어 져라 바라보니 민망해하더군요. 객지에서 온 손님임을 알아차린 듯이 물 잔을 들고 다가왔어요. 무엇을 드실 것인지 정중히 물었 지요.

나는 자세히 살폈습니다. 수더분하지만 여문 모습에 안도했어 요. 이 집에서 제일 잘하는 음식이 뭔가를 물었어요. 착한 미소로 다 잘한다면서도 친절하게 답하더군요.

"고르시기 불편하시면 어탕국수가 무난합니다."

어탕국수. 시어머니가 좋아한 음식이었습니다. 그래도 어딘가 확실하지 않다는 생각에 주문을 한 뒤 눈으로 식당을 둘러보았습니다. 계산대 옆에 액자가 들어왔지요. 식당 부부 사진인 듯했어요. 아낙은 이미 주방에 들어갔기에 자리에서 일어나 계산대로 갔습니다.

다가가서 작은 탁상액자를 들여다보았습니다. 감전이 된 듯 몸이 떨렸지요. 어제 본 그 사람이 틀림없었어요. 홀린 듯이 한참을 들여다보고 있는데 누군가 인기척이 느껴졌어요.

"뭘 그리 보십니까?"

목소리에 깜짝 놀랐습니다. 돌아보자 어제 투시경으로 본 군인, 바로 내 아들 연호였어요. 눈앞에 바투 서서 찬찬히 바라보고 있었습니다.

"아, 부부가 금슬이 참 좋아 보여서요."

"하하, 이건 사진 아닙니까? 누가 사진 찍으며 인상 쓰나요?"

입을 크게 벌려 웃더군요. 능치듯 말하는 모습이 강유연을 그대로 빼닮았습니다. 아들임이 확실해진 탓인지 눈물이 샘물처럼 솟아났어요. 눈앞이 흐려져 차라리 다행이었습니다.

"늙으면 이리 눈물이 자주 납니다. 미안합니다."

"별말씀을요. 다 그렇지요. 아, 어탕국수 시켰나요? 저기 나오네요."

주방에서 며느리가 환하게 웃으며 나오더군요. 이마에 땀이 송

골송골 맺힌 모습이 안쓰러웠답니다. 연호는 아내가 든 쟁반을 덥석 받아 내게 성큼성큼 다가왔어요. 국수 그릇을 내려놓으며 다정한 눈빛으로 물었지요.

"여기 분이 아닌 데 어디서 오셨어요?"

"서울서 왔습니다."

"아, 아드님 만나러 오셨나 보군요?"

심장이 다시 서늘했습니다. 아무 말도 못했지요. 당황해하는 나를 의아한 듯 바라보던 연호가 말을 잇더군요.

"여기 연천은 군대에 있는 아들 보러 오는 손님들이 많아요. 막내아들쯤이거나 손주이겠네요?"

"아, 네."

"그럼 어머니, 많이 드시고 김치 모자라면 말씀하세요. 우리 집 사람 김치 솜씨가 보통이 아니랍니다."

"고맙습니다, 고맙습니다."

나는 진심으로 말했습니다. '어머니'라는 말엔 숨마저 막혔습니다. '아드님 만나러'라는 물음에 이어 '어머니'라는 호칭이 그 순간 내게 어떤 울림을 주었는지 아마 연호는 상상도 못했겠지요. 연호는 다감했습니다. 아파트 투시경으로 본 분위기와 확실히 달랐지요. 궁티를 가릴 수는 없지만 부부 사이도 좋아 보였어요. 알량한 위안과 함께 너무 늦게 아들을 찾았다는 죄책감이 몰려왔습니다.

남편에게 행여 상처를 주고 싶지 않았던 마음으로 볼 수만은 없더군요. 남편이 세상을 뜬 뒤에도 연호를 찾지 않았어요. 아들이 제가 있는 아파트의 문을 발로 차고 "문 열라"고 소리칠 때까지 그랬던 거죠. 오래전부터 '아들을 위한다'는 명분으로 저를 철저히 기만한 후과라는 후회가 엄습했습니다.

아들은 조금 뒤 다시 식당을 나갔습니다. 며느리 국수 솜씨가 정말 좋더군요. 나는 100만 원만 봉투에 준비해 온 게 속상했지요. 큰돈을 한꺼번에 주는 것도 이상할 터라고 위안을 삼았습니다.

대신 앞으로 자주 올 다짐을 했지요. 눈물로 국수 국물까지 다 비웠습니다. 식당 안 구석구석을 살펴보고 일어났지요. 계산대로 다가가 며느리에게 간곡히 말했어요.

"정말 맛있었어요. 솜씨가 참 좋으네요."

"고맙습니다. 맛있게 드셔주셔서요."

"그래서인데 내가 음식값에 조금 더 보탰어요. 받아주세요."

편지봉투를 내밀었지요. 며느리는 당혹스러워하더군요. 눈을 동그랗게 뜨는 모습이 더없이 예쁘게 다가왔어요. 저절로 미소를 지을 수밖에 없었지요.

"걱정 말아요. 많지는 않지만 저의 성의입니다."

"고맙습니다만 저는 그냥 드신 국수값만 받고 싶어요."

"알아요, 알아요, 그런데 이 늙은이 마음이랍니다. 나도 댁 같은 며느리가 있으면 얼마나 좋을까 싶어 그러는 거니 성의를 받아줘요. 응?"

"아, 네, 그러시면 감사히 받겠습니다."

"고마워요. 내가 간 다음에 열어보세요."

"군대 있는 아드님, 외출할 때 꼭 들르라 해주세요. 제가 맛있게 대접할게요."

"아이구, 우리 아들까지 잘 챙겨주면 더 고맙지요."

봉투를 건네며 며느리 손을 덥석 잡았습니다. 거친 손에 울컥했어요. 돌아 나오며 기어이 눈물이 주르르 흘러내렸지요. 하지만 지나가는 할머니의 얼굴에 관심 있는 사람은 없기 마련이거든요. 굳이 닦지 않고 걸었습니다.

집으로 돌아가는 내내 눈물이 쏟아졌습니다. 한 사흘 몸살을 앓았지요. 버스를 타고 무리하게 다녀온 탓도 있겠지요. 하지만 어찌 그것이 몸살 난 까닭이겠습니까.

또 가고 싶은 마음이 강렬했습니다. 다만 과연 그럴 자격이 있나 싶더군요. 석 달이 지나면서 도저히 더는 참을 수 없었어요. 다시 300만 원을 봉투에 넣고 찾아갔습니다.

"어머? 지난번에 너무 많은 돈을 내셔서 바로 나가봤는데 벌써 안 보이시더라고요."

"내가 그렇게 맛있는 국수는 처음이었어요. 한 그릇 주세요."

아들은 보이지 않았습니다. 곧 오겠지 기대하며 아주 천천히 먹었지요. 사실상 버리고 간 자식이기에 감히 어미를 자처할 자격도 없지만요. 계산대에 갈 때까지 보이지 않았어요. 아쉬움에 물었지요.

"바깥양반은 어디 가셨나요?"

"월남전 전우회에서 또 시위 벌인다고 나갔어요. 가만히 좀 있어라 해도 그것만은 말을 듣지 않네요."

"식탁에 있는 신문에 빨간 색연필로 기자 이름을 동그라미 쳐 놓았던데요?"

"예, 아들입니다."

"아, 그래요? 잘 키웠군요."

"그렇지는 않습니다. 그냥 우리 남편이 아들 자랑하고 싶은가 봐요."

"식당 일 하며 식구들 뒤치다꺼리하느라 애썼네요. 오늘도 잘 먹고 가요."

조심스레 봉투를 내밀었습니다. 하지만 딱 부러지게 거절하더 군요.

"전에 주신 그 봉투 때문에 남편에게 코 떼이고 망신만 당했어요. 받을 수 없습니다."

"아니, 국수 먹은 값은 내야잖아요."

"지난번에 주신 돈으로 충분해요."

한사코 마다하는 며느리 앞 계산대에 봉투를 던지고는 서둘러 식당을 나왔습니다. 마음이 아팠습니다. 태극기 들고 시위하는 아들이 떠올랐지요. 모든 게 내 탓이라는 생각이 들어 괴로웠고 어려운 형편에서도 한사코 봉투 받기를 거부하는 며느리의 자태 와 아들의 정직한 얼굴이 심장으로 저려왔습니다.

그 뒤 식당을 더 가지 않았습니다. 고심 끝에 내린 결론입니다.

아들의 성향에 미뤄 두 번째 봉투를 보고는 저의 정체가 누구인가를 탐색할 것 같았어요. 다시 가서 만날 때는 저 또한 표정을 더는 감출 수 없을 듯싶었고요.

아들 내외를 실질적으로 도울 방안도 마련했지요. 저의 나이이미 여든에 다가서고 있었거든요. 그때는 기껏해야 3년 정도 살수 있으리라 예상했지요. 이렇게 오래 살 것 같았으면, 다른 방법도 가능했다는 후회가 듭니다. 다 소용없는 일이지요.

아무튼 그날 돌아와서 내가 살고 있는 아파트를 팔아 아들 내외에게 절반을 물려주는 유서를 작성했습니다. 모쪼록 아들 내외도, 사위 내외도 가족 모두 행복하고 건강하기 바랍니다.

마지막으로 소망할게요. 딸과 아들이 비록 이부남매이지만, 둘다 내가 배를 앓아 나은 자식이므로 내외와 자녀끼리도 두루 친밀하게 지내기를 바랍니다. 딸과 사위가 먼저 손을 내밀기를 당부합니다.

편지는 거기서 마침표를 찍었다. 아직 유서가 남아있었다. '유서'라는 제목을 보는 순간 다시 울컥해진 연호는 눈물을 머금은채 읽어갔다.

유서

나는 친정아버지로부터 물려받은 재산과 남편 덕분에 편히 살아왔습니다. 지금 내게 남은 재산은 아파트와 예금입니다. 이 유서를 쓰며 딸과 사위가 눈에 밟힙니다.

제 평생의 한이 된 아기, 제대로 먹이고 입히고 가르치지도 못한 아들, 멀리 베트남까지 가서 고통을 겪은 강연호에게 내 재산을 나누는 것을 이해해 주리라 믿습니다.

죽어서라도 아들에 속죄하고 싶습니다. 딸 내외가 집을 마련할 때 이미 도움을 준 바도 있으니까요. 내가 살고 있는 아파트는 이미 생활 기반을 충분히 갖춘 딸과 사위에겐 그리 간절하지 않겠지요. 하지만 내 아들 연호에겐 참으로 절실할 성싶습니다.

다만 법적으로 분명히 정리하고 싶습니다. 상속 권리를 짚어보았습니다. 친정아버지로부터 받은 재산은 연호에게도 상속 권리가 있겠지요. 남편과 제가 모은 재산은 딸에게 권리가 있을 터입니다.

심사숙고했습니다. 딸은 본디 욕심이 없습니다. 사위도 성품이 맑아서 내 소망을 들어주리라 기대합니다. 다음처럼 정리한 어미의 생각을 모두 받아주시기 바랍니다.

1. 내게 남은 유일한 부동산인 강남 아파트를 딸이 주관해 매매한다. 절반은 딸 내외, 절반은 아들 강연호에게 물려준다.

2. 은행예금을 비롯해 현금은 모두 아들에게 물려준다. 내 방에 책상과 노트북, 책장과 책들의 소유권은 아들에게, 다른 가구들은 딸이 우선적으로 소유권을 갖는다.

3. 딸과 사위에게 자유롭게 해외여행을 다녀올 경비로 별도의 봉투를 남긴다.

4. 유해는 화장해서 한탄강에 뿌려다오. 죽어서라도 아들 곁에

있고 싶다.

연호는 떨리는 손으로 편지와 유서를 아내에게 건넸다. 가슴에
뜨거운 눈물비가 내렸다. 한 시간 뒤에 돌아오겠다고 언질을 주었
던 초로의 부부는 다시 식당에 들어오다가 조용한 눈물에 잠긴
연호를 발견했다.

"다 읽으셨군요."

"네."

"그럼 어머님께 영결 인사드리시지요. 아직 장례식 치르지 않
았습니다."

"어느 병원에 모셨소? 옷 갈아입고 나오겠소."

"어머니께서 장롱에 아드님 내외 입으실 검은 양복과 한복 마
련해 놓으셨습니다. 두 분 모두 그냥 일어나셔도 됩니다."

연호는 빈소를 지켰다. 아내도 슬기와 함께 장례식 내내 함께
했다. 강산의 죽음으로 얼크러졌던 슬기는 마음을 다잡고 공부해
건국대학 국문과에 최종 합격한 상태였다.

유해는 어머니 뜻을 따랐다. 한탄강에 뿌렸다. 딸 지혜와 손주
강산에 이어 어머니 박선영 님의 유골까지 강물에 뿌리며 연호의
가슴은 슬픔의 심연을 이뤘다.

그 뒤 과정은 간단히 간추리고 싶다. 이부동생이 어머니가 남
겨준 서울 아파트를 팔았다. 유서대로 받은 절반만으로도 슬기
명의의 아파트와 같은 단지에 충분히 연호 내외의 집을 살 수 있

었고, 남은 돈은 저축할 수 있었다.

연호의 생활은 안정되었다. 슬기의 아파트는 전세를 주었다. 연호는 사실상 어머니가 사주신 아파트에 당신이 물려주신 노트북과 책, 책장을 고스란히 배치했다.

슬기가 노트북 활용법을 알려주었다. 나이에 어울리지 않게 알뜰한 슬기는 대학교 근처에 지하 자취방을 얻었다. 연호는 늦게라도 책을 읽으며 세상 공부를 하고 싶으니 식당 일을 접자고 했지만, 아내는 형편이 나아졌다고 지금껏 해오던 식당 일을 그만둘 수는 없다며 남편 대신 중년 아낙을 고용해 계속 꾸려갔다.

연호는 노트북과 책에 파묻혔다. 슬기는 할아버지의 학구적 열정에 놀랐다. 주말이면 어김없이 집에 들러 잠깐이라도 연호 내외에게 기쁨을 준 슬기는 할아버지가 증조할머니께서 남긴 책들을 읽으며 모르는 말이 나오면 인터넷에서 백과사전을 검색하고 깨쳐가는 모습에 감동받았다.

"아무래도 제가 작가의 꿈을 지닌 건 증조할머니와 할아버지 영향인 것 같아요. 할아버지도 베트남 가시기 전에 대학에 가서 문학을 공부하고 싶었다면서요?"

"네 엄마도 문학 소녀였어. 나보다 엄마의 꿈을 생각하렴."

"잘 알겠습니다. 3대로 이어진 선남선녀의 꿈을 제가 잘 꽃피워야 할 텐데요."

"할아빈 선남이 아니란다."

"아니어요. 우리 할아버지 같은 분이 착하지 않다면 대체 누가 착하겠어요?"

"…"

슬기의 얼굴은 커갈수록 지혜를 닮았다. 살아갈 힘을 다시 얻은 연호는 싸목싸목 역사의 진실을 발견해 갔다. 한탄강을 산책하며 독립운동을 하던 할아버지와 외로웠던 할머니, 애먼 사람들까지 빨갱이로 몰아 죽인 아버지의 삶을 톺아보자 어렴풋이 들던 의문들이 하나둘 풀려갔다.

21

강연호가 진실을 더듬더듬 캐어갈 때였다. 가슴 한쪽이 아파왔다. 자신의 행운과 달리 경제적 안정은커녕 궁핍의 굴레를 벗어나지 못한 대다수 노인들이 아른거렸다.

태극기부대에도 생활이 어려운 노인이 많았다. 당장 친구이자 전우 윤석이 그랬다. 뒷방 늙은이 되어 눈칫밥 먹으면서 하루에도 서너 차례 자살하고픈 충동에 휩싸이지만 자식들 상처받을까 싶어 묵묵히 견뎌내는 노인에게 역사의 진실이나 사회적 성찰을 들먹인다면 한낱 배부른 소리일 터였다.

연호가 태극기부대를 안타깝게 생각할 무렵이었다. 손주 강산과 어금버금한 사고가 일어났다. 반년도 채 지나지 않은 2016년 5월에 서울지하철 구의역의 안전문을 수리하다가 전동차에 참변을 당한 김건우는 강산과 나이도 같은 열아홉 살이었다.

그런데 상황이 사뭇 달랐다. 사고 현장과 빈소에 추모하는 발길이 이어졌다. 구의역 승강장에는 1천 개를 훌쩍 넘는 추모 쪽지가 다닥다닥 붙어 죽은 젊은이를 애도했다.

연호는 비탄에 잠겼다. 강산이 숨졌을 때 병원으로 찾아온 청년들이 상기됐다. 자신을 학생이라 밝힌 청년들은 지하철에서 더는 억울한 죽음이 일어나지 않도록 최대한 싸워 드리겠다고 밝혔지만, 연호는 대학생들을 믿을 수 없어 냉정히 거절했었다.

연호는 구의역을 찾아갔다. 쪽지들을 하나하나 읽으며 비통한 후회감이 밀려왔다. 죽은 청년을 애도하며 쓴 "막을 수 있었던 죽음이었다", "안전도 비정규직 대우를 받아야 하나", "정규직 꿈꾸며 고된 노동에 시달리다 억울하게 죽음을 당했다"와 같은 글들이 연호의 늙고 낡은 가슴에 불화살처럼 박혀왔다.

유품 컵라면도 공분을 일으켰다. 사실 꼭두식전에 출근한 강산의 가방에도 컵라면이 있었다. 비정규직으로 일이 너무 많아 끼니 해결할 시간조차 내기 힘들다는 사실, 조금이라도 짬이 날 때 후다닥 허기를 달랠 수밖에 없다는 사실을 연호는 처음 알았다.

연호는 가슴이 미어졌다. 강산이 그렇게 번 돈으로 달마다 칠레 와인을 사온 셈이다. 경제대국으로 성장한 대한민국, 연호가 평생 자긍심 갖고 충성해 온 조국에서 어떻게 열아홉 살 청년에게 밥 먹을 시간조차 주지 않을 만큼 착취를 할 수 있는지 이해할 수 없었다.

추모에 나선 민중은 무장 늘어났다. 100송이 국화꽃도 나타났다. "라면 먹지 말고 고깃국에 밥 한 그릇 말아 먹어라"라는 쪽지와 더불어 밥과 국 한 그릇씩 정갈하게 두고 간 사람도 있었다.

과자, 음료, 즉석밥도 놓였다. 자발적 추모 열기는 열매를 맺었다. 서울시는 외주 용역업체 소속이던 스크린도어 정비사를 전원 정규직으로 전환하고 스크린도어 유지·관리·정비 업무를 모두 직영화했다.

연호의 자책감은 깊어갔다. 손주의 죽음을 헛되게 만든 어리보기가 바로 자신이었다. 안전문 정비는 작업 중에 들어오는 전동차를 피하도록 2인 1조로 일한다는 규정이 있었음에도 인건비를 아끼려고 혼자 일하게 만들어 빚어진 사고라는 사실도 비로소 알았다.

연호는 아들 지만이 새삼 더 괘씸하며 심장이 아팠다. 지만은 기자이기에 현황을 잘 알 터였다. 그럼에도 제 조카의 억울한 죽음에 서둘러 합의하라고 종용한 이유가 궁금해지다가 김건우의 죽음에 아들이 다니던 신문사의 보도가 떠올랐다.

연호는 사고 원인을 처음에 잘못 알고 있었다. 아들이 다니는 신문사의 기사를 읽었기 때문이다. 기사는 "서울메트로 '스크린도어 수리공 통화' 왜 숨겼나" 제목 아래 "서울메트로가 사고 당시 구의역 CCTV(폐쇄회로 TV)를 확인한 결과, 서울메트로 스크린도어 유지·관리 담당 외주업체인 은성 PSD 소속 김모(19)군은 사고를 당하는 순간까지 약 3분간 휴대전화로 통화를 했던 것으로 나타났다. 이로 인해 김군은 전동차가 진입하고 있다는 방송을 들지 못했고 목숨을 잃은 것으로 보인다"고 보도했다.

그런데 사실이 아니었다. 인터넷을 둘러보다가 진실을 알 수 있었다. 경찰 조사에서도 사실이 아닌 것으로 확인되면서 연호는 한 신문만 날마다 읽으며 살아온 자신이 세상을 얼마나 잘못 볼 수 있는가를 절감했다.

알고 보니 아들이 다니는 신문의 전통은 가관이었다. 일제에 항거한 민족지라는 주장도 거짓이었다. 신문 제호까지 밑으로 내리고 그 위에 일장기를 올려놓을 만큼 일본제국주의에 꼬리친 사실을 알게 되면서 왜 아들이 그 신문에 들어가더니 제 앞길만 챙기는 부라퀴로 변해 갔는지 헤아릴 수 있었다.

인터넷에서 살핀 기사들은 놀라움의 연속이었다. 강산이 컵라면 싸 들고 다닐 무렵 연호가 그토록 믿었던 대통령 박근혜는 대기업 회장들을 청와대로 불러 식탁에 한우 안심, 농어 구이, 전복 구이, 훈제 연어 들을 차려놓고 개그맨 공연까지 곁들여 점심을 즐겼다.

아내와 식당을 꾸려온 연호는 억장이 무너졌다. 농어도 전복도 연어도 연호 내외와 강산이 평생 구경조차 못한 음식이었다. 참혹하게 세상을 뜬 강산, 식당에 와서 차림표를 보며 값싼 음식을 찾는 아낙들, 박근혜의 아버지가 여배우들을 농락하며 시바스 리갈을 마셔댈 때 저 멀리 베트남에서 총알과 포탄에 찢기며 죽어간 전우들, 전두환·노태우·정호용 장군의 정권찬탈에 동원돼 애먼 광주의 민중을 학살하다가 아군끼리의 오인 총격으로 산산이 부서진 특전사 병사들이 겹쳐지며 자신이 무엇에 홀려 살아왔는지 짚고 또 짚었다.

주말에 온 슬기도 쭈뼛쭈뼛 안전문 사고 이야길 꺼냈다. 참사역이 슬기의 학교 바로 옆이었다. 구의역에 찾아가 쪽지에 김건우와 함께 신강산 이름도 써서 애도했다는 슬기는 연호에게 울먹이며 물었다.

"할아버지, 오빠가 그렇게 되었을 때도 사람들이 알았다면 그처럼 외롭게 떠나지 않았을 텐데요."

"…"

"그때라도 노동조건을 바꿨다면, 참사가 이어지는 것도 막을 수 있었겠지요?"

연호는 아무 말도 못했다. 아니 할 수 없었다. 대학생이 된 손녀가 어느새 완곡한 표현법을 구사했지만, 연호는 그 말에서 자신에 대한 원망을 읽었다.

"제가 오빠의 원통한 죽음을 언젠가 소설로 쓸 거예요."

"소설로?"

"네, 소설에 담으며 오빠는 물론 저도 거듭나고 싶어요."

"거듭나?"

"작가는 글을 쓰는 과정에서 낡은 자기의 허물을 벗고 새롭게 태어난대요."

연호는 손녀를 경이롭게 바라보았다. 어느새 훌쩍 커 지혜가 되살아온 듯했다. 글을 쓰는 과정에서 낡은 자기의 허물을 벗을 수

있다는 슬기의 말이 앙가슴에 들어와 지난날들을 회상하며 남몰
래 적어보기도 했다.

여태 헛살았다는 한탄이 점점 늘어났다. 곧 저승 갈 나이임에
도 이승조차 잘 모르고 있었다. 어머니가 물려주신 노트북을 열
고 인터넷 검색창에서 '비정규직 밥벌이'를 친 뒤 뉴스들을 하나
둘 읽어가다가 공수부대 중대장의 인터뷰 기사와 마주쳐 반갑기
도 했다.

특전사 중대장 손창우는 전역하고 전화 상담사로 취업했다. 서
울시의 민원전화를 받는 '120 다산콜센터'였다. 그런데 상담 응대
율을 높인다고 화장실 가는 생리현상까지 통제하면서도 기본급
은 고작 100만 원도 안 되는 저임이었다.

사표를 낼까 주춤거리다가 동료들을 생각했다. 함께 힘을 모아
야 한다고 판단해 노동조합에 가입했다. 공수부대에 복무할 때
노동운동은 '빨갱이들의 작당'으로 알고 있었지만 막상 자신이 사
회에 나와 일해보니 노동조합 아니면 아무것도 바꿀 수 없었다.

특전사 중대장은 노조에 가입해서도 열정적으로 활동했다. 솔
선수범하자 동료들이 미더워했다. 결국 희망연대노동조합의 다산
콜센터 지부장을 맡은 그는 정규직을 요구하는 싸움에 나서는 심
경을 '민중의 소리' 기자에게 당당히 밝혔다.

"자식들한테는 이런 세상 물려줘선 안 되잖아요? 그래서 열심
히 싸우고 있어요. 예전에는 내가 열심히 하면 그래도 잘살 수 있
었다지만 지금은 대부분이 비정규직입니다. 밥벌이하기가 정말 힘

든 세상이거든요. 자식들을 위해 제가 많은 걸 할 순 없지만, 내 일터부터 바꾸자고 결심했습니다."

싸움은 5년이나 이어졌다. 마침내 모두 정규직이 되었다. 서울 시는 비정규직으로 민간업체에 위탁을 줄 때는 인건비 외에도 관리비나 업체의 이윤 따위를 추가로 부담했는데 정규직으로 직접 고용하니 잡다한 비용이 들지 않아 오히려 예산 절감 효과도 있었다고 밝혔다.

연호는 '희망연대노동조합'도 검색했다. 전국민주노동조합총연맹 소속이었다. 아들이 다니는 신문에서 언제나 '기득권 단체'나 '귀족노조'로, 때로는 '종북 좌파단체'로 보도되었던 바로 그 민주노총이었다.

노동운동가가 된 특전사 중대장 기사를 읽은 다음 날이었다. 경찰의 물대포에 쓰러진 농부가 끝내 숨졌다는 기사를 보았다. 일 년 전 '민중총궐기대회' 기사를 '아들 신문'을 통해 읽었을 때와 사뭇 달라진 연호는 인터넷을 검색하며 죽은 농부 백남기가 자기 또래라는 사실, 그가 평생 민중운동에 몸바쳐 온 사실을 알 수 있었다.

연호는 자신과 백남기를 견줘보았다. 그는 대학생이었지만 연호가 싫어한 부류는 아니었다. 농부 백남기가 걸어온 삶을 짚어보며 연호는 농고를 졸업하고 농사를 짓다가 입대한 자신이 평생 충성해 온 국가가 과연 어떤 나라인가를 진지하게 성찰했다.

잘못 살아왔다는 불안감이 무장 짙어갔다. 아버지의 복수를 다짐하며 빨갱이들과 평생 싸워왔다. 하지만 어머니의 증언에 따르면, 아버지가 빨갱이 손에 죽었는지도 의문일 뿐더러 빼앗겼다는 재산도 본디 어머니 집안의 땅이어서 자신은 내내 어둑서니와 싸운 꼴이었다.

어둑서니는 올려다볼수록 커진다 했던가. 강연호는 자신의 인생이 처음부터 가짜 정보에서 출발했음을 깨달았다. 어머니의 편지를 통해 죽음을 앞둔 나이에 이르러서야 그 사실을 알아차린 연호는 자신의 삶이 '가짜 세상'의 상자에 갇힌 채 오해와 오류의 오발탄만 쏘아왔다는 사실을 선뜻 받아들이고 싶지 않았다.

연호는 베트남 참전을 손가락질하는 자들이 여구히 싫었다. 하지만 인터넷으로 베트남전쟁을 검색할수록 정당성이 없었다. 그렇다면 조국을 지키는 길이라며 베트남에 참전해서 온몸이 찢어지는 고통 끝에 죽어간 수많은 전우들, 그 가난하고 힘없는 집안의 아들들은 죄다 개죽음 당한 것이란 말인가 묻지 않을 수 없었다.

검색해 보니 베트남의 한국군사령관들 재산은 어마어마했다. 광주에 공수부대를 투입한 전두환과 노태우 장군은 수천 억 원을 꿀꺽했다. 두 사람을 따라 군사정변에 가담한 고위 장교들은 저마다 별을 달아 18명이 대장에 올랐고, 부귀영화는 군 밖으로도 이어져 장·차관 14명을 비롯해 청와대 고위직, 국회의원, 공기업의 대표나 감사, 사업가로 변신했다.

연호와 전우들이 광주에서 마구 총을 쏘아댈 때를 짚어보았다. 당시 11공수 여단장은 그 뒤 특전사령관에 올랐다. 권력욕

이 없어 보이던 사령관 정호용 장군은 본인과 가족 명의로 경기
도 과천에만 3채의 주택과 대규모 토지를 소유했고, 서울 강남과
용산·종로구를 포함해 전국에 수십 건의 토지와 건물을 소유해
1000억 원대가 넘을 것으로 추정된단다.

연호는 질끈 눈을 감았다. 눈앞에 수많은 시신이 스쳐갔다. 베
트남과 광주에서 그들의 명령에 따라 사선에 나섰다가 비참하게
숨지거나 다친 전우들과 달리 장성들은 권력과 부를 누리며 처자
식과 더불어 골프 치고 살았다.

친구 윤석의 삶은 그들과 정반대였다. 베트남과 광주를 거치며
윤석은 차갑게 변했다. 병사들에게 폭력을 휘둘러 몇 차례 징계를
받고 노름까지 벌인 사실이 드러나 마흔 살도 안 되어 전역했다.

윤석은 서울 처갓집 동네에서 호프집을 열었다. 하지만 큰 빚
만 지고 부부 사이도 티격나 이혼으로 이어졌다. 고엽제전우회와
함께 태극기 집회에 나가 웃통을 벗어제치고 격렬하게 '빨갱이들'
을 성토하며 참가비로 푼돈을 챙겼던 윤석은 치매에 걸려 건설현
장에서 일용직으로 일하는 아들에게 온갖 구박—차마 밝히고 싶
지 않지만 구타까지—당하며 연명하고 있었다.

치매 걸린 윤석을 찾아갔을 때다. 초췌한 윤석은 연호를 보자마
자 "멍멍 꿀꿀" 소리쳤다. 연호가 가엾게 바라보자 싱그레 웃더니
지금까지 본 윤석의 얼굴 가운데 가장 차분한 표정으로 말했다.

"우린 말이야. 저놈에게도 이놈에게도 개돼지였어. 멍멍. 가진
놈들의 개돼지, 배운 놈들의 개돼지였던 거야. 꿀꿀."

연호는 섬뜩했다. 윤석의 눈빛을 살폈다. 친구가 정말 치매라서 틈날 때마다 "밍밍 꿀꿀"을 부르대는지, 아니면 "멍멍 꿀꿀"이라 소리쳐서 치매로 진단받은 건지 구분하기 어려웠다.

돌아오는 길에 연호는 자문해 보았다. 5·18로 권력과 부를 만 끽해 온 자들에게 자신과 윤석은 무엇이었을까. 별안간 불거진 '정녕 개돼지였을까'라는 의문이 고통 속에 숨진 전우들은 물론 윤석을 비롯해 태극기부대의 주축이 된 옛 전우들과 자신에게 더 없이 절절해 보여 작은 목소리로 쓸쓸히 짖었다.

"멍멍."

"꿀꿀."

곰곰 생각했다. 자신은 누구에게 충성했는가. 대한민국은 하나 가 아니라 '온갖 기득권을 누리는 사람들의 나라'와 '돈 없고 힘 없 는 사람들의 나라'로 분단된 두 개의 국가라는 생각이 들며 그 휴 전선에서 강산이 목숨을 잃은 것은 아닌가라는 의문이 스쳐갔다.

22

연호가 두 개의 대한민국을 고민할 즈음 촛불혁명의 막이 올 랐다. 박근혜 정부의 실정에 분노한 사람들이 거리로 나왔다. 예 전 같으면 텔레비전에서 뉴스를 보다가 개탄하며 분격했을 연호 는 촛불 든 사람들이 서울 도심을 가득 메운 모습이 자신에게 사못 미덥게 다가오고 있는 사실을 의식하며 스스로 놀라움에 잠겨 들었다.

촛불 뉴스는 날마다 늘어났다. 연호는 내내 텔레비전 앞만 지켰다. 마침내 대통령 박근혜가 국회에서 탄핵되고 헌법재판소의 최종 심판만 기다리는 지경에 이르렀다.

그러자 태극기부대가 나섰다. 연호에게도 전화가 왔지만 끊었다. 동참하진 않았어도 텔레비전 뉴스를 어김없이 챙겨 보던 연호는 거리 인터뷰를 방송하는 화면에서 '촛불 든 빨갱이들에 맞서 박근혜 대통령을 지키자'고 부르대는 여성의 얼굴을 보았다.

연호는 호피코트 입은 그녀를 한눈에 알아보았다. 주름이 크게 늘었으되 틀림없었다. 80대 후반일 텐데도 정정한 고모는 한 손에 태극기, 다른 손에 미국 성조기를 들고 "우리가 누구 덕에 이렇게 사는데 빨갱이들이 대통령을 탄핵했다"며 분개했다.

연호는 다음 날 오랜만에 서울로 갔다. 지하철 역에서 내려 헌법재판소 앞으로 걸었다. 텔레비전을 탔으므로 틀림없이 오늘도 나와있을 노파가 정말 고모인지 알고 싶었고 두 볼에 드레드레 욕심이 달려있는 그녀가 젊은 날 저지른 일을 조금이라도 후회하고 있는지 궁금했다.

방송뉴스에 나왔음을 과시하고 싶었을까. 태극기와 성조기를 들고 똑같은 호피코트 옷차림이었다. 어제와 달리 호피모자가 더해져 한층 멋을 부리고 중년 여자들 사이에서 두리번거리는 그녀에게 뚜벅뚜벅 다가가 확인도 할 겸 다짜고짜 고모의 이름을 불렸다.

"강미연 여사."

"누구신가요?"

"저 모르겠어요? 조카 연호입니다."

"어?"

"고모 맞네. 아직 정정하십니다."

"…"

"어머님, 누구세요? 조카라뇨?"

옆에 있던 두 여자가 나섰다. 딸이나 며느리일 터다. 그런데 연
호를 알아본 눈치가 확연했음에도 고모는 모지락스레 머리를 좌
우로 흔들더니 끊듯이 말했다.

"사람 잘못 보았어. 난 그쪽을 전혀 몰라."

"그렇소? 허허. 그러고 보니 할머니 유산은 물론이고 내 돈까지
다 빼돌린 걸 아주 잊지는 않으셨나 보오?"

"뭐? 글쎄, 난 당신 모르는 사람이라니까!"

"거 안됐소. 죽기 전에 죄를 털고 가시면 좋을걸 말이외다."

"무슨 죄?"

"내가 베트남에서 목숨 걸고 번 돈까지 고모가 모조리 도둑질
하잖았소?"

고모 옆에 있던 여자가 나섰다. 무슨 악담을 하는 거냐고 쏘아
붙였다. 그녀를 살핀 연호는 빼닮은 생김새로 보아 딸임을 직감했
고, 떠름한 눈길을 던지는 여자는 며느리라고 짐작했다.

"아마 내가 그쪽 외사촌 오라버니나 시아주버니 될 거요. 악담이 아니라 이 가여운 노파를 구원해 주고 싶은 거라오."

"별 미친놈 다보겠네."

강미연이 욕설을 내뱉고는 얼굴을 돌렸다. 바삐 태극기부대 속으로 들어갔다. 두 중년 여성은 연호를 아래위로 야멸차게 훑어보더니 서둘러 강미연을 뒤따르며 핼금 뒤를 돌아보고는 이내 사라졌다.

연호의 눈과 입에 부걱부걱 쓴웃음이 피어났다. 집으로 오는 내내 되새김질했다. 태극기부대에는 애국심으로 가득 찬 사람들도 모여있지만, 가난한 사람들에겐 아무런 관심도 없이 제 잇속만 챙기며 재산을 불리고 호의호식해 온 고모 같은 기득권자들과 그들을 대변해 온 정치인·기업인·종교인·언론인들이 예전부터 지금까지 배후에서 움직여 온 것은 아닐까라는 의심이 불현듯 들었다.

지하철에서 내린 연호는 바로 귀가하지 않았다. 철민을 불러냈다. 막걸리 잔을 나누며 자신이 호랑이 가죽 걸친 고모를 만나 태극기 아래에서 나눈 짧은 대화와 '지하철의 상념'을 들려주었다.

철민은 연호의 변화를 반가워했다. 다음 날 연호는 처음으로 촛불 집회에 참석했다. 철민의 권유대로 직접 현장에서 그들이 어떤 사람들인가를 알아보고 싶었던 연호에게 남녀노소가 저마다 손에 든 촛불이 예전과 달리 어딘가 애잔하게 다가왔다.

가만히 까닭을 짚어보았다. 이윽고 강산이 쥐고 있던 손전등이 떠올랐다. 폐쇄회로에서 보았을 때 강산은 죽음을 맞은 뒤에도 손전등을 마치 촛불을 든 것처럼 꼭 쥐고 있었다.

집에 들어온 연호는 서랍에서 손전등을 꺼냈다. 그때 권총을 싼 보자기가 보였다. 손주가 죽어서도 쥐고 있던 손전등을 처음 보았을 때 어딘가 낯설지 않은 장면처럼 다가온 까닭을 권총 보자기에서 단박 파악했다.

그날 권총을 쥔 청년도 강산의 또래였다. 그도 끝내 권총을 놓지 않았다. 도청으로 기습해 들어온 특전사 특공대와 최선을 다해 마지막 한 발을 남길 때까지 용기 있게 싸웠다.

헌법재판소는 결국 대통령을 해임했다. 촛불의 승리였다. 강연호는 기득권의 나라와 '돈도 힘도 없는 사람들의 나라'로 나뉜 두 개의 대한민국이 정녕 하나의 나라로 거듭나기를 소망했다.

박근혜에 이어 이명박까지 뇌물수수로 구속됐다. 대통령이라는 자들이 정보기관 돈까지 수시로 챙겼다. 그런데 촛불정부가 들어섰는데도 공기업인 태안화력발전소에서 비정규직 청년 김용균이 컨베이어벨트에 끼어 잔혹하게 숨지는 사건이 일어났다.

강연호는 청년의 어머니 김미숙이 벌인 '국회 투쟁'에 감동받았다. 딸 지혜가 살아있다면 저렇게 했으리라는 생각이 들자 더없이 자신이 초라했다. 거룩한 국가 이름에 '지옥' 따위를 붙이며 결연히 촛불을 들고 거리로 나선 사람들의 가슴을 조금은 더 이해할 수 있었다.

그러나 궁금했다. 촛불을 든 사람들은 짜장 어떤 세상을 바라는 걸까. 아들이 다니는 신문을 읽거나 태극기 집회에서 귀기울이다 보면 '강남 좌파' 또는 '종북 세력'이란 말이 심심찮게 나왔다.

정말 그럴까. 강남 부자인 좌파들의 자식들은 입시 특혜를 누리고 있을까. 나라를 3대째 세습하는 이북을 찬동한다는 종북 세력은 도대체 무슨 생각을 하는 걸까와 같은 의문들을 가라앉힐 수 없었다.

마침 연호는 여동생으로부터 부부 초대를 받았다. '진보 언론인'이라는 매제 한민주에게 묻고 싶었다. 여동생 내외는 연호가 쳐들어간 아파트에서 이사해 경기도 파주의 통일동산에 자리 잡고 있었다.

"오늘은 문을 차지 마세요. 바로 열어 드릴게요."

여동생 집을 찾아가는 길에 전화를 걸었을 때다. 한민주가 웃음 머금은 목소리로 던진 말이다. 담백한 저녁식사를 마치고 정희가 여동생과 자녀 이야기 나눌 때, 연호는 매제와 사방 벽이 책들로 빼곡한 서재에 마주앉아 말꼭지를 뗐다.

"제가 무지해서 솔직히 알고 싶습니다. 지금 종북 세력이 우리 국가 안보를 위협할 만큼 창궐한다는데 실제로 어떻소?"

"아주 극소수입니다. 걱정하실 필요 없다고 생각합니다. 김일성·김정일·김정은으로 이어지며 사실상 '왕국'을 이루지 않았습니까? 독재와 줄기차게 싸워온 대한민국 민중이 이북의 그 체제에 얼마나 공감하겠어요?"

"그런데 왜 김정은을 두둔하는 거요?"

"두둔한다는 말씀은 다소 어폐가 있어 보입니다만, 혹시 남북

대화를 추진하는 걸 두고 말씀하시는 거라면 오해가 있다고 단언할 수 있습니다. 남과 북 사이에 지금 갈등이 분명히 있잖습니까? 그걸 대화로 풀어가야지 그렇지 않고 적대시만 하다간 이북이 중국과 더 밀착하게 되거든요. 그걸 걱정하는 거죠. 자칫 분단이 영구화되든가 최악의 경우에 군사적 충돌로 남북 모두 재앙을 맞을 수 있으니까요."

"음, 그런 생각일 뿐이라는 거죠. 제가 더 공부해 보아야겠네요. 그런데 하나 더 궁금한 게 있소."

"뭔가요. 제가 모든 걸 알고 있지는 않지만 편하게 말씀하세요."

"강남 좌파가 있다던데."

"하하하. 이거 저도 조금 찔리는데요."

"강남에 살고 있지 않잖습니까?"

"그래도 너무 편하게 살아왔어요. 강남 좌파 물론 있어요. 특권과 특혜 누리는 자들도 있고요. 하지만 진보진영에 그런 사람들이 많은 건 아닙니다. 말만 번지르르 하고 제 잇속만 챙기는 사람들이 진보라면 우리 민중이 어떤 사람들인데요. 그런 자들에게 미래가 있겠어요? 저는 강남 좌파보다 힘없고 돈도 없는 사람들이 돈도 많고 힘 있는 사람들에게 투표하는 게 문제라고 생각합니다."

"이거… 이번에는 내가 찔리는군."

"하하, 그런 뜻은 아니었습니다. 태극기 들고 많이 나가셨죠?"

"사는 게 답답해서였어요."

"어떠세요? 지금 북녘만이 아니라 남녘에서도 민중이 행복하게 살고 있지 않잖습니까?"

"그렇다고 생각합니다만."

"그렇죠. 그래서 남과 북 모두 정치경제 체제가 변화해야 합니다. 저의 꿈은 모두 골고루 잘사는 정의로운 세상입니다. 바로 그 세상으로 통일을 이뤄가야겠지요."

강연호는 시야가 탁 트이는 느낌이 들었다. 집으로 돌아올 때 가슴마저 벅찼다. 그날 한민주와 대화하면서 자본주의에는 미국 방식만 있는 것이 아니라 유럽 방식도 있고 그 가운데 북유럽자본주의는 한국 사회와 사뭇 다르다는 사실을, 인간으로서 살아갈 기본적인 생존권을 보장해 주고 대학까지 학비 없는 나라가 유럽에 많다는 사실을 부끄럽게도 처음 알았다.

연호는 대학생을 내내 적대해 온 자신이 더없이 좀스러웠다. 허방다리를 짚은 꼴이었다. 자신과 같은 가난한 민중 집안의 젊은 이도 학비 걱정 없이 마음 놓고 공부할 수 있는 나라를 만드는 데 힘을 보태야 할 섞에 그런 세상을 만들려고 헌신하는 사람들에게 노상 '빨갱이 타령'을 일삼아 왔으며 심지어 광주에선 총을 쏘아 죽였다는 생각에 이르자 눈앞이 깜깜해 오며 어지러웠다.

매제에게 역사의 주체는 민중이었다. 민중이 일궈갈 그 세상에서 남과 북이 하나로 거듭나야 옳다는 말에도 동의했다. 강연호는 먹물들이 철석같이 믿고 있는 민중이 때로는 연호 자신처럼

역사의 주체는커녕 지체의 담당자일 수도 있음을 잘 알고 있기에
앙가슴이 아파왔다.

23

장대비 사이로 '민주의 문'이 나타났다. 다가서자 안내소에서
곱상한 여성이 나타났다. 작달비 사이로 검은 양복—어머니가 당
신의 장례식에 입으라고 마련해 놓으신 옷—을 입은 노인이 나타
나자 다소 긴장된 표정이었다.

방명록을 펼쳐주며 물었다. "혹시 유족이십니까?" 연호가 늙수
그레한 미소를 쓸쓸히 지으며 고개를 가로젓고 무엇이라 쓸까, 과
연 쓸 자격이라도 있을까 얼쯤얼쯤할 때 철민이 가만히 펜을 들
더니 '1980년 5월 그 나날을 속죄하며'라고 썼다.

고마움에 철민을 보았다. 굵은 눈물이 소리 없이 흐르고 있었
다. 연호는 보면 안 될 것을 본 것처럼 얼른 고개를 돌리곤 도근
닥도근닥 뛰는 심장을 추스르며 민주광장을 걸어갔다.

연호는 역사의 진실을 캔다면서도 슬그머니 자신의 죄악엔 모
르쇠를 놓고 있었다. 늦깎이 노인으로 이승을 공부하는 재미가
쏠쏠하다며 솔솔 자부심마저 일었다. 그러다가 '진정한 애국자의
길'을 주제로 글을 써보려고 여기저기 인터넷을 검색하던 중에 그

의 두 눈이 무슨 쇠붙이라도 되는 듯이 자석처럼 끌어당기는 뉴스 제목을 발견했다.

"5·18 때 성폭행… 내 삶은 그때 멈춰 버렸다."

숨이 막혔다. 떨리는 심장으로 열어보았다. 중사 연호가 총을 들고 전남도청 앞으로 한 발 한 발 잠입해 갈 때 '지금 계엄군이 쳐들어옵니다, 사랑하는 우리 형제, 우리 자매들이 계엄군의 총칼에 숨져가고 있습니다'며 도톨도톨 소름 끼치는 방송을 한 바로 그 여성이었다.

연호는 단숨에 기사를 읽었다. 그녀는 1980년 7월 계엄사령부 합동수사본부 수사관들에게 연행됐다. 피가 철철 나도록 정신없이 맞으며 고문당할 때 소령 계급을 단 장교가 다가오더니 밖으로 데려가 비빔밥 한 그릇을 사주고는 인근 여관으로 끌고 가 성폭행을 저질렀다.

연호에게 그림이 쉽게 그려졌다. 공수부대가 떠난 뒤에도 여전히 무법천지였던 셈이다. 하지만 연호가 개탄만 할 수 없었던 까닭은 성폭행 이후 38년이 지난 시점에서도 그녀의 심경이 기사 끝자락에 담겨있어서였다.

"몇 달 전 미투 폭로를 보면서 그 나쁜 놈을 죽이고 싶었습니다."

강연호는 섬뜩했다. 새삼 자신이 얼마나 나쁜 놈이었는가를 절감했다. 누군가를 죽이고 싶다고 언론에 얼굴을 비치며 공개적으로 말할 정도라면 대체 얼마나 깊은 한이었을까를 헤아려보았다.

기사를 읽은 연호는 심장 표면에 벌레가 그닐거리는 느낌을 벗어날 수 없었다. 며칠 뒤 슬기가 집에 들러 세 식구가 밥상에 둘러앉아 오붓이 밥을 먹은 뒤였다. 텔레비전을 틀었을 때 마침 방송뉴스에서 '5·18 계엄군의 성폭력 사건 17건이 신고됐고 앞으로 더 나올 것으로 전망된다'는 보도가 나오자 손녀의 고운 입에서 '놈'자가 나오더니 아내도 덩달아 흥분했다.

"세상에, 저런 나쁜 놈들."

"하여간 지지리 못난 사내코빼기들이 저런 짓을 한다니까."

"할머니, 근데 왜 성폭행당한 여자들은 있는데 했다는 군인은 나타나지 않을까."

"그런 용기라도 있는 놈이라면 애당초 짐승 같은 짓을 저지르지 않았지."

"그래도 누군가는 고백하고 용서를 구해야 할 텐데요."

"처자식 보기 얼마나 창피하겠어. 저도 사람이라고…"

"그렇기는 하겠네요."

"참, 당신도 광주에 갔었잖아. 당신 주변에는 저 따위 인간 없었어?"

"…"

"어머? 할아버지가 그때 광주에 계셨어요?"

"거, 왜 쓸데없는 이야길 하고 그래."

"뭐 어때요."

"할아버지가 증언해 주시면 되겠다."

"아니, 뭘?"

"할아버지도 보셨을 거잖아요. 성폭행한 놈들, 무슨 전우애를 들먹이며 보호할 일이 아니거든요."

"그런가?"

"어머? 그런가라니요. 할아버지답지 않아요. 생각해 보세요. 할아버지 지금 피해자들 나이가 제 나이인데, 제가 어느 날 길을 가다가 마주친 군인에게 성폭행 당했다고 생각해 보세요. 할아버지는 가만히 있을 거예요?"

"…"

"할아버지처럼 모범군인으로 훈장까지 받은 분들이 진실 규명에 나서야 해요. 그래야 다시는 그런 일이 벌어지지 않지요."

밑구린 강연호는 말문이 막혔다. 손녀가 행여 의아할까 봐 곧바로 표정을 관리했다. 흔쾌히 대답하지 않는 할아버지를 다소 미심쩍은 듯 바라보는 눈빛과 마주칠 때 연호는 저도 모르게 약속하고 나섰다.

"그래, 할아버지가 진실을 밝히는 데 나서마."

연호는 가슴이 쿵쾅거렸다. 소피를 보려는 듯이 슬그머니 일어났다. 화장실로 들어간 연호는 변기뚜껑 위에 앉아 '진실을 밝히는 데 나서마'라는 말이 도대체 왜 자기 입에서 덜컥 튀어나왔는지 의아해하며 입가에 찬웃음을 물었다.

연호는 친구 철민을 다시 소환했다. 진지하게 속마음을 털어놓았다. 뒤가 꿀린 연호는 자신이 검사의 아내를 성폭행한 것은 맞지만 적어도 그 순간에는 죽음의 수렁에 빠질 위기에서 구해주었다는 사실을 그녀도 알았을 것이라고 주장했다. "미친놈, 너는 언제 철이 들래? 나쎄값 할 때도 되지 않았나?"

"뭘?"

"뭘? 좋아. 알려주지 그 여자에게 너는 광주를 짓밟은 군인들 가운데 하나일 뿐이야. 그녀에게 너는 단지 계엄군, 전두환의 꼭두각시에 지나지 않아."

"그래도 내가 그 여잘 죽이진 않았잖아."

"이봐, 연호, 자네 망령이라도 들었나? 치매인가 말이다."

"내가? 치매? 자네 너무 쉽게 말하는구먼."

"이 친구 이거 안 되겠네. 이봐. 죄를 지었으면 무릎 꿇고 사죄해야지. 지금이라도 경찰에 가서 자수하든가."

"자수?"

"그렇지. 그리고 말 나온 참에 하나 더 하자. 연호, 너는 왜 그리 성폭행에만 집착하는 건데?"

"왜 그래, 지금이라도 내가 저지른 죄를 어찌해야 할까 고심하고 있는 거 안 보이나?"

"정말 비열하기 짝이 없는 놈이로군."

"말조심하게. 아무리 불알친구라 해도…"

"나쁜 놈, 그러면 어쩔 건데. 자, 나를 똑바로 봐. 너, 그때 광주에서 네놈이 쏘아 죽인 사람들에 대해 그 여자만큼 한 순간이라도 생각해 본 적 있어?"

연호는 멈칫했다. 침울했던 눈이 더 어두워졌다. 철민은 아무 말도 못 하는 늙은 친구가 다소 안쓰럽다는 생각도 들었지만, 젊은 날 그가 저지른 행동이 너무 잔미워 사정없이 쏘아붙였다.

"왜? 그건 살기 위해 정당방위라고 할 셈인가?"

"네가 뭘 알아? 그 상황은 서로 죽이고 죽는 전쟁이었단 말이다."

"전쟁? 누가 지금 그걸 전쟁이라 부르는가? 아무도 그렇게 이야기하지 않아. 공식적으로 그날의 광주는 '민주화운동'으로 평가받았잖은가. 바로 그 운동, 항쟁에 자네는 총질을 해댄 거야. 명령대로 했다? 그 착한 사람들이 왜 총으로 무장했는데?"

"좋다. 그럼 너라면, 잘난 네놈은 그때 그 자리에서 어떻게 행동했을 건데?"

"…"

"왜 말 못하지? 탈영이라도 할 거야? 명령에 불복종하겠어? 그래서 현장에서 사살당하며 의로운 죽음을 선택할 거냔 말이다."

"흠, 오해하고 있는 거야. 내가 잠시 답하지 않았던 것은 그 문제가 나오자 네가 곧바로 평정을 잃어서였어. 예민한 반응은 네 가슴 깊숙한 곳에서 그 문제가 끊임없이 자네를 고발하고 있었다는 뜻으로 내 받아들이지. 네 말처럼 공수부대 중사 신분으로서 어쩔 수 없었겠지. 당시 계엄군 사령부가 민주주의를 요구하는 대학생들에게 죄다 빨갱이 색깔을 입혀 적대감을 고취시켰잖은가."

"맞아, 난 그때 광주의 시위대를 빨갱이들이라고, 내 부모를 죽인 빨갱이 사상에 물든 자들이라고 생각했어. 그래도 난 차마 처음엔 쏘지 못하고 공중으로 쏘았지. 하지만 곧 바뀌었네. 시위대에서 날아온 총알에 우리 중대에서 가장 착한 병사가 바로 내 옆에서 정통으로 이마를 맞고 눈도 감지 못한 채 죽더라고. 그 녀석은 제대를 보름 앞두고 있었어. 나도 그때부터 미쳤을 거야. 살겠다는 본능이었을 수도 있지. 어떤가? 당시 너라면 안 그랬겠어?"

"이해하네. 쿠데타를 일으킨 장군들 못지않게 그에 맞장구친 언론인과 교수들이 사실 광주학살의 원흉이지. 다만, 내 이야기를 자네가 못 들은 척하는 건지 정말 이해를 못 하는 건지 몰라서 분명하게 묻네만, 자네가 저지른 죄와 정면으로 마주한 적이 있는가?"

"…"

"백번 양보해서 자네는 다른 공수부대원들과 달리 처음엔 공중 사격만 했다고 치자. 하지만 곧 조준 사격 했잖은가. 더구나 다시 상기시켜 미안하지만, 명령받지 않은 강간까지 했잖은가. 네가 다른 공수부대원들과 달랐다고 주장하고 싶지? 하지만 강간과 살인을 저지른 너를 정면으로 마주해 봐. 대체 다르다면 얼마나 다른가."

"내가 언제 다르다고 주장했다는 거야?"

"흠, 발뺌하려는가? 좋아, 좋아. 마저, 내 말 듣게. 나는 연호 자네가 성폭행한 것만 되새김질하는 것 같아서 그런 것이라네. 때로는 마치 그 순간을 추억이라도 하는 것처럼."

"이봐, 아까도 경고했지? 말조심하라고. 내가 가끔은 네놈에게 적의를 느끼는 것 알고 있나?"

"잘 알고 있지. 자네 눈빛에서 살기가 어른댈 때를 내가 왜 모르겠나. 자, 다시 집중하세. 내가 지금 이야기하려는 건, 자네가 죽인 사람들에 대해서는 왜 성찰이 보이지 않는가야."

"그래서 지금 내게 어쩌라는 건데?"

"자네가 내게 그 비극의 해법을 묻는다면 조심스럽네만 답할 수 있을 것 같네. 중요한 것은 과거가 아니라 오늘이고 내일 아닌가."

"그래서?"

"쉽게 용서받으려 하지 말게. 주권자로서 민주주의를 지키려고 용기 있게 나선 민중의 생명을 빼앗은 죄, 얼마나 무거운가. 어디 그 죄뿐인가. 지금이라도 다 고백하고 마땅히 벌을 받겠다는 자세로 나서. 그래야 용서받을 가능성이 열릴 수 있지 않겠어?"

따따부따 따지는 철민이 되게 밉살스레 다가왔다. 평생친구랍시고 인정사정없었다. 녀석은 연호가 당시 군인, 그것도 하사관이었기에 어쩔 수 없었다는 항변조차 한낱 하찮은 변명쯤으로 여길 만큼 무자비했다.

무엇보다 아내와 손녀의 눈이 바잡았다. 정희와는 어느새 반세기 가까이 살아왔다. 손자를 참담하게 잃은 뒤 연호는 언제나 강산의 뒷전으로 여겨왔던 슬기에게 미안한 마음이 더해져 온 정성을 쏟았다.

슬기는 실상 연호의 유일한 피붙이였다. 아들 지만의 아이를 본 적은 없었다. 게다가 모두 며느리와 함께 미국에서 생활했고 사돈인 장군 내외가 아예 버지니아로 이민을 갔기에 그곳에서 영주할 가능성도 높았다.

초고층 호화아파트에서 저 혼자 사는 아들도 속을 알 수 없었다. 다만 지금까지 행태로 미뤄 종작은 가능했다. 실제로 몇 해전 설날연휴에 뜬금없이 전화를 걸어서는 미국 워싱턴 특파원으로 가서 일한 뒤 돌아오지 않고 그곳에서 다른 일자리를 찾을 수 있다는 말을 넌지시 비쳤다.

연호는 아들을 떠올릴 때마다 가슴앓이로 쓰렸다. 그때마다 강산에게 쏟은 사랑이 슬기에게 옮아갔다. 슬기도 내내 사랑의 결핍을 느꼈던지라 할아버지의 웅숭깊은 사랑을 체감하며 인터넷 사용법을 친절하게 가르쳐 주었고 학교 도서관에서 베트남전과 광주항쟁을 다룬 책들도 빌려 와 건네주었다.

아내와 손녀의 사랑으로 연호는 힘든 순간을 버텨낼 수 있었다. 그런데 만일 손녀까지 진실을 안다면? 연호는 자신이 저지른 추악한 일이 드러날 바에야 차라리 그 전에 목숨을 끊어야겠다는 생각이 짙어갔다.

연호는 인생이 속절없이 흘렀다는 회한에 잠겼다. 딴에는 평생 가족을 먹여 살리느라 한눈팔지 않고 살아왔다. 그나마 예순여덟에 이르러서야 비로소 경제적 여유를 찾으면서 인생을 새롭게 바라볼 수 있었다.

그 여유에 대가는 톡톡했다. 차라리 경제적 여유가 없었다면 더 좋았을 희생을 치렀다. 사랑하는 손자의 죽음에 이어 꿈결에서라도 보고 싶었던 어머니를 자신만 모르고 있다가 조금도 예기치 못한 순간에 시신으로 마주했다.

돌아보면 삶이 모두 허접하진 않았다. 사랑과 죽음을 경험하며 눈떴다. 그 깨달음은 모멸과 회한이 절절하지 않았다면 결코 가능하지 않았으리라고 스스로를 위로도 했다.

나쎄로는 확실히 너무 늦었다. 그렇다고 모든 걸 체념할 나이도 아니었다. 사람은 철들자마자 죽는 법이라는 선인들의 경구를 떠올리며 연호는 자신의 나이가 사람을 사랑한다는 것이 무엇인가에 눈뜰 가장 적실한 때일지도 모른다고 생각했다.

연호는 집을 떠나고 싶었다. 마침 철민도 삶의 현장을 찾아보라고 권했다. 바장이던 강연호는 노트북을 열고 베트남 참전 자료들을 찾아 읽다가 파월한국군 사령관 채명신 장군이 제주 4·3항쟁부터 공산게릴라들과 싸웠다는 기사를 발견하고는 검색어로 '4·3항쟁'을 접속했다.

꼼꼼히 살피자 더 많은 참상이 보였다. 아버지의 모습이 떠올랐다. 어머니가 돌아가신 뒤 가끔 전화를 주고받아 온 여동생에게 아내가 이야기했는지 한민주가 4·3항쟁을 비롯해 현대사를 소재로 쓴 장편소설들을 사인해서 보내왔다.

갑갑해서 읽은 소설로 새삼이 더 답답해 왔다. 나름으로 정독한 뒤 매제에게 전화를 걸자 선뜻 연천으로 찾아왔다. 연호는 산책을 나가자며 한탄강이 그윽이 보이는 사랑다리 아래로 안내한 뒤 막걸리를 마시며 이야기를 나눴다.

두 살 아래 한민주는 막힘이 없었다. 돌아가신 어머니가 마음

놓고 의지했을 법했다. 긴 대화를 나누며 연호는 비로소 일본제
국주의자들의 조선인 학살에서 시작해 제주 민중, 베트남 민간인,
광주 민중으로 이어지는 학살의 흐름을 읽어낼 수 있었다.

그럼에도 연호는 매제 앞에 내색하지 않았다. 무엇보다 자존심
이 상했다. 지금껏 자신이 세상을 뱅충맞게 바라보았다는 사실을
인정하기 힘들기도 했고, 매욱하게 그 허방에 빠진 책임이 자신에
게 있다고 단언하고 싶지도 않아 젖빛 술과 흐르는 강의 힘을 빌
렸다.

"매제, 솔직히 말해봅시다. 매제가 보기에 내 인생이 참으로 갑
갑하지 않소?"

"무슨 말씀을"

"그리하느냐는 거죠? 근데 아무리 돌아보아도 정말 비열하게
살아온 것 같더라고… 다만…"

"…"

"다만 내가 가만히 짚어보니 나만 비열하게 산 것은 아닙디다.
제 잇속만 챙겨온 부라퀴 놈들은 우리 제쳐두고 말합시다. 민주
화운동으로 감방에 갔다가 왔다며 정작 그 훈장을 달고 끼리끼
리 국회의원과 장관을 꿰차온 자들, 적당히 개혁적 정치인 행세
를 하며 부를 축적해 온 자들이야말로 나보다 더 비열하지 않나
싶단 말입니다. 어떻게 생각합니까?"

"옳습니다."

"그래요. 그런데 말이오, 매제. 나는 비열하기도 하고 비루하기

도 하거든. 근데 비루한 놈들은 나 말고도 많습디다."

"인생은 누구에게나 비루하지 않나요."

"허허허. 과연 다르군. 인생이 하기는 비루하지. 근데 말이오. 이 험악한 나라에서 기자와 교수 따위로 명예롭게 살며 입바른 소리만 냈을 뿐! 실제로 나라를 바꾸는 정치에는 마치 양심적 지식인 행세를 하며 초연한 듯 살아온 자들도 얼마나 비루한가 말이오? 죄다 도긴개긴 아니오?"

"부끄럽습니다."

"에이, 매제 두고 한 말이 아니오. 정말 궁금한데, 노동인과 농민, 영세자영업인, 청년들이 유권자의 절대다수 아니오? 그런데 왜 이 나라에선 그들 민중의 목소리를 담은 정당이 한 번도 집권하지 못한 거요?"

"남북으로 갈라진 분단 탓도 있지만 한국전쟁 직후에도 진보당 세력이 꽤 컸었거든요. 그런데 이승만이 처형하면서 일찌감치 싹을 잘랐어요."

"뒤늦게 늦부지런 떨며 공부해서 나도 안다오. 이승만이 진보당 조봉암을 죽였고, 박정희는 진보신문 발행인을 처형했더이다. 문제는 아무래도 지금 아니겠소? 근간에 내 살펴보니 진보라고 하는 국회의원들, 기자나 교수들까지 자기 자리 하나씩 꿰찬 것에 만족하고는 대의보다 메뚜기 이마빡만 한 제 잇속을 밝혀서가 아닌지 의문이 든단 말이오."

"정말 공부 많이 하셨네요."

"난 도무지 이해할 수 없습니다. 왜 배울 만큼 배우고 알 만큼 아는 이들이 왜 그만큼 실천하지 않을까, 보수는 둘째치고 진보라고 불리는 사람들까지 저마다 권력이나 재산을 갖고 있던가, 그도 아니면 명예라도 누리고 있어서가 아닐까 싶은 거요."

"말씀 듣다 보니 정신이 번쩍 듭니다."

빈말이 아니었다. 한민주는 한탄강 대화에서 퇴역군인 강연호에 감탄했다. 장모 박선영의 슬픈 유서를 통해 강연호를 처음 만났을 때 정직히 말해 불편하고 껄끄러웠다.

무엇보다 태극기부대라는 선입견이 지배했다. 게다가 어쨌든 손위처남이기도 했다. 아파트까지 찾아와 현관문을 발로 찰 위인이라면 태극기부대에서도 극단적인 강경파일 성싶어 굳이 멀리할 이유는 없으되 가까이하고 싶진 않았다.

하지만 만날 때마다 달라져 있었다. 장모의 유서가 아들인 그에게 큰 충격을 준 듯했다. 아내의 말로는 이부오빠 강연호가 유품으로 남겨준 어머니 책들을 일 년 만에 모두 읽었고 노트북을 통해 인터넷 백과사전과 뉴스를 검색하며 우리 역사를 공부했다는 것이다.

한민주는 처남의 변화 과정을 짚어보았다. 손주 강산의 비극도 큰 몫을 했을 터였다. 야무진 대학생 슬기의 도움이 있었다고 하지만 70대 안팎의 노인이 5년 사이에 누구도 만만히 볼 수 없는 철학을 갖춘 '새 사람'―장모가 강조했던 '신인'―으로 거듭난 모습을 보며 새삼 민중 앞에 더 겸손해졌다.

강연호는 한탄강 대화에서 내심 자존심을 충족했다. 매제로부터 부끄럽다는 말도 들었다. 하지만 한민주가 자신에게 깍듯이 인사하고 파주로 돌아간 뒤 노인 연호의 가슴에는 술의 힘을 빌려 매제에게 지나친 호기를 부렸나 싶은 공허감이 맴돌았다.

24

민주광장에서 추념문을 지나 참배광장으로 들어섰다. 5·18민중항쟁추모탑이 세찬 겨울비를 맞고 있었다. 진보라고 하는 정치인들과 기자나 교수들까지 그저 자기 자리를 꿰찬 것에 만족하고 있다며 호기롭게 비판했던 강연호에게 진실의 폭발력은 자신이 의식했던 것보다 훨씬 컸다.

살인과 강간의 순간들이 하루에도 몇 차례나 폭풍처럼 몰아쳐 왔다. 베트남에 한국군증오비가 있다는 사실도 처음 알고 뜨악했다. 5·18 성폭행 피해자들 증언이 더 나오면서 강연호는 자신이 걸어온 삶의 현장을 찾아보려던 용기를 그만 잃고 말았다.

연호는 다시 칩거했다. 철민이 밉살스레 다그치고 나섰다. 자신이 저지른 일을 정면으로 직시해야 넘어설 수 있으니 현장을 찾아가길 강권했다.

연호는 차분히 응수했다. 철민에게 비겁하게 도망칠 생각은 없다고 밝혔다. 연호는 인터넷 자료들을 살펴봄으로써 자신이 이미 삶을 정면으로 직시했노라고 자부했다.

그럼에도 불쑥불쑥 서러움이 밀려왔다. 자신과 전우들을 고발하는 자들은 백발백중 먹물이었다. 아침에 식당에서 미역국을 보고 마침 자기 생일이라며 먹성 좋게 비운 전우가 저녁노을이 오기 전에 이미 이 세상 사람이 아닐 때, 오후 내내 치른 총격전에서 자신을 자상하게 보호하며 싸우던 소대장의 잘생긴 얼굴 오른쪽 윗부분이 날아간 모습을 발견했을 때, 민간인인 줄 알고 경계를 풀던 순간에 젊은 여성이 터트린 폭탄으로 신입 맹호부대원의 허리 아래가 송두리째 사라진 현장을 목격할 때 너는 어디서 무엇을 했느냐고 묻고 싶었다.

하지만 그때뿐이었다. 더는 자신을 속일 수 없었다. 진실이라는 수레바퀴 앞에 앞발을 들고 맞서는 사마귀의 만용 또는 심술에 지나지 않았다.

때로는 소름마저 오돌토돌 돋았다. 살인과 강간에 딴전 피우고 살아온 자신이 되우 낯설었다. 마치 다른 사람이 그랬다는 듯이 치부해 왔지만 민주주의와 정의를 부르댄 민중을 죽인 죄, 제 겨레의 자주적 발전을 위해 흔쾌히 목숨 걸고 나선 베트남 민중을 죽인 죄가 아무리 술잔을 들이켜도 뼈저리게 파고들었다.

물론 처음부터 살인과 강간을 의도하진 않았다. 하지만 변명일 순 없었다. 비록 정의가 유린되는 상황에 던져졌다 하더라도 자신이 죽이고 성폭행한 사람들에게 어떻게 속죄할 수 있을지 도무지 길이 보이지 않아 먹먹하고 막막했다.

희끗희끗 싸락눈 흩날리는 겨울날이다. 연호는 한탄강으로 나갔다. 눈이 듬성듬성 쌓이고 땅거미가 깔리면서 사랑다리 아래에 이르렀을 때는 인적이 끊겼다.

가물 해갈도 못하고 눈은 그쳤다. 고개 내민 반달이 은은했다. 집을 나오기 전에 서랍에서 꺼내 웃옷 안주머니 깊숙이 넣고 온 권총을 꺼내 들고 옆머리를 겨눴다.

방아쇠에 손가락을 걸었다. 연호는 죽음으로 속죄하고 싶었다. 자신이 죽인 정의로운 사람들과 강간한 여인에게 속죄할 길이 달리 보이지 않았다.

살인과 강간죄만이 아니었다. 무지의 죄가 견딜 수 없었다. 사람으로서 개돼지로 살아온 시절을 어떤 방법으로도 되돌릴 수 없어 애오라지 자신이 역겨웠다.

권총 쥔 손에 힘을 주었다. 관자놀이가 아파왔다. 아내와 손녀가 떠올랐지만, 진실이 드러난 뒤 두 사람을 마주할 자신이 없었다.

곧 머리에 구멍이 뚫리리라. 연호는 할 일을 다 했다고 생각했다. 자신이 파괴한 사람들, 살인과 강간의 순간들을 떠올리며 자신을 심판하고 처형하자고 마음을 굳혔다.

달빛 어린 한탄강이 아름다웠다. 죽으면 저 강에 뿌려달라고 아내에게 이미 오래전에 단단히 일러두었다. 독립운동에 나선 할아버지와 할머니, 빨갱이 사냥에 나선 아버지와 비극을 감내해온 어머니, 호의호식 한 번 못해준 딸 지혜, 눈에 넣어도 아프지 않을 손주 강산을 모두 품은 강이다.

방아쇠를 막 당길 때였다. 누군가가 총을 빼앗았다. 철민이 총을 거머쥔 채 큰 눈 그득히 연민 어린 증오랄까 증오 서린 연민을 담고 연호를 나무랐다.

"너, 이렇게 쉽게 속죄하려고 하니? 솔직히 말해. 속죄하는 마음보다 네 마누라와 손녀 보기 창피한 자존심 아니니?"

"흥, 네놈이 그렇게 생각해도 어쩔 수 없어."

"너처럼 이기적인 늙은이가 저 여울에 몸 던지면 어찌 될까. 그 더러움에 한탄강까지 오염될 거야. 그러니 살아서 빚을 갚아. 네 입으로 고모에게 훈계했잖아. 죽기 전에 털어버리라고."

"…"

"빚을 다 갚은 다음에 정 죽고 싶겠다면 광주의 오월 묘지를 찾아가. 너, 아직도 가지 않았지? 거기에 청소년들의 비석도 있겠지. 용서를 제대로 구한 다음에 방아쇠를 당기면 구태여 내가 말리지 않을게. 네가 죽인 사람들 앞에 진정을 다해 속죄하는 것, 그것이 네놈이 강간한 그 여자에게도 용서를 구할 수 있는 길이야. 설령 그들이 용서해 주지 않아도 너로선 그걸 바랄 자격이 없어. 알았니? 그러니 시답잖은 주접떨지 말고 일어나. 최후까지 비열한 놈이지 않으려면, 마누라와 손녀는 물론이고 모든 사람에게 네놈이 감추어 온 진실을 낱낱이 밝혀."

"…"

"자, 총 받아. 마지막 한 발을 누구에게 쏘아야 옳은지 생각해 봐."

철민이 총을 다시 돌려주었다. 연호는 고개 떨구고 권총을 만지작거렸다. 광주의 피투성이 10대 전사는 연호가 '널 이 지경으로 세뇌한 놈, 그놈을 쏘아야 하는데'라 개탄했을 때 "그놈은… 그… 놈은…"이라고 말을 맺지 못했다.

그 오월의 10대 투사가 지금 살아있다면 누구를 쏠까. 연호는 자기를 세뇌시킨 자들을 떠올렸다. 혹시 그런 생각이 자신을 쏘지 않고 그럴듯한 명분을 내걸어 잔명하고 싶은 잔꾀가 아닌가 싶을 때는 자신의 인간성에 구역질이 격하게 일었다.

5·18민중항쟁추모탑을 지날 즈음 작달비가 는개로 바뀌었다. 묘비들이 나타나면서 우산을 접었다. 생몰 연대와 유족의 애도 글, 고인의 사진을 담은 비석은 연호의 무디고 아둔했던 가슴 깊숙이 자리한 피멍을 당목처럼 파고들었다.

비를 맞으며 젖은 비석 하나하나 추념해 갔다. 이윽고 10대들의 비석이 띄기 시작했다. 연호는 심장에 대못이 박혀오는 아픔을 느끼며 그날의 권총 쥔 청소년 얼굴을 찾아 묘역을 샅샅이 살폈다.

스무 살도 안 된 묘비를 볼 때마다 심장이 조여왔다. 그런데 아무래도 그 얼굴과 일치하는 사진을 발견하지 못했다. 고희를 넘긴 나이 탓인지 연호가 본 청소년 얼굴이 자꾸 손자 강산의 모습으로 아른대 왔다.

묘역 한쪽에 무명열사들도 자리하고 있었다. 저 가운데 있을까 헤아리다가 자신이 성폭행한 여자가 떠올랐다. 그 청소년과 그 여성은 물론 분수대 앞에서 정조준 사격으로 죽인 사람들이 원통하게 묻혀있다는 깨침이 새삼 강습했다.

연호는 다시 추모탑으로 발을 옮겼다. 탑을 등지고 묘역을 우러르듯 둘러보았다. 두 손을 촉촉한 눈으로 올리며 무릎 꿇고 절을 두 번 올릴 때 자신이 저지른 살인과 강간의 순간들이 따가운 눈물로 쏟아져 내렸다.

안개비에 잠긴 묘역은 고요했다. 강연호는 우두커니 서서 움직이지 않았다. 젊은 부부를 따라온 비옷 입은 소녀가 적막을 깨며 빗물 고인 묘역 사이를 강중강중 뛰어다녔다.

소녀가 저 따라오는 시선을 발견했다. 계단 아래 서있는 연호에게 나비처럼 팔랑팔랑 날아왔다. 눈물이 주름살을 길로 찾은 검버섯 노인의 얼굴과 마주치자 멈춰 서서 한참을 바라보았다.

멀거니 바라보는 연호에게 거분거분 다가왔다. 가여운 듯 작은 미소를 지었다. 계단 위에 서서 연호를 내려 보는 소녀의 새맑은 눈웃음에 연호의 불그스레한 눈시울이 마주칠 때 젊은 엄마가 소녀에게 오라고 손짓했다.

소녀가 앙증맞은 손을 살살 흔들며 돌아섰다. 작은 발걸음이 무거워 보이더니 돌아보았다. 연호가 얼른 손을 들어 미소로 흔들어 주자 조금은 걱정스럽던 소녀의 얼굴이 눈부시게 빛났다.

그제야 어정어정 민주묘지를 걸어 나왔다. 버스를 기다리는 연호에게 이슬비 산하가 처연했다. 다시 518버스에 올라 빗물 흐르던 비석들에 젖어있다가 창밖으로 분수대가 다시 눈에 들어올 때

서둘러 내렸다.

금남로를 걸으며 어질증이 났다. 철민이 도와주어 겨우 몸을 가누었다. 전남도청의 면모는 사뭇 많이 바뀌어 현대식 건축물인 국립아시아문화전당이 함께 자리하고 있었다.

분수대를 보며 심장이 아려올 때 종소리가 들렸다. 곧이어 조금은 귀에 익은 음악이 울려 퍼졌다. 정확히 오후 5시 18분에 분수대 앞 시계탑에서 흘러나오는 '님을 위한 행진곡'이었다.

깊은 죄책감이 덮쳐왔다. '사랑도 명예도 이름도 남김없이' 앞서서 나간 사람을 누가 쏘았던가. 분수대 바로 건너에서 '늙은 투사의 노래'를 부르던 민중들과 그들이 애국가를 합창할 때 발포했던 장면들이 너울처럼 몰려오며 온몸에 식은땀이 배어 들고 어찔어찔했다.

강연호는 비틀거리다 뭉그러지듯 쓰러졌다. 누군가가 빠르게 달려왔다. 검붉은 외투를 입고 연호 앞에 앉아 고개를 소곳이 기울이며 괜찮으시냐고 묻는 여성의 얼굴에서 자신이 저지른 성폭행 순간이 해일처럼 밀려왔다.

"죄송합니다, 죄송합니다."

강연호는 누운 채 두 손 모아 빌었다. 마흔 살 안팎일 여자가 손사래를 치며 어쩔 줄 몰라 했다. 늙은 연호가 추레하게 눈물을 줄줄 흘릴 때서야 나타난 철민이 갸륵한 눈빛으로 바라보는 여자에게 변명하고 나섰다.

"미안합니다. 아침부터 내내 굶어 기운이 다 빠진 모양이네요.

아는 사람으로 착각한 것 같습니다. 미안합니다. 제가 뭘 좀 먹일 테니 걱정 마시고 가던 길 가세요."

"괜찮으시겠어요? 제가 도울 일이라도…"

"아닙니다. 친절하시네요. 고맙습니다."

딴은 종일 빈속이었다. 철민의 도움으로 일어났다. 연호는 국립아시아문화전당으로 걸어가는 검붉은 외투를 바라보다가 그녀가 뒤돌아보았을 때 자기도 모르게 민주묘지의 소녀에게 배운 대로 살살 손을 흔들었다.

그녀가 멈칫했다. 멀리서도 미소가 보였다. 40년 전에 자신이 결코 용서받지 못할 죄를 저지른 여성의 선뜻한 얼굴과 너무나 닮은 그녀가 한 손을 곱게 들고는 힘주어 손을 흔들어 주고 돌아섰을 때 연호의 두 눈은 다시 그렁그렁했다.

강연호도 돌아섰다. 보슬비 내리는 금남로를 아득히 바라보았다. 공수부대 병사들에게 선선히 달걀을 나눠줄 만큼 속정 깊던 민중들에게 박달곤봉을 악악 휘둘러대며 조준 사격을 하고 강간한 죄를 어떻게 용서받을 수 있을지 감감했다.

목숨으로 용서받을 수 있다면 열 개라도 다 내놓고 싶었다. 눈물이 가라앉을 즈음 분수대를 떠났다. 마지막 날 특공대로 침입한 전일빌딩 옆길로 들어서서 식당을 찾은 연호는 '무등산 막걸리'를, 철민은 콩나물국밥을 주문했다.

막걸리가 나오자 양은 술잔에 가득 따랐다. 철민이 '여기는 금남로'라고 짧게 경고했다. 연호는 취해선 안 될 곳쯤은 저도 알고 있다는 듯이 콩나물로 빈속을 달래고는 막걸리를 한 모금 한 모금 더디 마셨다.

무엇을 할 것인가. 골똘히 비워가던 술잔에 슬기가 비쳤다. 광주를 '빛고을'로 부른다는 사실을 대학에 들어간 슬기로부터 들은 기억이 새라새로웠다.

이윽고 이를 악물고 일어났다. 다시 518버스를 기다려 타고는 터미널로 갔다. 슬기를 만나 자신이 걸어온 깜깜한 밤길과 빛고을 이야기를 들려주고 싶어 손녀의 반지하 자취방과 가까운 동서울 터미널에 도착하는 표를 끊었다.

이슬비가 잔잔히 내렸다. 할 일을 마치고 다시 빛고을에 오리라 다짐했다. 고속버스가 광주를 벗어나며 소등을 하자 오랜 숙제를 이제는 풀고 싶다는 듯이 철민에게 가만히 물었다.

너라면 마지막 한 발을 누구에게 쏘겠어? 대답 대신 지그시 눈을 감았다. 버스가 차령산맥 터널에 다가설 즈음에 살며시 눈을 뜬 철민은 차창을 타고 내리는 빗줄기를 비장하게 바라보고는 다른 승객이 들으면 안 된다는 듯이 속삭였다.

"그자는 아직 어둠의 장막에 숨어있을 거야. 그곳을 촛불로 밝히면 그자의 정체가 나타나지 않겠어? 그러면 쏠 수 있겠지. 바로 너에게 떠오르는 생각이잖아. 그대로 실천하면 돼."

그랬다. 온통 검은 장막에 가려진 듯했다. 어둠의 산하가 끝없이 펼쳐진 창밖을 바라보며 최후까지 권총을 들고 항전한 10대, 끝까지 손전등을 놓지 않은 강산의 최후를 곱새겼다.

광화문 집회에 처음 참석한 날이 상기됐다. 밤하늘 아래 여울여울 타오르던 촛불에 기시감이 있었다. 어디가 잘못된 곳인지 정확히 파악하려고 지하의 어둠을 밝히던 강산의 손전등을 연상했던 기억이 새로웠다.

광주의 청소년을, 강산을 누가 죽였는가. 검은 장막 뒤에 그자가 숨어있을 터였다. 연호는 무지로 죄를 저질렀던 과거에서 벗어나 현실을 똑바로 바라보자며 두 눈을 속눈썹이 떨릴 만큼 부릅떴다.

캄캄한 창밖의 겨울비가 달라졌다. 차령산맥을 지나며 함박눈이 펑펑 내렸다. 연호는 평생 참전한 전쟁이 세 곳임을, 베트남 민중을 살해한 전쟁과 광주의 제 민중을 학살한 전쟁에선 용맹을 떨치다가 정작 자신과 가족이 먹고사는 노동현장에선 그곳이 전장인지도 모른 채 굽실굽실 살아왔음을 비로소 깨쳤다.

강산만이 아니었다. 해마다 애먼 노동인 2천여 명이 목숨을 잃는다지 않던가. 전사자가 하루 6명꼴이라면 베트남전쟁이나 5·18 민중항쟁보다 훨씬 격렬한 전쟁이라는 사실을 곰곰이 되새길수록 후회와 참회가 커져갔다.

자신이 싸우지 않은 후과였다. 사랑하는 강산이 피투성이로 죽었다. 연호는 세 번째의 전쟁이야말로 첫 번째, 두 번째 전쟁의 밑절미라는 사실을 깨달았을 때 손주의 죽음에 자신도 공범이 아닐까 싶어 미칠 것만 같았다.

그 전쟁엔 총칼이 없었다. 오래된 새로운 전쟁이다. 누구도 전쟁이라고 생각할 수도 없을 만큼 민중을 길들여 놓은 저들은 노동 현장이 전장임을 일찌거니 꿰뚫고 있었다.

다름 아닌 그들이 줄곧 써온 말에서 입증할 수 있다. '산업역군'이나 '산업전사'라는 말을 무람없이 즐겼다. 베트남전쟁이나 5·18 민중항쟁 때도 그랬듯이 그들은 최선선에서 젊은 세대가 무시로 죽어가는 현실을 아랑곳하지 않았다.

애오라지 제 잇속만 눈 벌겋게 챙겨왔다. 그 결과다. 강연호가 평생 사랑해 온 대한민국은 산업재해만이 아니라 자살률과 노동 시간 1위, 출산율 꼴찌 국가로 등극한 지 오래이건만, 저들이 '민중'이란 말조차 빨갱이 용어라며 민중 스스로 민중임을 인식하지도 못하게 만들어 결국 각자도생의 살벌한 전장조차 자연스런 일상으로 여겨왔다.

연호의 피맺힌 한에도 저들의 피는 차디찼다. 교육부 고위관료였던가. 컵라면도 먹지 못하고 일터에서 죽은 열아홉 살 청년에 대해 "내 자식 일처럼 느껴진다고 말하는 건 위선이다. 어떻게 내 자식 일처럼 느껴지냐"라고 언죽번죽 말했다.

출셋길 달려온 그는 기자들 앞에서 으스댔다. 국민의 99%는 개나 돼지와 같다나. 대한민국 교육정책을 좌우하는 공직자가 "민중은 개·돼지로 취급하면 된다. 개·돼지로 보고 먹고살게만 해주면 된다"고 부르댔을 때도, 연호는 그것을 개인의 실언으로 여기고 권세 쥔 자들이 부귀를 누려온 비밀이 누설된 사건으로 여태껏 보지 못해온 자신이 참 못나고 어벙했다.

그래서 개돼지라 조롱했던가. 연호는 울분으로 눈물이 핑 돌았다. 저희들끼리 권력·부·명예를 주고받는 부라퀴들의 얼굴을 하나둘 짚자 이슬 맺힌 눈썹 너머로 느닷없이 승냥이 떼가 나타났다.

연호는 화들짝 놀랐다. 시험 삼아 아는 사람들을 떠올렸다. 다수가 개와 돼지, 소, 닭으로 나타나 흠칫한 연호는 마른침을 삼키고 김 서린 고속버스 차창을 손바닥으로 닦으며 자신을 슬쩍 비춰보았다.

아, 사람이 아니었다. 비루먹은 개였다. 을크러졌지만 그나마 형체는 남은 눈언저리와 꼬리 사이가 앙상한 등뼈로 이어진 채 겨우 심장만 새근발딱대는 개를 마주하며 연호는 '다시 못 올 흘러간 청춘'의 꼴불견이 무참해 감사납게 짖어댔다.

자지러진 연호에게 호랑이 눈썹 설화가 번쩍 스쳤다. 두 손으로 자신의 속눈썹을 더듬었다. 설화를 들려준 선임하사는 누군가에게 귀동냥해 억지로 맹호부대에 끌어다 썼을 뿐 그 이야기에 오롯이 담긴 무지렁이들의 깊은 지혜, 민중의 슬기를 미처 새겨보지 못했음이 분명했다.

선임하사 자신이 사냥개였다. 연호는 그 뒤를 따라 헉헉 달렸다. 베트남에서 실전을 익히고는 광주에서 애먼 사람들을 빨갱이로 사냥하고 물어뜯는 어이없는 짓을 저질렀다.

강산과 어머니를 떠올렸다. 모두 본연의 모습 그대로였다. 강산의 죽음에 이은 어머니의 유서로 세상을 다르게 볼 기회가 끝내 없었다면 자신이 눈감을 때까지 내내 사냥개였으리라 헤아리자

끔찍했다.

질끈 눈을 감았다. 머리에 어리는 세상을 두루 살폈다. 국회의원·기업인·장차관·장군·법조인·교수·언론인들 속엔 승냥이가 양복을 입고 넥타이를 맨 채 득실댔고, 태극기부대는 물론 촛불부대 속엔 제 소리만 옳다고 녹청껏 실러내는 개돼지들이 수두룩했다.

악몽 아닌 현실이었다. '가짜사람'들은 가짜뉴스를 줄줄 외고 살았다. 민중을 개돼지로 여기며 가짜뉴스를 생산하고 즐기는 가짜사람들과 민중을 하늘로 삼고 섬기는 사람들 사이에 새로운 전쟁이 총칼 없이 이어지고 있었다.

그렇다. 호랑이 눈썹이 돋아났다. 빛고을에서 내내 젖어있던 자신의 눈시울에 새 눈썹이 새싹처럼 솟아났음을 홀연히 깨달았다.

깨침에 나이는 무관했다. 늦었다고 탄식할 일도 아니었다. 강연호는 지금이라도 고구려 싸울아비의 후예답게 저 가짜사람들에 맞서 진정한 맹호의 용기를 보여주겠다며 눈썹을 곧추세웠다.

무릇 모든 전장이 그렇듯이 두려움도 몰려왔다. 평야를 지나면서 함박눈은 다시 작달비로 바뀌었다. 빗줄기가 사납게 차창과 부닥칠 때, 폭우를 고스란히 품고 주상절리 아래를 세차게 흘러가는 한탄강 여울 소리가 귓전을 울렸다.

강 길을 함께 걷던 강산이 사무쳤다. 누군가가 여울에서 작은 춤을 추고 있었다. 분단의 장벽쯤은 우스개로 여기며 콰르릉콰르릉 흘러와 남과 북을 잇는 강물과 한 몸인 듯 열연했다.

달빛 반짝이는 윤슬이었다. 촘촘히 살피자 강산이 어른거렸다. 검은 강에 띄엄띄엄 빛나던 별빛 윤슬이 촛불처럼 물결 가득 퍼지는 어느 찰나에 빛고을의 청소년과 강산이 다시 포개졌다.

강산이라면 누구에게 쏠까. "걔는 바로 너"라고 일찌감치 투시한 저 오월의 10대 투사라면 어디를 쏠까. 칠흑 어둠에 잠가둔 자신의 과거부터 훨훨 꽃불을 밝혀 이윽고 정조준 할 과녁이 나타날 때까지 마지막 총알을 가슴 피멍울에 갈무리하자고 다짐한 연호의 눈에 달빛과 별빛을 품고 아우성치는 한탄강이 서렸다.

에 · 필 · 로 · 그

그 도시를 떠난 버스가 서울로 들어서고 있었다. 창밖으로 강남아파트들이 빼곡한 도시가 서름서름했다. 옹근 40년 만에 빛고을을 순례하며 철민과 24시간을 함께 보낸 연호는 더러 설면설면했던 친구와 온새미로 하나 된 느낌이 들었다.

여기서 철민의 정체를 털어놓아야겠다. 지금껏 연호를 속속들이 알고 있는 불알친구로만 소개해 왔다. 그 유령 같은 친구 철민은, 아마도 이미 적잖은 독자들이 짐작했겠지만, 다름 아닌 늙은 연호가 자기와 소통하며 새로 발견한 자아에게 붙여준 이름이다.

노인 연호는 자기 안에서 별명이 '스님'이던 소년을 찾았다. 군입대 전까지도 농촌의 문학청년이었다. 바다 건너 타국의 전장에서 청춘의 싱그러운 봄을 급자기 잃은 연호는 그날부터 자기 안에 숨어있던 청년의 이름을 어머니가 남긴 편지의 덧글에서 발굴했다.

"추신: 아들 연호에게 추억을 전해주고 싶습니다. 첫 아이를 잃고 나서 철이 들었을까요. 연호를 낳았을 때 저는 유연의 자식 이전에 제 몸으로 낳은 사람이라는 생각이 들며 더없이 기뻤습니다.

그런데 유연은 아기에게 부적절한 이름을 붙이려 하더군요. '맹호'라 짓겠다고 했습니다. 저는 아기의 이름에 사나운 짐승 이름을 주는 것이 꺼려 반대했습니다. 유연이 그럼 대안을 내라고 다그치더군요. 나는 '철민'이라 짓자고 했습니다. 철학하는 민중이라는 뜻이지요. 아버지 서재에서 천도교 책들을 읽으며 철학이 무엇인가를 공부했었습니다.

나는 아들이 철학을 아는 사람이길 바랐습니다. 굳이 직업으로 철학자가 될 필요야 없겠지요. 다만 촛불을 밝히고 독서를 즐겨 했던 저에게 철학하는 민중, 곧 철민이야말로 참다운 민중이었습니다. 내 아들에게 철민이란 이름을 지어주고 싶은 까닭이었지요. 무엇보다 삶을 성찰하는 사람으로 커가길 소망했습니다.

스스로 내면의 어둠을 밝힐 줄 아는 민중, 촛대를 가슴에 세우고 불꽃을 붙이는 민중만이 새로운 세상을 열어갈 수 있다고 생각했습니다. 유연은 생각이 달랐습니다. 철학 따위는 몰라도 된다고 비웃었지요.

아, 다시 못 올 시절이 어찌 청춘만이겠어요. 지금 저에게 남은 시간도 다시 못 오겠지요. 모쪼록 우리 아들이 삶의 마지막까지 사람이 곧 하늘이라는 철학을 깊이 새기기 바랍니다."

　연호는 자신이 이름을 불러준 철민이 종종 불편했다. 철민이 옳
다는 생각이 들 때마다 부러 묵살했다. 그는 가상인물일 뿐이라
고 자신에게 다그치기도 했지만 언제인가부터 철민과 연호 가운
데 누가 실제이고 허구인지, 누가 진짜이고 가짜인지 시나브로 경
계가 흐릿해 갔다.

　고속버스에서 내리자 겨울 가뭄 적신 단비는 어느덧 개어있었
다. 다만 비거스렁이가 더해 매운바람이 불었다. 진즉에 버스가
서울에 들어설 때부터 손전화를 주머니에서 꺼내 들었으면서도
살을 에는 바람을 맞으며 머무적머무적 전화번호를 누르지 못하
고 있었다.

　아내와 손녀가 진실을 알 때를 상상만 해도 오금이 저렸다. 사
형수들이 처형장으로 끌려갈 때 심경을 짐작할 수 있었다. 자신
이 뭐라고 중뿔나게 고백하고 나서는가, 젊은 날에 목숨을 잃은
전우들을 배신하는 작태가 아닐까, 온갖 물음이 이어지며 지금도
호사스레 살고 있는 명령자들의 야들야들한 얼굴과 치매를 앓고

있는 윤석의 부석부석한 몰골이 갈마들었다.

다 내던지고 싶었다. 하지만 강산의 마지막 모습이 가로막았다. 참혹하게 찢긴 얼굴로 슬기가 행복하게 살 수 있는 세상은 이 오랜 전쟁에서 새롭게 싸워야 이룰 수 있지 않느냐고 반문했다.

어머니 유서도 되울렸다. 당신의 마지막 당부였다. 사람이 곧 하늘임을 되뇌다가 문득 사람을 하늘로 여길 섶에 개돼지로 삼는 무리와 싸울 수밖에 없다는 진실에 눈뜬 연호는 자신의 낡은 몸이 한 줌 재로 사라지기 전에 기꺼이 들무새가 되자고 다짐했다.

마음속 마지막 마군도 마무리했다. 꾹꾹 슬기의 전화번호를 눌렀다. 자신의 고백을 뭇사람이 입에 올릴 때쯤이면 설령 마지막 총알을 뇌수에 머금고 한탄강 깊은 곳을 아무도 모르게 떠돌더라도 좋을 터였다.

"와, 할아버지!"

"너무 늦은 시각 아니니?"

"아니요? 열두시밖에 안 된걸요. 그렇지 않아도 빛고을에 가신 할아버지 생각 하고 있었어요."

"고맙구나."

"그런데 지금 어디세요?"

"여기 동서울터미널."

"어머, 그럼 집에 어떻게 가세요? 차가 끊어졌을 텐데요."

"그래서도 전화했단다. 터미널 앞에 밤새 문 연다는 커피집이 보이는구나. 괜찮을까?"

"그럼요, 제가 바로 나갈게요. 여기서 멀지 않아요."

"고맙다. 실은 너에게 꼭 들려줄 이야기가 있단다."

"후후, 할아버지가 그 말씀 하시길 기다리고 있었어요."

"응?"

"할아버지, 은근히 문청이시더라고요."

"문청?"

"아, 문학청년 줄임말입니다."

"청년은 무슨?"

"문청은 나이와 상관없어요."

"소설은 네가 써야지."

"아닙니다. 할아버지가 쓰셔야죠."

"나는 이제 손가락 힘도 없어."

"에이, 정 그러시면 함께 써 봐요."

"이따가 만나서 이야기하자."

"좋아요. 저 지금 현관문 열고 지하계단 올라가고 있어요."

"천천히 오너라."

"걱정 마세요. 그런데 들려주신다는 이야기, 구체적으로 어떤 건가요?"

"만나면 들려주지."

"지금 달려가고 있지만 너무 궁금해서 그러죠."

"음, 아주 긴 이야기이지."

"정말요?"

"그래, 호랑이 눈썹 이야기란다."